가지 못한 길

가지 못한 길
- 분단극복에 평생을 바친 통일독립운동가 김용중

초판 발행 2025년 5월 30일
지 은 이 권 태 면
펴 낸 이 소 재 두   편   집   심 재 진

펴 낸 곳 논형
전   화 02-887-3561   팩   스   02-887-6690
주   소 경기도 부천시 성주로 66, 2동 806호   이 메 일   jdso6313@naver.com
등   록 제386-320000025100200030000019호

ISBN 978-89-6357-995-5 03810

가지 못한 길

분단극복에 평생을 바친
통일독립운동가 김용중

권태면 지음

성희는 할아버지의 유골이 뿌려진
38선과 임진강 너머 북녘 땅을
한번 더 바라 보고는 남쪽으로 발길을 돌린다.
사람들은 대부분 어디로 가는지도 모르고 길을 간다.
민족의 역사도 어디로 가는지 모른 채 흘러간다.

책머리에

소위 외교관으로 35년을 살았다.

그것은 늘 세계지도를 옆에 두고 보면서 나라가 가야 할 방향을 고민해 보는 직업이었다. 지도 속에서 한민족은 80억 인류의 1%에 불과한 8천만이 지구의 7백분의 1밖에 안 되는 땅에서 비좁게 사는 모습이다.

그마저 남북이 갈라져, 수십 년간 남북의 외교관들은 수많은 국제회의와 전 세계 각국에서 서로 비난하고 싸우는 외교를 해왔다. 한 핏줄인 형제와 같은 남한과 북한이 국제사회에서 서로 삿대질만 해대는 모습을 다른 나라들은 어떻게 바라볼까?

같은 민족으로서의 정체성이나 자존감을 내팽개친 채 집안일로 밖에 나가 싸우는 꼴이니, 스스로 체통을 잃는 것은 물론이고 이 땅의 선조들에게 한 없이 부끄러운 일이었다. 그렇게 우리는 냉전 이후 70년 내내 집안싸움에 발이 묶여, 인류의 수많은 문제들은 소홀히 한 채 한반도 문제에만 집착하는 절름발이 외교관이 되고 말았다. 긴 역사의 눈으로 볼 때 한국전쟁과 분단은 한민족에게 수치스런 역사적 상처로 남을 것이다.

분단은 어쩌다 이렇게 우리에게 숙명이 되어버린 것인가?

첫째는, 해방 직후 세대가 첫 단추를 잘못 끼워버린 탓일 것이다. 당시 독일로부터 해방된 국내의 이념 대립 속에서도 나라를 분열시키지 않고 중립의 자세를 유지하며 세계 최고의 선진국이 된 오스트리아의 길을 갈 수는 없었을까? 혹자는 해방 직후 미소 점령의 국제적 상황에서 분단은 불가피했다 할 지 모르나, 당시 미국도 소련도 처음부터 우리를 분단시키려는 것은 아니었으니 기실 우리가 자초한 일 아니었나? 남도 북도 가지 말아야 할 길, 가서는 안 될 길을 가버린 것이다.

둘째는, 동족상잔의 한국전쟁을 치르고 나서도 수십 년이 되도록 그것을 해소하려는 노력을 하지 않았다는 것이다. 오히려 서로 상대를 악마화하면서 안보로 국민을 위협하는 소위 적대적 공존의 정권 유지로 인해 분단은 더욱 고착되고 당연시되어버린 것이다.

이처럼 분단국가의 외교관으로 평생을 보내버렸다는 사실에 허탈하던 차에, 우연히 재미 독립운동가인 귀암 김용중 선생의 이야기를 듣게 되었다. 그간 선생의 이야기는 교과서나 역사 관련 서적에 거의 소개되지 않아 잘 알려지지 않았다. 선생은 해방 직후부터 분단이 되면 내전이 일어날 것이 뻔하므로 그것을 기필코 막아 보려 애를 쓰고, 결국은 전쟁이 터지고 말자 중립화를 통해 분단을 해소하고 통일을 이루기 위해 미국 내에서 평생을 바친 선각자이다.

구한말 이래 한반도의 영세중립을 한번쯤 주장한 정치인이나 지식인들이 더러 있기도 하지만, 30년을 끊임없이 전 인생을 바쳐 노력해 온 사람은 없다. 선생이 재력이 크고 영어가 최고 수준이었다지만, 미국과 국제사회에 조국인 한반도와 한민족을 알리기 위해 무려 18년간이나 스스로 글을 쓰고 자기 돈을 들여 만든 Voice of Korea 지를 보는 일은 경탄 그 자체이다.

오늘날이라면 미국 내 한국 대사관과 문화원 직원이 모두 덤벼도 버거울 일을 홀로 수행해 온 일 당 백의 외교관이라 할 인물인데도, 미국에서 분단문제 외에 이승만과 박정희의 독재를 비판했다는 죄로 유해마저 오랫동안 조국에 돌아오지 못한 비운의 애국자다.

역사에서 우리는 어떤 사람들을 존경하고 기려야 하는가? 나라를 위해 무기를 들고 싸운 장군들이나, 공과의 논란이

책머리에

많은데도 높은 자리에 있던 정치 지도자들만 기억하고 가르쳐야 하는가? 그러한 질문과 문제의식에서 이 책을 쓰게 되었다.

평생 자주독립과 통일을 외치고, 그것을 위한 방법으로 한반도 영세중립을 주장하며, 미국 땅에서 한반도를 위해 언론과 외교활동을 하며 망국과 분단의 시대를 살다 간 한 해외동포 지식인의 삶과 꿈을 그려본 것이다. 위인전이나 평전 방식은 필자의 전문성도 없거니와 딱딱하기도 할 것 같아, 최대한 팩트에 기반하여 소설 방식으로 써보았다.

그들이 살던 백 년 전으로 돌아가, 그때의 시대상황과 사람들의 입장에서 생각하고 기술해 보려 하였으나, 허술한 능력에 덥석 덤벼 든 글쓰기는 수영을 모르고 강물에 뛰어든 꼴이어서 면구스럽다.

어떻게 살 것인가, 어느 길로 갈 것인가?

그것은 한 사람에게나 국가에게나 중대한 질문일 것이다. 역사의 거울 앞에 설 때 우리는 늘 자만의 자세보다는 성찰의 자세를 가져야 할 것이다. 수천 년의 우리 역사에서 20세기 후반기는 어떻게 기록될 것인가?

분단은 수십 년간 도덕적 국위손상은 물론 정치 경제적으로 엄청난 국력을 낭비시키고, 사람들의 심리 깊숙이 스며들어 전 민족의 사회 문화를 피폐케 하였다.

그러면 21세기에 우리는 어느 길로 가야 할 것인가?

역사적 소명으로 보나 국가와 민족의 평화와 번영을 위해서나, 분단의 가시밭길에서 고군분투한 김용중 선생이 가지 못한 길을 나침반으로 삼아야 할 것이다. 분단 상태에서나 통일이 된 후에도, 지정학적으로나 지경학적으로나, 안보 면에서나 경제면에서나, 스위스나 오스트리아처럼 영세중립은 아니더라도 핀란드처럼 중립적인 길을 가야 할 것이다.

21세기 한국 외교의 담론과 지향해야 할 방향은 '분단 극복'과 '균형 외교' 두 가지일 것이다. '총 균 쇠' 책으로 유명한 석학 재러드 다이아몬드도 21세기 한국이 해결할 양대 과제는 남북한 문제, 기후환경 문제일 것이라고 설파하였다.

우리의 역사적 상처인 분단의 과거를 되돌아보며, 우리의 후손인 다음 세대들이 분단 백 년이 가기 전에 꼭 통일을 이루어, 명실상부한 자주독립 국가를 만들어 주기를 간절히 비는 마음으로 책을 마무리했다.

분단이 어언 80년이나 지난 2025년 초에
권 태 면 씀

책머리에

차 례

책머리에 5

1장
집안싸움 (1945~1948)

떨어진 별

사람들은 대부분 어디로 가는지도 모르고 길을 간다.

탕!

한 방의 총소리가 한 여름의 푸른 하늘에 울려 퍼진다.

"허억~"

검은 리무진의 뒷자리에 앉은 신사의 커다란 몸뚱이가 위로
솟구쳐 덜컥 고꾸라지더니 가슴을 움켜쥐고 피를 토한다.

"아앗! 선생님, 괜찮습니까?"

고경흠은 왼편에 앉은 신사를 부둥켜안아 바로 세우며 어찌
할 바를 모른다.

탕 탕!

또 다시 리무진의 뒷 유리를 뚫고 들어온 탄환이 이번에는
머리에 맞은 듯 신사는 고경흠의 무릎으로 푹 쓰러진다.

"부, 부, 분~단을……"

피가 가득한 입에서 피와 신음을 한꺼번에 토하며, 고경흠의
무릎에 고여 있던 신사의 목이 힘을 잃고 아래로 푹 떨어진다.

"이봐요 운전수, 병원으로 빨리 빨리! 서울대학병원으
로…….."

창경궁을 거쳐 광화문 쪽으로 가는 혜화동 로터리의 도로
턱에 꺼먼 리무진 한 대가 도로의 턱을 치받고 멈춰 서 있다.

어디론가 길을 가는 행인들이 놀란 새처럼 눈을 휘둥그렇게
뜨고 차 쪽을 바라본다. 아낙네들은 하얀 치마와 저고리에
저마다 무슨 보퉁이를 머리에 이었고, 남정네들은 땟국물이
잔뜩 낀 일제의 군복이나 학생복 차림에 담배 연기를 뿜어대
고 있다.

모두들 어디로 무엇을 하러 가는 사람들인가?

한식 기와집과 일본식 양옥, 가난한 사람들의 판잣집들이

질서 없이 뒤섞여 있는 혜화동, 덜커덕거리는 우마차 옆으로 가끔 택시가 씽씽대며 달린다. 전통과 근대가 뒤섞여 흉하게 일그러진 오백 년 도읍이라는 서울의 모습이다.

또 누구 하나 죽었구나!

행인들은 한참 동안 입을 쩍 벌리고 눈만 멀뚱거릴 뿐 가까이 다가가 도와주려 하지는 않는다. 언제든 어디서든 날마다 일어나는 사건일 뿐이라는 듯 이내 제 갈 길을 간다.

1947년 7월 19일 낮 1시 서울 혜화동 로터리.

밤하늘의 북극성처럼 민족의 희망으로 반짝이던 별 하나가 그렇게 떨어졌다. 조선인들의 지도자 여운형 선생이 테러범의 총탄에 쓰러진 것이다.

분단이 아닌 통일로 가자던 뭇 백성들의 희망도 그와 함께 한풀 꺾였다. 일제에 빼앗겼다가 다시 찾은 땅 위에서 같은 민족끼리 이념 때문에 서로 갈라서지는 말자던 시대정신이 떨어진 것이다.

여운형이 힘없이 내뱉던 마지막 단어 '분~단'은 무엇을 말하려는 것이었을까? '아! 부, 부, 분단을 막아야 하는데……'였을까?

그러나 그 조국은 이미 분단의 길로 들어서고 있었다.

같은 시각 광화문의 미 군정청.

군정사령관인 하지(John Hodge) 중장이 재미동포인 김용중 재미조선사정협의회 회장과 마주 앉아 있고, 사령관의 옆에 버치(Leonard Bertsch) 자문관이 배석해 있다. 일제가 경복궁에서 남산으로 이어지는 조선의 기맥을 끊어 놓겠다고 경복궁 근정전 앞을 가로막아 지어놓은 바로크식 석조건물인 조선총독부, 이제는 미군에 접수되어 군정청이 된 건물이다.

"김 선생님, 제가 다른 일정 때문에 불가피하게 나가 봐야 할 사정이라 미안합니다만, 미스터 버치와 좀 더 상세한 얘기를 나눠 주시지요."

잠시 수인사와 덕담을 나누던 하지 장군이 서둘러 밖으로 나간다. 하지는 두 차례의 세계대전에서 싸운 백전노장이지만, 종전이 되자 갑자기 오키나와 사령관에서 남한의 점령군 사령관으로 오는 바람에 한반도에 관해서는 아무런 배경지식도 없는 군인이다. 그런 사람이 해방된 나라의 운명을 좌지우지하는 총독과 같은 역할을 하고 있다.

하지가 방을 나간 후 버치 자문관과 마주 앉은 용중은 벽을 바라보며 생각에 잠긴다.

국적도 없는 설움으로 망명하여 미국 땅에 살면서 조국의 독립을 위해 몸 바쳐온 지 삼십 여 년, 그러나 해방된 지 2년이 되어 가는데도 조국은 갈피를 못 잡고 대혼란에 빠져 있다.

한반도 점령에 대한 미소 간 합의의 배경과 내용도 정확히 모른 채 온 나라가 반탁과 찬탁 데모의 수렁에 빠져 있다. 임시정부 선거에 참여할 단체들의 자격을 놓고 남북이 대립하여 미소공동위원회도 제대로 가동되지 못하고 있다. 급기야는 남한 만이라도 단독정부를 수립해야 한다는 이승만의 주장이 나오고, 트루먼 독트린으로 세계에는 미소 간 냉전의 먹구름이 막 몰려오는 형국이다.

이러다가는 미소가 임시로 그어 놓은 38선을 경계로 남북이 진짜 분단되어 버릴 위험이 크다. 일제 36년을 견디고 버텨온 조국이 독립은커녕 분단으로 가다니 그럴 수가 있는가? 이 거대한 대혼란의 물길을 막아 보겠다고 용중은 한 달 전 미국에서 귀국하여 동분서주하고 있는 것이다.

한참만에야 용중이 헛기침을 하며 운을 뗀다.

"미스터 버치, 미국이 미소 공동위원회를 포기하고, 한반도 문제를 유엔으로 넘기려 한다는 소문이 들리는데 사실인가요?"

하지 장군의 복심이라 불리는 버치 중위는 미국의 명문 하버드 대학 로스쿨을 나와 오하이오에서 변호사로 활동하던 중에 조선에 온 정치장교다. 조선을 어떻게 통치할 것인지에 관해 사령관에게 자문하고 미국 정부에도 보고하는 위치에 있으니, 37세의 시퍼렇게 젊은 군인이지만 조선에게는 누구 못지않게 중요한 사람이다.

미국의 엘리트 못지않은 용중의 수준 높은 영어에 버치 중위도 입 밖으로 나오는 단어에 신경을 쓰며 조심스레 대답한다.

"선생님께서 미국이 신뢰할 수 있는 몇 안 되는 조선인들 중 한 분이기 때문에 솔직히 말씀 드리지요. 조선 문제에 대한 우리의 정책은 임시정부가 세워진 후 조선인들의 국가운영 능력이 확인되면 5년 이내에 조선을 완전 독립시킨다는 것 아닙니까? 그러나 임시정부에 참여할 자격을 놓고 정파들끼리 진흙탕 싸움만 벌여 선거를 할 수 있을지 자체부터 삐걱거리니 저희 사령부나 미국 정부로서도 어떻게 해야 할지 모르는 상황 아니겠습니까?"

"이런 분열적인 모습을 보이고 있어 같은 조선인으로서 부끄럽기 짝이 없습니다. 자유민주주의라는 게 서로 다른 의견 간의 타협인데, 일제 식민통치 때문에 자체 정부를 운영해 본 적이 없어서인지 조선인들끼리 자유만 부르짖고 민주는 모르니 말입니다. 그래서 여운형과 김규식 선생 등이 모든 정파가 참여하는 거국적인 임시정부를 만들어 보자고 좌우합작을 추진하는 것 아닙니까?"

"그래서 극좌와 극우로는 안 되겠으니 우리 미국으로서도 대다수 국민이 가장 따르는 여운형을 민정상관으로 임명하여 임시정부가 구성되도록 해보려 합니다. 아마 오늘 오후에 하지 장군의 지시로 존슨(Johnson) 민정관이 여운형을 만나 그러한 뜻을 전달할 예정인 것으로 압니다. 다만 갈갈이 찢겨진 코리아의 정치세력들이 우리의 방향에 따라올 지 여부가 문제지요."

용중은 지난 한 달 동안 수많은 정객들을 만나고, 군정청의 미국인들을 만나 호소해 온 것이 헛일은 아니었다는 보람에 코끝이 찡해온다. 버치는 좌우가 극단 대립하는 한반도의 정치 지형으로 볼 때 여운형과 김규식 등 중도파를 중심으로 임시정부를 만들어야 한다는 이른 바 '버치 보고서'를 워싱턴 미 정부에 보고한 사람이 아닌가.

"미스터 버치, 미국이 좌우 합작을 추진해 주는 데 대해 정말 감사드립니다. 저는 정파들의 분열이 이념의 차이라기보다는 이승만, 김일성 등 권력을 잡아 보겠다는 사람들의 사욕에서 비롯된 것이고, 이념은 그것을 위한 국민 선동의 도구가 되고 있다고 봅니다. 따라서 자기에게 권력이 오지 않는 한 타협이 어려울 텐데, 좌우 합작이 순조롭게 이루어지지 않을 경우에 미국으로서는 다른 플랜도 있는지요?"

"그거야 점령국인 우리 미국이나 소련보다는 자기 땅에 사

1장 집안싸움

는 사람들에게 달린 일이 아닐까요? 말씀 드리기 송구하지만, 제가 겪어본 바로는 조선인들은 모두가 잘 나서 각자 자기가 권력을 쥐려 하기만 하고, 서로 타협하거나 통합하려고 하지는 않는 것 같더군요. 그렇게 되면 미소 간의 공동위가 아무런 기능을 못하고, 한반도 문제를 미국 혼자 독단적으로 처리할 수도 없는 것이니, 미국으로서도 국제적인 처리를 한답시고 한반도 문제를 유엔으로 넘기려 하지 않을까 싶군요."

"미스터 버치, 전후 세계 각지에서 일어나는 온갖 상황들을 처리해 나가야 하는 미국의 복잡한 입장을 충분히 이해합니다. 다만 이 한반도에서 수천 년을 같이 살아온 단일민족이 둘로 갈라지는 일은 없도록 미국도 신경을 써 주기를 바랍니다. 왜냐하면 한민족의 오랜 역사와 문화로 볼 때 분단이 되면 필연적으로 동족끼리 전쟁을 벌이는 참변이 일어날 것이기 때문입니다."

새파랗게 젊은 외국 군인에게 하소연을 하며 용중은 새삼 자신이 역사의 변곡점에 서 있음을 느낀다.

'사람들은 대개 오늘의 가벼운 결정이 치명적 운명이 되는 줄을 미처 모르고 살아간다. 코앞의 편익에 눈이 멀어 길게 멀리 내다보지 않고 살아가는 것이다. 지나고 보면 그때가 역사의 분기점이었고, 다시 돌이키기 어려운 것이 되어 버린다.

지금이 그러한 시기이고, 조국은 분단과 전쟁을 향해 가고 있다. 이를 어찌 할 것인가.'

그 때 갑자기 책상 모서리에 있는 군용전화가 요란하게 울린다. 수화기를 든 버치가 "홧?" 하며 소리를 지르더니, 벌린 입을 다물지 못한다.

"김 선생님, 미스터 여가 죽었다 하는군요."

"예? 누가 죽었다고요?"

"미스터 여! 운! 형! 말입니다. 방금 전까지 우리가 얘기하던 사람, 선생께서 존경하고 미국인인 저로서도 높이 평가하는 그 분이 살해당했답니다."

"아니 그럴 리가? 노~우! 제가 한 시간 전까지도 그 분과 같이 있다가 이곳에 왔는데요?"

"방금 전 시내에서 리무진을 타고 가다가 테러를 당해 서울대학병원으로 실려 갔다 합니다."

용중은 벼락이라도 맞은 듯, 꿈인지 생시인지 어안이 벙벙해진다. 버치 중위와 인사를 하는 둥 마는 둥 허겁지겁 군정청을 나와 몸을 비틀거리며 서울대학병원으로 내달린다.

병원에는 벌써 수많은 경찰들이 여기저기 눈을 부릅뜨고 진을 쳤다. 그들을 밀치고 현관문에 들어서자마자 어디 계신지 방을 물어보지도 않고 사람들이 웅성거리는 쪽으로 간다.

수술실 문을 열고 몽양을 늘 모시고 다니는 비서관 격인 고경흠이 나온다.

"고 동지, 날세. 아니 아까까지 멀쩡하셨는데 선생님이 변고를 당하셨다는 게 사실인가? 그래 선생은 어떠신가?"

고경흠은 일본에서 사회주의를 공부한 삼십 대의 엘리트로, 문필가이자 신문사 사장으로 일하면서 정치적으로는 여운형을 보좌하는 사람이다.

"운명하셨습니다. 갈아입을 옷을 가지러 계동 자택에 가겠다고 저와 함께 명륜동 정 사장 집을 나오셨는데, 글쎄 골목길을 나와서 혜화동 로타리로 들어와 우회전하는데 갑자기 파출소 앞에 있던 트럭이 후진하지 않겠어요? 트럭을 비켜가려고 속도를 줄이자 갑자기 차 뒤편으로 어떤 젊은 놈이 권총을 들고 달려들어 선생께 총격을 퍼붓고 내뺐습니다."

선생을 껴안으면서 피범벅이 된 고경흠의 옷에는 아직 피가 채 마르지 않은 모습이다. 고경흠은 순식간에 벌어졌던 일에 공황장애를 일으킨 듯 아직도 감정을 주체하지 못하고 장황하게 말을 더듬는다.

"혜화국민학교 골목으로 냅다 도망치는 놈을 우리 경호원이 양손에 권총을 빼 들고 득달같이 쫓아가는데, 아니 이런 황당한 일이! 글쎄 골목에 있던 경찰 놈이 쫓아가는 우리 경호원을 오히려 범인이라고 소리치면서 넘어뜨리지 않겠습니까? 경호원이 그 경찰 놈과 실랑이를 하는 바람에 범인을 놓쳐 버렸답니다. 백주대로에서 어떻게 이런 일이…… 선생님, 이건 진짜 나라도 아니고 무법천지입니다. 경찰과 짜고 치는 우익 테러집단의 짓이 분명하고요."

명망가의 변사 소식에 병원에는 사회 지도층 인사들이 하나둘씩 부리나케 도착한다. 갑자기 병실에서 여인의 울부짖는 소리가 들린다.

"너희가 우리 아버지를 죽여 놓고선 뭣 때문에 여기 나타나는 거야, 썩 꺼져!"

여운형의 스물 네 살 난 큰 딸 여난구다. 멀쩡한 대낮에 부친이 변고를 당했다는 소식에 어머니 진씨 부인을 모시고 부리나케 병원으로 달려와 하늘이 무너져라 흐느끼고 있는데 수도경찰청장인 장택상이 나타난 것이다. 그는 경상도의 내노라하는 집안 출신으로, 젊어서는 독립운동도 하였으나 해방 후에는 권력의 냄새를 맡고 친일파와 우익에 붙은 사람이다.

장택상이 나타난 것은 치안책임자로서의 의례적 방문인 듯하였으나, 여난구는 소위 치안총수라는 자가 얼마 전 아버지에게 하던 말이 떠올라 더욱 치가 떨린다.

'선생을 노리는 자들이 많아 경찰로서도 장담하고 책임질 수 없는 상황입니다. 목숨을 부지하려거든 시골로 숨든지 북으로 가든지 하는 게 낫지 않겠습니까?'

장택상의 말은 이제 와 생각하니 살해계획을 이미 알고 한 말인지도 모른다. 나아가서는 이승만의 내락 하에 치안 총수가 직접 범죄를 모의했거나, 적어도 정보를 알면서 방관했는지 모른다. 그의 휘하에서 실제 수사를 하게 될 수사과장이라는 자도 친일파로 악명이 높은 노덕술이 아닌가. 그러니 앞으로 범죄의 전모를 밝혀내는 일도 기대할 수는 없을 것이다.

난구는 또한 해방 후 두 해 동안 열 두 번이나 우익들의 테러를 당할 때마다 아버지가 하던 말이 떠올라 더욱 슬픔이 치오른다.

'애들아, 혁명가는 침상에서 죽는 법이 없다 하니, 나도 아마 서울 한복판에서 죽을 것이다. 내가 길바닥에 쓰러지더라도 너희들은 울지 마라. 울지 마라, 그리고 일어나 싸워라.'

유족의 격한 반응에 우물쭈물하다가 슬며시 방을 나가는 장택상의 뒷모습을 바라보며, 용중은 20일 전인 지난 달 6월

28일에 하지 장군이 직접 공개서한을 통해 이승만의 테러 음모를 비판했던 일을 떠올린다.

'귀하와 김구씨가 미소공동위에 대한 항의수단으로 테러와 경제교란을 책동한다는 고발이 들어오고 있습니다. 그런 케케묵은 방식은 조선이 독립할 준비가 안 되었다는 것을 세계에 보여주고 조선 독립에 막대한 지장을 줄 것이므로 그러한 고발이 사실이 아니기를 바랍니다.'

또 불과 이틀 전 미 군정청 재무관리인 에드워드 배(Edward Bae)의 집에서 미국인 정치고문단들과 여운형, 김규식 등 합작파 인사들, 김호, 김용중 등 재미 한인들이 모여 미소공동위의 장래를 걱정하는 모임을 가졌을 때, 정치적 반대파들이 자기의 목숨을 노리고 있다고 푸념하던 여운형 선생의 말도 떠오른다.

용중은 숨을 고르고 마음을 추스리며 병실 문을 열고 들어간다. 수술환자용 철제 침대에 선생이 누워 있다. 늘 즐겨 입는 흰색 양복, 피를 토한 입과 온 몸에 낭자한 선혈을 아직 닦지 않은 모습이다.

방 안에서는 양복을 입은 사람들과 의사들 간에 장례를 상의하고 있다. 선생이 두 달 전 설립한 광화문 사거리의 근로인민당으로 시신을 옮겨 인민들의 조문을 받고, 장례는 김원봉을 위원장으로 하여 국민장으로 치르자는 둥 선 채로 구수회의를 한다.

　용중은 시신 앞에 입술을 깨물고 선다. 터져 나오는 울음을 삼키며 스스로에게 다짐한다.

　'선생님, 어떻게든 민족이 분열되지 않고 통일의 방향으로 갈 수 있도록 미력을 다하겠습니다.'

　충격적인 소식을 듣고 허겁지겁 달려오는 각계각층의 인사들, 조선경찰과 미군의 수사요원들까지 두서없이 계속 몰려들어 용중은 시신 앞에서 마냥 슬퍼하며 오래 머물 수도 없다.

　아직도 바닥에 까무러쳐 있는 부인과 딸, 드나드는 사람들의 분주함과 소란함을 뒤로 하고 용중은 병원 문을 나선다. 어떤 놈이 그를 휙 앞질러 나가며 한 마디 내쏘며 잰 걸음으로 사라진다.

　"다음은 선생이 죽을 차례요!"

　"?"

　한 여름의 후끈한 열기 속에서도 용중은 등골이 오싹해진다. 언제 어디서든 자객이 나타날지 모르는 공포로 심장이 멎는 듯 하고 가슴이 움츠러든다. 이런 상황일수록 더욱 차분해져야 한다고 스스로 타이르면서도 꿈속인 듯 발이 말을 듣지 않는다.

뒤뚱거리고 허둥대며 간신히 길가에 나온 용중은 한 여름 오후의 쨍쨍한 하늘을 올려다보며 눈을 감는다. 어디로 갈 것인가. 아침부터 용중이 머무는 김호의 집까지 찾아오신 몽양과의 대화가 귓전을 맴돈다.

"선생님, 이른 아침인데 이렇게 성북동까지 오시니 몸 둘 바를 모르겠습니다."

"김 동지가 미국에 다시 돌아간다니 서운해서 작별이라도 하려고 온 것 아닌가."

"선생님, 조국의 사정을 제 눈으로 직접 보았으니 이제 워싱턴에 돌아가서 미국 정부에 한반도를 잘 이해시키는 게 제가 할 일이라고 생각합니다. 미국도 전후에 갑자기 세계 각지의 일을 한꺼번에 다루면서도 각 나라의 역사와 현실을 깊이 알지는 못하니, 가만 놔두면 자칫하다가 배가 산으로 갈 수도 있을 테니까요."

"맞아 그렇지. 잘 알겠네. 그리고 며칠 전 김 동지가 미군정과 나의 관계에 관해 적어 달라고 했지 않소? 그것을 어제 김 동지에게 편지로 써서 인편으로 보냈는데 받았나?"

"예, 잘 받았습니다. 처음에는 선생님을 좌익 성향이라고 경원시하던 미군정도 이제 선생님을 중심으로 정국을 풀어 보려 하는 것 같으니, 저도 미국 정부에 선생님에 대한 오해가 없도록 설득하는 데 최선을 다하겠습니다."

용중은 그날 새벽에 인편으로 보내온 몽양의 편지가 생각난다. 사회주의 성향을 가진 여운형을 공산주의자라고 오해하는 미 우익들에게 증거로 보여줄 필요가 있을 것 같아, 선생과 미군정 간의 관계를 친필로 영어로 써달라고 부탁했던 편지다. 미국 유학파가 아니라 중국 난징의 금릉대학 영문과 출신인데도 이승만 박사보다 발음이 더 좋고, 어휘와 문법이 더 정확하다고 소문이 난 몽양의 영어다.

　　　＜……미군은 상륙전부터 (음험한 고자질 때문에) 나에 대한 인상이 좋지 않았소. 조선에 진주한 하지 장군은 나를 처음 만났을 때, 총독부가 나에게 모든 권한을 인계한 게 불쾌한 것인지, '왜놈(Jap)과는 무슨 관계가 있느냐, 왜놈으로부터 돈을 얼마나 받았지?'라고 물었소. 나는 그의 질문과 불친절한 태도에 기가 막혔소.
　　　……(중략) 나는 군정청의 성실성과 선의를 의심하지 않을 수 없는 일에 부닥칠 때가 많소. 북의 소련인들이 극좌분자를 선호하는 경향이 있다면, 남의 미국인들은 극우분자를 두둔하고 있소. 좌파면 누구나, 아니 극우분자가 아니면 누구나 공산주의자로 낙인찍히고 그 활동에 방해를 받고

있소.

루즈벨트 대통령은 1941년 의회연설에서 세계는 네 가지 기본적인 인간의 자유를 구축해야 한다고 했소. 언론의 자유, 종교의 자유, 궁핍으로부터의 자유, 공포로부터의 자유가 바로 그것이오. 나는 공포로부터의 자유가 없소. 나는 미군정이 국가경찰로 채용한 친일파들의 손아귀에서 고통받고 있소……>

편지를 보며 용중은 미 점령군이 남한의 우익과 친일세력에 포위되어 한 통속이 되어 버렸다는 데 대해 화가 나고, 겉으로는 태연해도 속으로는 친일파들의 위협을 두려워하는 선생이 안쓰러웠다.

"김 동지, 남의 나라에서 먹고 살기에도 바쁜 해외동포들에게 늘 미안할 따름인데, 아무튼 백척간두에 있는 조국을 위해 미국을 상대로 계속 애써 주시기 바라오."

"예, 선생님. 그리고 미국이 선생님을 제대로 모르고 있으니 기회가 되면 미국에도 한 번 방문하시는 것을 생각해 보셨으면 합니다. 선생님께서 대한올림픽위원장으로서 곧 스위스에서 열리는 국제올림픽위원회(IOC)에 참석하시는 계기에 미국을 들리셔도 좋고요."

"그런 일들을 포함하여 국제관계를 계속 김 동지와 상의하도록 하리다. 그럼 이만 가보겠네."

"아이구, 찾아오신 선생님께 송구하게 여기서 인사드릴 수는 없지요. 그렇지 않아도 저도 미 군정청에 나가는 길이니 명륜동 정 사장 댁까지 같이 모시고 가겠습니다."

용중은 몽양이 타고 온 리무진에 동승하여 정 사장의 집까지 같이 간다.

"자아, 김 동지, 이제 진짜 마지막이군. 미국까지 정말 먼 길일 텐데 무사히 가시게. 그럼 안녕히, 굿 바이!"

근엄하기보다는 친근하고 격의 없는 스타일이다. 무거운 마음을 안에 감추고, 겉으로는 껄껄 농담도 하는 모습이 더욱 마음을 짠하게 하였다.

"예 선생님, 아무쪼록 몸조심하시고 안녕히 계십시오."

용중은 선생이 편지에 언급한 공포로부터의 자유(freedom from fear)라는 말이 떠올라 꺼림칙했었다. 다행히 모면하긴 하였지만 그간 열 번이 넘게 테러를 당하자 정 사장 집에 피신해 살던 상황이 아니었던가.

병원 앞에서 넋을 잃은 듯 한참을 망연히 눈을 감고 섰던 용중은 이내 그리 멀지 않은 명륜동 정무묵 사장의 집으로 향한다.

정 사장은 일찍이 이십 대에 차량정비 사업 등으로 큰 돈을 벌고 이제 막 사십에 접어든 재산가다. 그는 해방이 되자 조선 호텔에서 쓰던 리무진을 사들여, 민족을 위한 정치 사업으로 바쁜 여운형 선생께서 쓰시라고 드린 사람이다. 호떡사장이라는 별명이 붙을 만큼, 호떡으로 점심을 때우는 구두쇠이면서도 문화와 예술이 소중하다면서, 가난으로 인해 천재적인 재능을 펼치지 못하는 조선의 화가들을 자기 집에 먹이고 재우는 사람이기도 하다. 그리고 넉 달 전 몽양 선생의 계동 고택 아궁이에 폭탄이 설치되어 집 반쪽이 날아간 테러사건이 터지자, 당분간 자신의 집에 계시라면서 선생을 명륜동 한옥의 별채 사랑방에 모셔왔던 것이다.

갑작스런 비보를 정 사장 댁에 어떻게 전해야 할 지 난감해하며 한옥의 대문을 여는 순간, 용중은 다시 소스라친다. 여러 명의 사복형사들이 신발을 신은 채 이 방 저 방을 뒤지며 소란을 떨고 있고, 젊은 안주인과 일하는 도우미들이 겁에 질려 치맛자락을 붙잡고 서있다.

"아니 범인은 잡지 않고 이 집에 무슨 일이 있다고 여기를 뒤지는 거요?"

1장 집안싸움

테러집단을 잡으러 다녀야 할 놈들이 엉뚱하게 피해자 쪽에 와있는 모습에 화가 치밀어 용중이 버럭 소리를 지른다.

"…… 이 집의 주인장은 우리가 잘 아는 분인데, 선생은 누구신데 큰 소리를 치시오? 아하, 혹시 오전까지 이 집에 같이 있었다는, 그 미국에서 왔다는 김용중이라는 분 아닌가요? 그렇다면 선생도 몸조심을 해야 할 긴대요……"

용중은 움칫했다.

'서울에서 잘 알려진 인물도 아닌 나를 이미 알고 있으며, 더구나 선생과 내가 오전에 여기에 같이 있었다는 것까지 알고 있는 이 자들은 대체 누구인가? 방금 전 병원의 문 앞에서 섬뜩한 경고를 날리고 사라지던 놈도 어쩌면 이놈들의 묵인하에 활개치는 깡패일 수도?'

오금이 저리는 느낌이다.

용중은 그간 여운형 선생을 모시느라 자주 들락거리며 친숙해진 아녀자들에게 모두들 조심하라는 눈인사만 한 채 거기서 멀지 않은 성북동 김호의 집으로 발길을 재촉한다.

김호는 재미동포 사회의 대표적인 독립운동가다. 1941년 서로 경쟁하고 대립하던 미국 내 한인단체들이 서로 단합해 보자고 하와이에서 한민족대회를 개최하였다. 9개 단체가 참여하여 재미한족연합위원회를 만들어 하와이에 의사부를 두고, 로스앤젤레스에는 김호를 위원장으로 하는 집행부를 두었다. 김용중은 집행부에서 외교분야를 담당하는 선전과장 역할을 맡아 왔다.

나라가 해방되자 고국으로 돌아오는 사람들로 한반도는 그야말로 몸살이었다. 남한에 1600만, 북한에는 900만의 인구인데, 특히 남한에는 일본, 중국, 러시아에 있던 한인들, 북에서 탄압을 피해 내려온 자본가와 기독교인 등 2백여만 명이 물밀듯 들이닥쳤다.

재미한족연합위원회도 새 나라가 세워지는 걸 돕기 위해 미주에서 5명, 하와이에서 9명 등 14명의 대표를 고국에 파견할 것을 결정하여, 김호 회장도 그 해 10월 초에 1차 귀국단으로 들어왔다. 망명 간 남편을 기다리며 33년간이나 아들딸을 키우며 살아온 부인 이숙종을 만나 성북동 파출소 건너편에 집을 사서 같이 지낸다. 김호가 김규식 선생을 도우며 혼란한 정국에 관여해 온 지도 벌써 1년 반이 넘었다.

용중은 해방된 조국이 독립국으로서 바로 서기 위해서는 국내적 단합, 국제적 여건의 두 가지가 필수요건이라고 생각한다. 국내적 단합을 위해서는 자기가 아니라도 훌륭한 분들이 많으니, 자신의 역할은 국제적 여건 조성이라 생각한다. 특히 2차 대전 승리로 세계 최강국이 된 미국의 협조를 얻는 것이

관건이라고 보고, 다른 동포들처럼 고국으로 가지 않고 미국
에 남았던 것이다.

그런데 갓 해방된 국내가 하나로 뭉치지 못하고 분열되고
있다는 뉴스는 미국에서 동분서주하는 용중을 맥 빠지게 하는
일이었다. 일제의 쇠사슬에 묶여 있던 게 언제였냐는 듯, 풀려
난 노예들끼리 왜 서로 이전투구를 하는 것인지 용중은 조국의
분열상에 애간장이 탔다.

워싱턴에서 손발이 닳도록 미국 정부와 언론, 대사관들과
유엔 등 국제사회를 향한 활동에만 매진하던 용중은 고국의
현장을 직접 찾아가 보아야만 할 듯 싶었다. 워싱턴에서 국무
부 말만 들을 게 아니라 서울의 미군정 사람들을 직접 만나보
고, 민족을 위한 최고의 지도자이면서도 미군정과 우익에 밀려
힘을 쓰지 못하고 있는 여운형 선생을 도와야 할 것 같았다.

해방이 되자마자 용중은 몽양에게 여러 경로로 편지를 계속
보낸다. 상해가 아니라 미국에 가서 실력을 연마하여 조국 독
립을 위해 일해 달라고 당부하시며 자신을 미국으로 보내준
분, 오늘날의 자신을 있게 해 준 스승이자 자주통일국가를
신념으로 내세우고 있는 민족의 지도자다.

　　<여 선생님, 일제가 항복한 후로 저는 한 마리 매처럼
　　미국에서 한국의 정세를 관찰해 오고 있습니다. 파당 다툼,

친일부역자라고 공산주의자라고 상호 간에 공격하는 모습, 몰지각한 시위와 유혈폭동을 보고 있습니다. 국가재건을 위해서 일을 해야 할 때 말입니다.

우리가 만일 배알이 조금이라도 있다면 소련이나 미국, 다른 어떤 곳으로부터도 지시를 받아서는 안 됩니다. 물론 미국 및 소련과 협력해야만 합니다. 그러나 어떤 나라에 대해서도 굴종적일 필요는 없습니다. 저는 우리의 구원이 어느 한 쪽의 정치적 이념에 있지 않다고 믿습니다. 한국의 지정학적 위치 자체가 그것을 요구합니다.

(중략)

선생께서는 기억하시나요? 1917년 제가 미국으로 떠날 때 저에게 해주셨던 말씀을요. 조국을 위해 무언가 좋은 일을 하기 전에는 돌아오지 말라 하셨지요. 그 말씀을 저는 결코 잊어본 적이 없습니다. 오늘날까지 삼십 년간 저는 그리운 고향 땅을 밟아보지 않았습니다.

선생께 저는 매우 솔직합니다. 왜냐면 선생은 개인의 영달과 권세를 꾀하는 분이 아님을 알기 때문입니다. 저 또한 한국에서 1인치도 자리를 차지하고픈 생각이 없습니다. 그래서 저는 보잘 것 없는 능력이라 하더라도 겨레를 위해 최선을 다해보려 할 따름입니다……. 1946. 2. 26>

지난 달 서울에 들어와 몽양과 국내정치, 대미외교 등 국가 대사

1장 집안싸움

를 협의해 온 지 한 달이다. 용중은 대화 외에도 가끔은 자기의 생각을 정리하여 몽양에게 편지를 보냈던 일도 생각이 난다.

<우리는 끈기와 정치력을 필요로 합니다. 극우와 극좌에 편향되는 것은 피해야 합니다. 정치적 이념에 상관없이 우리는 한 민족으로서 같이 살아가야 합니다. 생존하기 위하여 우리는 뭉쳐야 합니다.

우리에게 독립정신이 없다면 독립을 누릴 자격이 없습니다. 다른 나라의 후견을 구할 것이 아니라 스스로 서야 합니다. 그 길을 간다면 아무도 가로막을 수 없습니다. 미국과 소련은 우리의 용기에 경탄할 것이고, 우리의 자유를 존중할 거라고 저는 믿습니다.

(중략) 완전한 해방과 독립을 이루기에는 아직도 멀고 힘든 길을 남겨두고 있습니다. 지난 날 우리가 얼마나 어리숙하게 국제정치의 놀이감이 되었고, 어떻게 일제의 희생물로 전락했는지를 우리는 생생히 기억하고 있습니다. 국제적으로 우리는 특이한 입장에 놓여 있지만, 누구도 적대시해서는 안 되며 누구에게도 굴종해서는 안 됩니다. 모든 나라와 우호관계를 유지하는 것을 항구적인 정책으로 삼아야 합니다.(1946. 12. 23. 사본 김규식 박사, 하지 장군에게)>

김호의 집으로 올라가는 길, 성북동 비탈이 시작되는 개천가에 빡빡머리 소학교 아이들이 땅따먹기 놀이를 하고 있다. 사금파리로 땅 위에 영토를 그려놓고 좌우에서 서로 공격하여 상대의 영역을 뺏어먹는 놀이다. 또래의 여자아이들은 그 옆에서 세 명씩 한 팀이 되어 노래를 부르며 줄넘기 내기를 한다.

> 백두산 뻗어내려 반도 삼천리
> 무궁화 이 동산에 역사 반만 년
> 대대로 예 사는 우리 삼천 만
> 복되도다 그 이름 대한이로세

일제가 금지해도 기를 쓰고 도망 다니며 불러대던 '조선의 노래', 해방이 되자 '조선'을 '대한'으로 가사를 바꾸어 이제는 맘 놓고 부르는 '대한의 노래'가 되었다. 폴짝거리며 뛰던 팀은 발이 걸려 물러서고, 다른 아이들 세 명이 줄을 넘으며 합창을 한다.

> 미국 놈 믿지 마라
> 일본 놈 일어선다
> 소련 놈에 속지 마라
> 되(중국)놈 되나온다

어른들이 뇌까리던 말을 그럴싸하게 노래로 만들어, 아이들은 박자를 맞추어 열 번이고 스무 번이고 고무줄에 발이 걸려 끝날 때까지 되풀이한다. 한 여름 땡볕에 온 세상이 낮잠을 자는 듯한 성북동 골목에 철모르는 아이들의 합창소리만 울려 퍼진다.

도둑

"회장님, 몽양 선생이 돌아가셨습니다~."

김호의 집 대문을 열기가 바쁘게 용중은 안에 대고 소리를 지른다. 김호는 용중보다 무려 열네 살이나 더 많은 나이인데도, 이역만리 미국 땅에서 무려 삼십 년을 동고동락한 사이여서 허물이 없다. 용중에게는 이민생활 삼십 년 동안 늘 가까이에서 가르침을 준 선생이요 선배요 동지다. 사업적으로는 청과물 유통 사업을 시작한 초기부터 연계된 파트너이다. 김호는 김형순과 함께 미국 내 최초의 한인 백만장자요, 임시정부에 가장 많은 자금을 보내온 독립운동가이자 미주 한인사회의 대표 격인 인물이다.

1947년 6월 16일, 용중이 삼십 년 만에 꿈에 그리던 고국에 돌아와, 커다란 한옥에 방들이 많은 성북동 김호 선생의 집에 묵으면서 여운형 선생을 도와온 지도 벌써 한 달 째다.

용중은 한 달 전 귀국하던 날 이 집에 모여 있던 기자들에게 말했던 자신의 귀국 일성이 떠오른다.

지금 이 나라가 가는 길은 남북으로 갈라지는 길이며, 갈라지면 곧 이어 내전이 벌어질 것이 불 보듯 뻔합니다. 이 상황에서 우리는 좌든 우든 모든 세력이 참여하는 통일된 체제로 가야하며, 그것을 위해 제가 할 수 있는 일이 있다면 무엇이든지 돕기 위해 잠시 귀국한 것입니다.

그 후 성북동 김호의 집은 정치부 기자들에게 좌우 대립을 하지 말고 중도로 가야 한다고 주장하는 재미동포 대표들의 아지트라고 알려지게 된다. 7월 8일에는 용중이 조선라디오에 출연해 '단합을 호소함'이라는 제목으로 연설을 하기도 했다.

나는 우리 인민들이 서로 증오하고 있는 것을 매우 괴로워하고 있습니다. 좌익은 우익을 증오하고 우익은 좌익을 증오합니다. 우리가 단합하지 않으면 아무데도 갈 데가 없고, 우리 민족은 망할 것입니다. 나는 우리의 지도자들이 공동의 근거를 마련하기를 진심으로 호소합니다.

"회장님, 몽양 선생이 총에 맞아 돌아가셨다니까요~."

환갑이 지나 벌써 머리가 빠지고 백발이 성성한 김호는 얼빠진 사람처럼 마루에 앉아 마당만 내려다보고 있다.

"…… 방금 전 인편을 통해 들었네. 송진우 선생 테러에 이어 몽양 선생도 총탄에 죽는 무법천지가 되었으니, 이건 도대체 서부 활극도 아니고 나라가 어디로 가는지 그야말로 큰일이네."

"회장님, 힘없는 토끼를 잡아먹으려고 늑대들이 사방에서 노려보고 있는 상황에서, 삼천만이 하나로 뭉쳐도 될까 말까인데 이렇게 집안싸움만 벌이고 백색테러가 횡행하니, 이 나라는 정말 어디로 가는 겁니까?"

용중은 아무 말로나 투정을 부릴 수 있는 상대는 선배뿐이라는 듯 김호 앞을 서성대며 주먹으로 마룻바닥을 쳐댄다.

오전에 본 몽양 선생이 오후에는 싸늘한 주검이 되어 있다는 현실을 믿을 수가 없다. 더운 여름이라고 위아래 하얀 양복에 하얀 파나마 모자를 쓴 조선 최고의 멋쟁이 미남 정치가, 팔십 킬로의 거구에 만능 스포츠맨인 선생이 세 발의 총알에 무너져 버린 어처구니없는 현실을 믿을 수가 없다.

김호는 이런 때일수록 흥분하지 말고 차분해야 된다는 듯,

열을 내는 용중의 말을 들으며 조용히 땅바닥만 보고 있다.

"이봐, 그렇게 허둥대지 말고 차분히 앉아서 얘기하세."

"아이구 회장님, 불과 몇 시간 전에 바로 이 집에 있던 몽양 선생이 총 맞은 모습을 제 눈으로 보고 오는 길인데 어떻게 차분할 수 있겠습니까?"

용중은 툇마루에 앉은 김호를 올려다보며 댓돌 앞마당에서 발을 동동 구른다. 김호는 용중이 흥분을 가라앉히고 옆에 와 앉기만을 기다린다.

"이봐 용중, 어떤 일이든 차분하지 않으면 그르치기 십상인데, 이런 때일수록 특히 차분해야 하네."

"………"

용중은 뜨거운 한숨을 후후 뱉으며 분을 삭히려 숨을 몰아쉬어 본다.

"용중, 자네에게 지금 해도 될 말인지 모르겠는데…."

"? …… 이 판국에 무슨 다른 말씀이 있으십니까?"

"자네도 좀 조심해야 되지 않나 싶어 그러네."

몽양의 죽음을 말하고 있는데, 김호의 엉뚱한 말에 뜨악해하며 용중의 거친 호흡도 조금 잦아든다.

"아니 그게 무슨 말씀이신지……, 혹 제가 뭘 조심하지 않은 게 있습니까?"

"사실은……, 잠깐 전에 다음에 죽을 차례는 자네라는 협박 같은 전화를 받았네."

용중은 열이 나던 몸이 다시 오싹해지는 느낌이다. 병원을 나올 때 어떤 놈이 지나가며 내뱉던 말, 정 사장 집에서 수사관 놈들이 넌지시 중얼거리던 협박 같은 말들은 경황이 없던 중이라 흘려들었는데, 자기가 기거 중인 성북동 김호 집에까지 전화가 왔다 하니 이건 보통 일이 아니다. 도대체 어떤 놈들이며, 그들이 어떻게 성북동 전화까지 알고 있을까?

"제 이름을 콕 집어서 말하던가요?"

"음, 그러더군."

"아니, 제가 무슨 정치인도 아니고 거물도 아닌데, 왜 저를……?"

"나도 그게 좀 궁금하였는데, 가만 생각해 보니 그럴 수도 있겠다는 생각이 들었네. 그간 우익들의 행태를 보면, 그들의 목표에 방해가 되는 자는 모두 죽이겠다는 결사적인 태세가 아닌가? 같은 우익인 송진우도 신탁통치에 대한 말 한 마디 때문에 살해당한 걸 보면 알 수 있지 않나? 앞으로도 이런 테러가 그치지 않을 것이 걱정되네."

"그거야 짐작해 볼 수 있는 일이겠지요. 그런데 저처럼 송사리 같은 사람이 무슨 관계가 있다고……."

"그건 자네의 생각이고, 저 놈들이 볼 때는 안 그렇겠지. 그간 하지 장군과 이승만이 그토록 서로를 미워하더니, 최근에는 하지가 이승만을 내치고 여운형, 김규식과 함께 합작정부를 만들려고 한다는 소문이 자자하지 않나? 거기에다 며칠 전 7월 11일에는 미군정이 미국에 있는 서재필 박사를 고문으로 귀국시켰는데, 서 박사에게 대통령을 할 의사를 타진하니 사양했다는 소문까지 돌고 말이야. 그러니 우익들의 심정이 어떻겠나? 오늘 몽양이 살해당한 게 아무래도 이런 일련의 일들과 무관하다고 할 수 있을까?"

"사실은 버치 중위로부터 미군정이 오늘 오후에 몽양을 만나 임시정부를 끌고 나갈 지도자로 몽양을 인정할 예정이었다고 들었습니다만, 말씀을 듣고 보니 그런 정보들까지도 모두 우익들에게 새어 나갔는지도 모르겠군요."

"그리고 그간 시중에서는 자네가 조선에 들어온 것은 마샬(Mashall) 미 국무장관이 좌우합작을 관철시키기 위해 특사로 보낸 것이라는 소문까지 있지 않았나? 영어 실력으로 보나 미국에 관한 지식으로 보나 이승만 박사보다 못지않은 자네가 귀국을 하니, 그들이 자네를 어떻게 보겠나? 더구나 지난 한 달 동안 자네가 하는 걸 지켜보니 이건 완전히 몽양의 분신이나 다름없고, 미군정과 가장 긴밀한 것 같으니 우익들이 자네를 어떻게 보겠느냐 말이야. 제거 대상이라고 보지 않겠나?"

김호의 말을 들으니 용중은 머릿속이 하얘지고 등골이 서늘해진다. 어디선가 머리를 맞대고 거대한 음모와 치밀한 계획을 짜고 있을 두목들의 모습이 상상되고, 깡패 같은 놈들이 던지던 말들이 이제는 비수처럼 날아오는 느낌이다.

용중은 여운형 같은 인물을 지도자로 모셔야 한다고 1946년 2월 <Voice of Korea>지에 썼던 자신의 글에 이승만 같은 우익들이 얼마나 이를 갈며 자기를 노리고 있었을지도 상상해 본다.

조선이 현재 통일치 못하고 분열해 있는 것은 민중의 의견이 아니라 소수의 지도자들 때문이다. 해외에서 국내로 간 지도자들은 자기만 잘난 지도자인 척 하지 말고 원수의 압박 밑에서 투쟁해 온 국내의 지도자에게 양보하고 겸손한 태도로 타협하라. 기러기 같이 손가방 하나 들고 국내로 날아가서 국민을 구하려 한다고 하나 이것은 국민을 더 괴

롭히는 일이다.

"선생님, 그럼 저놈들의 협박이 얼마나 위험하다고 보십니까?"

"내가 볼 때는 자네의 일거수일투족을 모두 감시하고 있고, 우리 집도 위험하다고 보네. 몽양 선생의 계동 집에 폭탄을 터뜨린 게 불과 넉 달 전 사건 아닌가?"

"선생님 댁 말고 더 안전한 곳이 어디 있을까요?"

"글쎄, 자네가 잘 생각해 봐야겠지만 이 집이든 어디든 안전한 곳은 하나도 없지 않을까? 장소의 문제가 아니고 사람이 표적이니 말이야. 가장 안전한 것은 미국으로 돌아가는 것이겠지."

"아니, 몽양 선생 장례도 봐야 하고, 그간 밤낮으로 정신이 없다 보니 고향 금산에도 아직 가보질 못했는데, 미국으로 돌아간다고요?"

"그건 자네 자신이 최종 판단할 일이겠지. 다만 이제부터는 자네에게 언제 어디서 무슨 일이 터질지 모르는 상황인 것 같아. 이 집은 이미 다 아는 장소라서 단 하루라도 위험하고,

서울을 벗어나 시골에 간다는 것은 기차간이든 여인숙이든 언제 어디서든 쥐도 새도 모르게 죽을 수 있다는 것 아니겠나?"

김호의 말은 들을수록 소름이 끼치는 것이어서, 용중은 이제 몽양의 죽음에다 자신의 신변문제까지 겹쳐 머릿속이 하얘지는 느낌이다.

"제 목숨 하나야 뭐 그리 중요하겠습니까만, 나라가 이렇게 대 혼란인데 속수무책으로 손 하나 쓸 수 없다는 게 안타깝군요. 할 수 없이 짐을 싸서 내일 아침에는 이 집을 떠나도록 하겠습니다."

"그래, 이럴 때일수록 아무튼 당황하지 말고 차분하게 판단하고 행동할 수 있기 바라네. 우리 사이에 이 집에서도 마지막인 듯하니, 이따 저녁이나 같이 먹고 술이나 한 잔 하면서 못다한 이야기나 하세."

내리쬐던 해가 서쪽으로 기울어 김호의 집 앞마당은 한옥 처마의 긴 그림자로 그늘이 졌다. 귀가 따갑게 울어대던 낮 매미들의 소리가 잦아들면서 이제는 종류가 다른 밤 매미들의 울음이 시작된다. 성북동을 감싸고 있는 뒷산에서 시나브로 꾸르륵거리는 산비둘기의 울음과 이름 모를 날짐승의 컹컹대는 소리가 들린다.

김호와 용중은 쌀밥 한 그릇과 호박 찌개로 저녁상을 물리고, 막걸리잔 두 개와 안주접시 두 개만 올려진 작은 술상을 마주한다. 해방 후의 식량난 속에서 쌀밥을 먹을 수 있는 것만도 부유한 재미동포라서 가능한 특권일 것이다.

여름이라서 텃밭에서 갓 나온 오이소박이, 푸르고 탱탱한 고추를 된장에 찍어 먹는 고향의 맛이 산해진미보다 만족스럽다. 삼십 년 만에 고국의 땅에서 난 오이와 고추를 편하게 받아들이는 자신들의 뱃속을 신기해하면서, 두 사람은 이별하는 사제지간처럼 막걸리 잔을 주고받는다.

"이봐 용중, 우리에게 해방은 아마도 도둑처럼 찾아온 것 같아."

"예? 도둑처럼이라고요?"

"그래, 김구 선생이 말한 것처럼 해방이라는 것이 어느 날 갑자기 도둑처럼 숨어서 들어오는 바람에 집안이 혼비백산하며 갈피를 못 잡는 모양새란 말일세."

"맞는 비유인 것 같습니다. 해방이 도둑처럼 너무 빨리 오는 바람에 미쏘가 황급하게 죄 없는 한반도를 남북으로 점령하고 들어온 셈이니 말이에요."

"이제 와 생각해 보면 해방만 되면 바로 우리 세상이 될 거라고 믿었던 조선인들이 순진했던 거야."

두 사람은 벌써 두 해가 다 되어 가는 해방 직후의 일이 바로 엊그제인 듯 한숨을 쉬며 되새겨 본다.

"미국은 패전국인 일본의 식민지를 어떻게 처리할까 하는 관점에서 조선을 보고 있는데도, 조선인들은 자기들을 독립시켜 주기로 했다는 카이로 회담의 발표만 믿고 아무런 대비를 안 하고 팔짱만 끼고 있다가 당한 셈이겠지요. 조선인들이 연합국의 일원으로서 일본을 패퇴시키는 데 기여한 것도 없으면서 말이에요."

"그래서 미군과 공동 군사작전을 준비 중이던 김구 선생이 해방이 도둑처럼 너무 빨리 와 버렸다고 통탄한 게 아닌가?"

"맞습니다. 조선인들이 확실하게 인정받을 수 있는 기회가 미 전략첩보국(OSS)과 함께 준비해온 한반도 침투작전이었는데, 느닷없이 종전이 되어 버리는 바람에 침투작전 계획이 무산되어 버렸으니 정말이지 너무 안타까운 일이고요. 아무튼 미국에서는 유일한 선생, 중국에서는 장준하 등 엘리트 조선인들이 그 혹독한 훈련을 받았다는 게 참으로 감동이 아닐 수 없습니다."

"아무튼 이제 와 생각해 보면 우리는 한 마디로 너무 준비가 안 된 나라인 것 같아.”

“준비가 안 된 나라라고요?”

“그렇지. 개인이든 나라든 ‘준비된 사람’, ‘준비된 나라’라는 게 참 중요한 데 말이야. 내가 해방 직후에 들어와서 지난 일 년 반 동안 보아 온 조국의 모습은 정말 가관이었네. 그야말로 대혼란이었지.”

“해방될 때의 상황이 그토록 혼란스러웠나요?”

“아무렴. 일본 놈들이 항복하여 갑자기 국가시스템이 무너지니 쌀값이 폭등하고 물가가 천정부지로 오르면서 백성들은 하루하루 입에 풀칠하기 어려운 처참한 모습이었네. 그런데 소위 엘리트라는 놈들은 독립된 국가가 호박처럼 넝쿨째 굴러 들어와 제 것이 된 양 입으로만 주의주장을 외치며 서로 아귀 다툼인 거야. 수십 수백 개의 정당과 단체들이 정치판에 나와 서로 지가 똑똑합네 하면서, 떨어진 호박마저 나눌 생각이 없이 혼자만 먹겠다는 거야. 그런 정치배들을 위해 우리 해외동포들이 그 어렵게 번 돈을 깡그리 독립자금으로 바쳐왔나 하고 생각하니 정말 허탈하더군.”

김호는 눈을 지그시 감고 혀를 끌끌 차며 한숨을 후후 내쉰다.

　　　　　　　　　1장 집안싸움

"그런데 회장님, 그토록 아무도 준비를 안 하는 상황에서 나름대로 대비를 해온 유일한 분이 몽양 선생 아닌가요? 해방 2년 전부터 일제의 패망을 내다보면서 '조선민족해방연맹'이라는 조직을 만들고, 해방 1년 전에는 일제 패망 시 즉각 자주 독립과 국가건설을 하기 위해 가동될 수 있는 전국적 차원의 비밀 결사조직인 '건국동맹'을 만들었지 않습니까? 그러니 조선에 있는 80만 일본인들의 신변을 걱정한 총독부의 엔도 정무총감이 항복 당일에 일본인들의 무사귀환을 당부하면서 몽양의 '건국준비위원회'에 치안유지 권한을 넘겨주었고요."

몽양을 떠올리게 되자 용중이 갑자기 피가 솟구치는지 침을 튀기며 열을 올린다.

"이봐, 숨이나 쉬면서 말하게."

"그리고 해방이 되던 당일로 즉각 설립된 건준이 불과 보름 만에 전국에 145개 인민위원회 지부를 두고 치안유지, 식량배급 등 행정능력을 보여주지 않았습니까?"

"맞네. 몽양 선생이 해방 전부터 그 많은 국내외 비밀단체들을 하나로 묶어내고 치밀하게 독립국가의 건립을 준비해 온 것은 정말 대단한 일이야. 하지만 안타까운 것은 떡 줄 사람은 생각도 안 하는데 떡을 기다린 셈이 되어 버렸다는 것이야.

9월 초에 미군이 들어와 상해 임시정부든 건준이든 조선인들의 조직은 인정할 수 없고, 미군이 직접 통치를 한다고 포고령을 내리니 모두가 닭 쫓던 개처럼 되어 버리지 않았나."

"하긴 조선인들이 너무 순진하게 감정만 앞세우고 냉정하지 못했던 것 같아요. 이미 두어 달 전부터 우리처럼 독일 치하에서 벗어난 오스트리아에도 4개 승전국들이 신탁통치를 하러 들어간 것만 봐도 예상할 수 있던 것인데 말이에요."

"이봐 용중, 아무튼 도둑이 들어온 건 어쩔 수 없는 일이라 치고, 그 다음이 더욱 문제라는 것이지. 도둑이 들어온 판에 온 식구들이 지혜를 모으고 일치 단합해서 지혜롭게 대처하기는커녕 도둑 앞에서 식구들끼리 서로 삿대질을 하며 집안싸움만 해 온 것이 지난 2년이니까 말이야."

"집안싸움이요?"

"그렇지. 지난 2년 동안 도둑들 앞에서 신탁통치니, 단독정부니, 좌우합작이니 사사건건 날이 지고 새도록 집안싸움만 하면서 갈 길을 못 찾고 있지 않나?"

"아이구~ 회장님. 국가적 위기 앞에서 집안싸움만 하는 게 고질적인 민족의 습성이 아닌지 모르겠어요. 외세에 그렇게 당하고도 정신을 차리지 않으니, 과거의 역사는 뭣 하러 배우는지 모르겠어요. 위험하다는 정보가 숱하게 올라오는데도 전혀 대비를 안 하다가 당한 임진왜란, 아무런 힘도 없이 척화니 주화니 싸움만 하다가 당한 병자호란은 뭣 하러 배우냐고요."

"과거를 기억하지 못하는 자는 그것을 되풀이하게 된다고 한 산타야나(George Santayana)의 말이 빈 말이 아닌 거지."

집안에 들어 온 도둑, 그 앞에서 집안싸움을 하는 모습을 떠올리는 두 사람의 대화로 성북동의 밤은 깊어 간다.

집안싸움

악몽 같은 하루로 몸이 천근만근 무거운데, 정신만은 팽팽히 곤두서 있다.

눈앞에 벌어지는 조국의 현실은 속수무책이다. 홍수가 난 강물에 떠내려가는 물건을 건지지 못하고 발만 동동 구르듯, 아무 것도 할 수 없는 자신의 처지에 용중은 서늘한 밤공기에도 열불이 난다. 몽양 선생은 이미 이 세상에 안 계시고, 날이

밝으면 김호 선생과도 헤어져야 할 상황이 처참하기만 하다.

　밤이 깊었는지 성북동 뒷산에서 울던 밤 비둘기도, 초저녁까지 울던 매미소리도 잦아들었다. 조선시대에는 왕의 모자인 익선관이나 관료들의 관모에 매미 모양의 양 날개를 달게 했다는데, 매미는 들의 곡식을 탐하지 않으니 염치가 있고, 계절에 맞추어 오고 갈 때를 아니 신의가 있기 때문이라지 않던가. 작금의 지도층이란 사람들이 저 하찮은 매미보다 나을 게 있는가.

　그만 자자고 하던 김호는 서울을 떠나야 하는 용중과의 마지막 대화라는 생각 때문인지 이야기를 더 하려는 자세다. 엉덩이가 뻐근한 듯 양반다리를 고쳐 앉는다.

　"다시 말하지만 해방이 도둑처럼 와버린 것은 이미 벌어졌으니 할 수 없는 일이고, 호랑이에게 물려가도 정신만 똑바로 차리면 된다는데, 살아남기 위해 하나로 뭉치지 못하고 오히려 집안싸움만 계속하고 있으니 대체 이 나라가 어디로 갈 것인지 걱정이야."

　"그러게 말입니다. 몇 십 년 만에 조국에 돌아온 지 딱 한달밖에 안 되었습니다만, 나라의 운명이 좌우되는 이 중차대한 시기에 위정자라는 사람들이 자기 목청만 높이면서 양보나 타협을 하려 하지 않고 날이면 날마다 권력싸움만 벌여 오고 있으니, 그간 미국이나 상해에서 조선인들의 분열을 보면서 그들에게는 자치능력이 없으니 상당 기간 신탁통치가 필요하다고 생각해 온 미국 사람들에게 뭐라 반박할 수가 없는 것 같습니다."

"역시 민주정치라는 게 아무나 쉽게 할 수 있는 건 아닌가 봐. 지난 2년을 돌아보니 조선왕조와 일제 식민통치밖에 알지 못하는 백성에게 하루아침에 공화국을 기대한 건 무리였다는 생각도 들고."

"그러게요. 민주주의라는 게 각기 다른 의견을 주장하면서도 서로의 입장을 타협하고 조정해 나가는 것인데, 조선 사람들은 서로 타협하질 못하고 악다구니를 써가며 극단으로 치닫더군요."

"맞아. 그 점에서는 소위 미국이나 유럽에서 유학을 하면서 외국 물을 먹었다는 사람들도 다를 바 없더군. 자본주의니 공산주의니 사회주의니 하는 온갖 사상과 이념들은 일제 치하에서부터 있어 왔는데, 미국과 소련의 점령군이 들어오면서부터는 그 두 나라에 붙어 편을 갈라 대립하는 모양으로 더욱 극심하게 되었지. 내가 보기에는 나라의 앞날은 뒷전이고 겉으로는 이념을 내세워, 내심으로는 서로 권력을 잡아보기 위한

1장 집안싸움

집안싸움일 따름이었네."

"아니, 도대체 어떤 문제들에 대해서 그렇게 집안싸움만
벌여 온 건가요!"

"신탁통치 문제로 시작해서, 남한 단독정부 문제, 좌우합작
등 민족적으로 중차대한 문제들을 놓고 사사건건 좋은 결론도
없는 편싸움만 계속해 온 것이지"

김호는 손가락을 하나씩 꼽아 올리며 집안싸움이 벌어진
일들을 순서대로 설명한다.

첫째로, 갓 해방된 지 4개월째인 1945년 12월 미, 영, 소
모스크바 3상 회담에서 합의한 신탁통치를 둘러싼 집안싸움
이다.

모스크바 외상회담은 한반도의 미래에 가장 중요한 회담이
다. 아직 전쟁 중이던 카이로, 얄타, 포츠담 회담은 조선을
독립시키자는 것이나 신탁통치를 하자는 등 방향만 정한 것인
데 비해, 전쟁이 끝난 뒤에 열린 모스크바 회담은 드디어 승전
국의 외상들끼리 각 지역들을 어떻게 할 것인지 구체적으로
합의한 것이기 때문이다.

모스크바 회담에서 한반도는 예닐곱 개 의제 중 하나이다.
수 년 전부터 전후 처리를 연구해 온 미국은 조선에 10년 정도

의 신탁통치를 할 것을 제안한다. 소련은 당시 조선 내에 사회주의가 득세하고 있어 유리하다는 생각에서 모스크바 회담시 조선의 즉각적인 임시정부 수립을 제안한다. 미군정의 여론조사에서 국민이 선호하는 정치체제로 사회주의 70%, 자본주의 17%, 공산주의 13%로 나온 것이 이를 말해준다.

미국의 반대로 합의가 안 되자, 소련은 굳이 신탁통치를 해야 한다면 최대한 짧게 하자고 하여 결국은 5년으로 합의하고, 12월 28일 모스크바합의(Moscow Agreement)를 발표한다. 요지는 <한국의 독립국가 건설을 위한 임시정부를 수립한다, 이를 준비하기 위해 미소공동위원회를 만든다, 미, 소, 영, 중 4개국 간의 최장 5년간 신탁통치를 거쳐 총선거로 완전한 독립국가를 수립한다>는 것이다.

그런데 발표가 나기도 전인 12월 27일 역사적인 동아일보 오보사건이 터진다. <모스크바 3상회의에서 소련이 신탁통치 주장, 미국은 즉시독립 주장>이라는 제목의 기사다. 신탁통치에 관한 미국과 소련의 입장을 반대로 보도해 버린 그 배경은 오리무중이다. 국내외 우익들의 정치적이고 계획적인 음모인지, 국무부의 신탁 계획에 반대하면서 점령을 추구하는 미 군부의 책략인지 알 길이 없다.

<신탁통치>라는 단어는 미소 점령군이 들어오면서 갈라지기 시작한 좌우대립의 불길에 더욱 기름을 붓는다. 처음에는

반탁이던 좌익과 북한측이 소련의 설명을 들은 뒤 찬탁으로 입장을 바꾼다. 남한에서는 친일세력과 우익세력이 '찬탁은 곧 친공이요 반탁은 곧 반공이다'면서 전국에 들불처럼 반탁 데모를 일으킨다. 신탁통치 문제를 기폭제로 1946년 한반도는 서로 물고 할퀴는 집안싸움의 불길에 휩싸인다.

"선생님, 모스크바 합의의 방점은 신탁통치가 아니라 임시정부에 찍혀 있지 않나요? 신탁통치라는 건 임시정부가 설 때까지 돕겠다는 것이고, 그것도 최장 5년이라 하였으니 한국인들이 어떻게 하느냐에 따라 그 기간을 줄일 수도 있는 거고요. 그런데 임시정부라는 말은 싹둑 잘라 버리고 찬탁이냐 반탁이냐로 몰고 가는 게 맞는 건가요?"

"그건 정작 오보를 낸 것을 후회하던 동아일보 사장 송진우도 하던 생각이지. 곰곰 생각해 본 송진우가 신탁통치를 무턱대고 반대만 할 게 아니라 좀 더 따져볼 일이라고 신중론을 펴다가 우익의 총탄에 살해당했지 않나? 식민통치라면 치를 떠는 백성들이 신탁통치란 일제의 식민통치와 다를 바 없는 예속정치라는 선동에 질겁한 것이지."

"그거야 찬탁하는 놈들은 반민족 공산분자라고 몰아 좌우대립을 부추기려는 우익의 술수 아닌가요? 김구 선생도 그런 이중적인 정치술수를 간파하지 못하고 자주독립의 이상적인 생각만으로 반탁의 선봉에 섰다가, '아차! 반탁데모를 하다가는 나라가 분단이 되고 말겠구나' 하면서 뒤늦게 후회하신다는 거고요. 듣자 하니 우리와 똑 같은 상황인 구라파의 오스트리아는 4개국 간의 신탁통치를 받아들이고 선거를 하여 임시정부를 세웠다지 않은가요?"

"아무튼 송진우 뿐 아니라 여운형, 안재홍, 김규식 등 중도파들도 임시정부를 세우는 일을 먼저하고, 신탁문제는 나중에 차차 해결해 나가자고 한 게 아닌가? 그러나 차가운 이성으로는 타오르는 감성과 선동적 정치를 넘어서지 못한 것이지."

모스크바에서 합의된 사항을 추진하기 위해 1946년 3월에 덕수궁 석조전에서 미소공동위원회가 개최된다. 소련은 신탁통치에 반대한 세력은 임시정부에서 배제하자 하고, 미국은 모든 정치세력에 자격을 주어야 한다고 한다. 남북한 인구가 두 배 차이가 나므로 서로에게 유리한 입장만을 고집한 회의는 아무런 성과 없이 휴회에 들어가고 만다. 미소공위가 결렬되자 남과 북이 어디로 갈 것인지 앞을 내다볼 수 없다.

두 번째 집안싸움은 단독정부 수립을 둘러싼 다툼이다.
미소공동위에서 순탄하게 합의가 도출되기 어려운 분위기가 되자 스멀스멀 남한 단독정부론이 흘러나온다. 1차 미소공

1장 집안싸움

위가 삐걱거리자 이승만은 공위를 통해 정부가 수립되지 못하면 우리 손으로라도 수립하자고 한다. 그 정부가 남한만의 단독정부냐 통일정부냐는 질문에 단독정부는 있을 수 없다고 한다. 그러던 이승만이 갑자기 삼남지방을 순회하던 중 1946년 6월 3일 정읍에서 남한 만이라도 단독정부를 수립해야 한다고 폭탄 발언을 하고, 이어지는 지방 유세에서 계속 단독정부론을 편다.

　　이제 무기 휴회된 미소공동위가 재개될 기색도 보이지 않으며, 통일정부를 고대하나 여의케 되지 않으니, 우리는 남방만이라도 임시정부 혹은 위원회 같은 것을 조직하여 38선 이북에서 소련이 철퇴하도록 세계 공론에 호소하여야 될 것이니 여러분도 결심하여야 할 것입니다.

터져 나온 이승만의 남한단정론에 김구의 우익, 중도파, 좌익 등이 거세게 반대하고 한민당만 찬성한다. 미군정과 티격태격하면서 지지를 못 받게 된 이승만은 미 정부를 직접 설득하고자 46년 11월부터 4개월간 미국을 방문하여, 좌우합작을 지원하려 하는 하지 사령관은 빨갱이나 다름없다고 비판하면서 미 정부에 단독정부 수립을 주장한다.

세 번째는 좌우합작을 둘러싼 집안싸움이다.

이승만이 주장하는 단독정부로 가게 되면 한반도는 분단되고 말 것이라는 위기감에서 중도좌익의 여운형, 중도우익의 김규식, 안재홍 등이 좌우합작위원회를 만든다. 모든 정치세력들이 사상을 넘어서 하나로 통합하여 남북 통일정부를 수립하자는 것이다. 김규식을 위원장으로 10월에는 임시정부 수립, 토지개혁, 친일파 청산 등 합작 7원칙을 발표한다.

미국도 신탁통치에 극구 반대하고 타협을 거부하는 극우적인 이승만과 김구보다는 전 국민을 통합할 수 있는 중도정권이 낫겠다면서 좌우합작을 추진한다.

그러나 이승만은 물론, 김성수의 우익과 박헌영의 좌익까지도 합작에 반대한다. 합작세력이 추진하려는 토지개혁 방안에 대해 우익은 너무 과격하다고, 좌익은 너무 미약하다고 격렬히 반대한다. 중도가 아닌 다른 세력들이 반대하거나 불참하니 합작 추진은 힘을 받지 못한다.

1947년 들어 트루만 독트린과 함께 냉전의 먹구름이 몰려오면서는 합작추진 의지도 미지근해진다. 미국은 공산주의의 침투 위험에 처한 그리스와 터키를 전폭적으로 원조하고, 공산주의의 확장을 막고자 서유럽 재건을 위한 원조 프로그램인 마샬 플랜을 강력 추진한다.

미 국내에서 공산주의자 색출을 위한 매카시즘의 광풍이

이는 등 냉전의 광풍이 일자, 우익이 취약한 현실에서 중도진보 노선을 지원해 온 미국도 좌우합작에 미온적이 되고, 특히 그 대표적 리더라 할 여운형마저 살해되자 합작을 완전히 포기하게 된다.

47년 6월 덕수궁에서 제2차 미소공동위원회가 열리게 되나, 또 다시 임시정부에 참여할 단체들에 관한 이견 등 1차 회의에서 한 걸음도 나가지 못하고 위원회는 또 무산된다. 남과 북에서 좌우익 탄압 등 이념 대립은 더욱 심해지고, 미소 공위에서는 더 이상 임시정부 수립 문제를 합의할 수 없겠다고 판단한 미국은 한반도 문제를 유엔에 넘기려고 한다.

김호로부터 해방 후 두 해 동안 서울에서 벌어진 일들을 다시 들으며 용중은 더욱 화가 난다.

"아니 춘추전국시대도 아니고 우리 민족이 왜 이렇게 갈갈이 분열하는 걸까요?"

"그래도 중국은 땅덩어리가 커서 쪼개지고 갈라져도 제후국 하나가 우리만 하니 조건이 다르지. 우리는 이 좁은 땅에서 하나로 뭉쳐도 안 될 판에 서로 다투기만 하니 주변의 큰 놈들에게 먹히는 수밖에 없지 않은가?"

"아니 이승만 박사도 해방 후 귀국일성이 '뭉치면 살고 흩어지면 죽는다' 아니었나요?"

"그거야 영어를 좀 한답시고 United we stand, divided we fall 이라는 영어 속담을 쓴 것인데, 말로는 번지르르하나 실제 행동은 전혀 그 반대 아닌가? 나를 중심으로만 뭉쳐야지, 그렇지 않으면 못 뭉치겠다는 식이야. 또한 대다수 인민이 친일파와 민족반역자를 먼저 처단하자는데, 그런 것 따지지 말고 뭉치자는 뜻이니, 그야말로 말로써 사기 치는 게 아니고 뭔가?"

"회장님, 이런 모습을 보면 아무래도 우리 민족에게는 기질적으로 분열하는 유전인자가 있는 건 아닐까 하는 생각마저 듭니다. 조선 수백 년 동안 동인 시인, 남인 북인, 대북 소북, 노론 소론 등 그 오랜 세월 당파 싸움을 해온 역사 말입니다. 그것을 백화쟁명 식의 건전한 민주적 논쟁으로 봐야 할 지, 권력 장악만이 목표인 억지논쟁이라고 봐야 할 지 모르겠지만 말입니다."

"사람들은 현재 자기들이 하는 행위가 먼 훗날 역사 속에서 볼 때 치명적인 결과를 가져 온다는 것을 잘 느끼는 못하는 것 같아. 하긴 평소에 그렇게 엄중한 역사의식을 갖고 살기가 쉬운 일은 아니지. 예를 들어 이완용은 과거에 급제할 만큼 머리도 좋고, 당대 최고로 영어도 잘 해서 외무장관과 총리까지 한 공직자인데다, 서예도 잘하고 교양도 있으며 성격이 모나지도 않은 사람인 걸로 아네. 그러나 살아가는 방식이 친미, 친러, 친일로 계속 변신하면서 그때그때 힘이 센 놈에게 가서 붙는 거야. 그것이 개인적 차원이라면 자기 살 길을 찾기 위한 냉정한 현실주의자라 하겠지만, 국가적 차원에서는 민족을 팔아먹은 매국노가 되어 우리 역사 속에서 영원히 기억되고 있는 것 아닌가?"

"그러게 말입니다. 구한말에서 일제 식민지 시기까지 일신의 영달을 위해 이 나라 저 나라에 빌붙었던 사람들이야 이완용 말고도 얼마나 많겠습니까? 역사에 눈먼 자는 같은 역사를 되풀이한다는데, 해방 후 현재까지 소위 지도자라는 사람들의 역사관이 궁금하지 않을 수 없습니다."

"해방이 되자마자 어중이떠중이들이 온갖 정치사상의 깃발을 들고 나서니, 황국신민으로만 살아온 무지렁이 백성들은 누구 말이 옳은지 분별키 어려운 그야말로 대 혼돈이었네. 이제 몽양 선생도 돌아가셨으니 또 어떻게 변할지 모르겠지만, 소위 지도자라는 사람들이 언젠가는 훗날에 역사적 심판을 받을 거라는 걸 좀 깊이 생각하면 좋을 텐데……"

강산이 세 번은 변할 만큼 긴 세월인 삼십 년 만에 고향에 돌아온 된 두 사람은 탕아처럼 고개를 떨구고 있다. 탕아가 아니라면, 외롭고 서러운 시집살이를 피해 잠시 돌아와 본 친정에서도 맘이 편치 못하여 다시 시집으로 돌아가야 하는 아낙과 같은 신세다.

그리운 고향! 머나 먼 미국 땅에서 국적을 잃어버린 민족으로 살아온 지 어언 삼십 년, 백발이 다 되어 돌아온 고국이 어쩌자고 이런 모양인가. 백성들은 열 개의 손가락처럼 갈라져 있다. 손가락들을 모아 쥐기만 하면 힘 센 주먹이 될 수도 있을 텐데, 그들은 신경이 고장 난 환자처럼 손가락을 모으지 못한다.

용중은 고개를 들어 처량한 눈빛으로 여름 밤하늘을 올려다보며, 고향에 남은 자와 고향을 떠난 자, 고향을 가진 자와 고향을 잃은 자의 차이를 생각해 보기도 한다.

'결핍의 원리'라고나 할까, 사람들의 심리에는 그런 현상이 있는 듯 싶다. 사람들은 무엇을 소유하고 있을 때보다 그것이 없을 때 그것의 소중함을 더 잘 느끼게 된다. 조국에 대해서도 그 소중함은 나라 안에 사는 사람들보다 타국에서 이민으로 사는 사람들에게 더 강할 지도 모른다. 그것이 결핍되어 있기 때문이다.

또한 '시야의 원리'라 할까, 자기 세계의 너머를 잘 보려하지 않고, 우물 안의 개구리처럼 우물 밖에는 어마어마하게 넓은 바다도 있다고 생각하려 하지 않는다. 대륙을 말달리지 못하고 좁은 한반도에서 벼농사를 해온 탓일까? 이 작은 영토를 왜 자꾸 더 작게 나누려 하는 것일까? 캘리포니아의 끝 모르게 넓은 땅에서 살아온 때문인지 용중에게는 좌파와 우파들의 시야와 스케일이 답답할 따름이다.

여름 하늘은 밤이 깊을수록 호수처럼 깊어지고, 별들은 인간 세계를 아는 듯 모르는 듯 밤하늘가득 깜박인다.

중도

성북동의 밤은 더욱 깊어간다. 곧 새벽이 오는 듯 스며드는 밤바람에 한여름에도 몸이 추울 지경이다. 널찍한 김호의 한옥 툇마루에서 작별의 시간을 앞둔 두 귀향객의 대화는 두런두런 끝날 줄을 모른다.

"자네 중용 책을 좀 읽어보았나?"

용중은 갑자기 공자의 중용을 꺼내 드는 김호의 속내를 의아해 하며, 굽혔던 등을 곧추 세운다.

"예, 중용 책을 읽어보진 못했지만, 어려서 한학을 공부하면서 들어서 조금은 알고 있지요. 또한 중용은 유학 뿐 아니라 플라톤 이래 서양철학자들도 중요하게 강조해 온 개념이라고 알고 있습니다."

"중용이라 하면 사람들은 대개 두 끝 사이의 한 가운데를 생각하지. 그런데 공자와 자사가 말하는 중용이란 거리상으로 양쪽 간의 정확한 한 '가운데'가 아니라, 이쪽과 저쪽 간에 어떤 적당한 '사이'라는 뜻일 것이네. 반대되는 둘 사이에 어딘가 적절하게 균형이 맞고 타협할 수 있는 지점이라는 말이지. 우리가 평소 말하는 '사이좋게 지내세'하는 표현도 있지 않은가? 서로 다르다고 불편하거나 싫어하지 말고, 둘 간의 사이를 인정하면서 좋은 관계를 갖자는 뜻이 아닌가?"

"그렇지요. 살면서 매사 중용을 지킨다는 게 참 쉽지 않은 일인 것 같습니다."

"지금 이 나라의 모습을 보니 갑자기 중용이 떠올라서 해본 말이네. 소위 지도층이란 사람들이 자기가 가진 이념만이 옳은 길이라고 고집만 부리고, 어떤 나라를 만들어야 할 지 중용의 지점을 찾아 타협하려고는 하지 않는다는 말이야."

"아까 말씀하던 조선시대 당파싸움과 하등 다를 바 없는 거지요."

"그렇네. 해방 후 좌에서 우까지 수많은 정파들이 일곱 빛깔 무지개처럼 우후죽순처럼 나타났는데, 조선시대 당파싸움 마냥 서로를 타도하려고만 하더군. 서로 견해가 다르다는 것을 인정하고 타협하여 통일로 가자는 김규식과 여운형의 중도적 입장은 안타깝게도 대세를 이루지 못하는 상황이고 말이야. 몽양 선생 같은 분은 좌로 좀 치우치긴 하였지만 백성들 속에 우뚝 솟은 민족의 지도자였는데, 이렇게 총탄에 가시니 하늘이 무심한 것인지. 아무튼 통탄할 일이네."

용중은 '좌로 좀 치우치긴 하였지만' 이라고 몽양에 대해 사족을 다는 선배의 말이 좀 거슬리지만 굳이 대꾸하려 하지는 않는다. 용중은 중도좌파인 몽양의 노선을, 김호는 중도우파인 김규식의 노선을 따르면서 보좌해 왔기 때문이다.

"이제 여운형 선생이 없는 상황에서 지도층은 점점 갈라지는 방향으로 치달을 것 같은데, 앞으로 이 역사적 책임은 누가 져야 할 지 걱정될 따름이군요."

"나로서도 이 분열은 미영중소 네 나라가 아닌 미서 두 나라가 남북을 갈라 점령하고 들어온 데서부터 시작되었다고 보네. 물론 우리가 일본의 식민지임에 따라 패전국의 일부로 취급받

게 돼버렸으니, 더 거슬러 가면 일제의 책임이라 하겠지. 그러나 우리가 모든 것을 남의 탓으로만 돌릴 수는 없고, 근본적으로는 자기에게 책임이 있다는 각성이 필요하다고 보네. 결국은 우리의 책임인 거야."

"말씀하신 것처럼 집안싸움 탓이겠지요. 그 중에서도 친일파가 살아남은 것이 가장 뼈아픈 일이고요. 그들이 친미반공만이 살 길임을 간파하고, 하루 아침에 극단적인 반공세력이 되어 이 나라를 이념의 집안싸움판으로 만들었으니 말이에요."

"그렇네. 일본이 패전하면 신세 망칠 것을 두려워하면서 쥐구멍에 들어가 눈치만 살피던 경찰과 관료 등 친일파들을 미군정이 행정의 유지를 위해 현실적으로 필요하다면서 그대로 쓰게 되면서부터 새 나라가 비뚤어져 버린 거지. 또한 이승만이 개인적으로는 반일이면서도 정치적 필요로 친일파들을 자기 편으로 삼아, 그들을 또 다시 가장 센 세력으로 만들어버린 거고."

"한 마디로 단추가 잘못 끼워진 것이겠지요. 두고 봐야겠지만 이 친일파 문제는 앞으로 두고두고 우리 역사에 짐이 되고 논란거리가 되지 않을까 싶습니다."

1장 집안싸움

"그건 우리가 죽은 뒤에 역사의 평가에 맡길 일이고, 온 나라가 좌우로 갈라지고 있는 이 혼란상태가 어디로 갈 것인지가 당장 눈 앞에 닥친 문제 아닌가?"

"회장님, 우리가 얼마나 간구해 온 독립인데, 정작 독립이 되고 나니 민족분단을 무릅쓰고라도 이념을 양보할 수 없다고 우겨대는 사람들을 도무지 이해하기가 어렵군요."

"이봐 용중, 나는 이 나라가 분단으로 치닫고 있는 것이 이념보다는 이승만과 김일성 등의 권력욕 때문이라고 보네. 현실정치 판에서는 권력쟁취가 목적이며, 이념은 그 수단으로 갖다 부쳐진 것인데, 백성들이 거기에 속아 넘어가고 있는 것이지."

"그렇다면 그 지도자에 그 국민이요, 그 국민에 그 지도자 아닙니까? 결국은 민족 전체의 집단지성, 민족 전체의 책임인 셈 아닌가요? 프랑스의 토크빌(Alexis de Tocqueville)이 '모든 민족은 그 수준에 맞는 정부를 갖게 된다'고 말한 게 생각납니다.."

"나는 그런 우리 민족의 성향이 오랜 역사에서 비롯된 고질적인 것이 아닌가 하는 참담한 생각이 들기도 하네. 집안의 일을 스스로 해결하지 않고, 힘센 놈에게 붙어 편승하여 온 사대주의적인 고질병 말이네. 당나라에 빌붙은 신라의 한반도 남부통일까지 거슬러 생각하지 않더라도, 임진왜란 때도 명을 불러들이고 동학혁명 때도 청을 불러 들이고 말이야."

"그 짓을 행한 자들은 나라가 작은 탓이라고 하겠지만, 한 마디로 주체성이 없어진 탓이겠지요."

"그러니 국가의 운명이 경각에 처한 중요한 시기에는 어느 때보다 지도자들의 역사적 의식이 중요한 것 같아. 우리 근현대사에서 그런 치명적인 역사적 결정을 들라면, 1894년 동학 농민항쟁이 터지자 외세에 구원을 요청한 어처구니없는 일이 었다고 생각하네. 그리고 또 하나를 들라면 1945년 해방 직후부터 지금까지의 시기가 아닐까 생각하네. 김일성과 이승만이 해방된 조국을 분단으로 몰고 가고 있는 것은 먼 훗날 역사책 에는 치명적인 반민족적인 행위로 기록되지 않을까?"

"회장님, 요즘 국제뉴스에는 영국이 식민통치를 하던 인도 를 47년 8월 15일 부로 독립시키기로 했다는 게 톱뉴스인 듯 하더군요."

"그래, 나도 보고 있네. 독립을 하기는 하되 힌두와 이슬람 이 도무지 같이 살 수 없을 만큼 반목하고 있어서 인도와 파키스탄 두 나라로 갈라진다는 게 아닌가? 그 나라는 종교로 갈라지고 우리는 이념으로 갈라지는 셈이지 허허."

"회장님, 인도 민족의 지도자인 간디가 힌두 파의 네루와
이슬람 파의 지나에게 절대 분열은 하지 말자고 호소해 온
걸 보면, 우리의 여운형 선생이 꼭 간디와 같은 상황이라는
생각도 들더군요. 그래도 인도는 중국처럼 엄청난 땅덩이라서
갈라진다 하더라도 거대하지만, 우리는 아주 손톱만한 땅을
서로 가르려고 하니 더욱 안타깝고요."

"그렇지. 인도나 우리 말고도 세계대전 후 전 세계의 구석구
석에서 독립하려는 민족들의 움직임은 각양각색인 것 같아.
그러니 우리가 제대로 독립을 이루려면 세계가 어떻게 돌아가
는지도 잘 보아야 할 텐데, 우리의 지도층들은 바깥세상을
보지 못하고 우물 안에서 좌우파 간에 권력을 잡기 위한 집안
싸움만 하고 있으니 말이야."

용중은 이미 64세로 환갑이 넘어 힘이 빠져가는 노인이 거푸
한숨을 쉬는 모습에 마음이 아려 온다. 상해에서 만난 여운형,
샌프란시스코에서 만난 안창호 선생 다음으로 늘 따르고 존경
해 오던 선생이요 선배다.

"회장님, 이제 몽양도 저 세상으로 가신 마당에 저로서는
더 이상 서울에서 할 일이 없는 것 같습니다. 중요인물도 아닌

제 목숨까지도 앗아 가겠다는 이 무법세상이 무섭기도 하고요."

"그래, 이 상황에서 자네는 어떻게 하려는가?"

"…… 몽양 선생의 장례도 보지 못하고 떠나는 것이 죄스럽습니다만, 아무래도 동이 트면 떠나야 하지 않을까 싶습니다."

7월 20일 아침, 용중은 옷가지를 주섬주섬 꾸려 넣은 트렁크 하나를 덜렁 들고 섰다. 김호 선생과도 작별의 시간이다.

"이게 자네와는 서울에서 마지막일 것 같군. 하긴 나도 김규식 선생과 상의해 봐야겠지만 언제까지 서울에 있어야 할 지 모르겠네……. 그래, 금산의 자네 고향에는 한번 가 볼 텐가?"

"한 달 전에 귀국했을 때 곧바로 가보는 건데 서울에서 차일피일 하다가 못 가고 말았습니다. 꿈에도 그려온 고향인데, 무려 삼십 년 만에 돌아왔다는 놈이 건국사업을 돕는답시고 그간 고향에도 들리질 못했으니 친족들을 생각하면 인간의 도리도 못하는 놈이지요. 그런데 이렇게 살해협박이 닥치니…… 사실은 한잠도 못 자고 생각해 보았는데 어찌해야 할 지 모르겠군요."

"나로서도 자네의 신변이 걸린 일이라 무어라 말하기 어려워 안타까울 따름이군. 아무튼 나라의 운명이 이러한 상황에서 자네가 할 수 있는 중요한 일들이 많을 것이니, 어떻게든 몸조심하기 바라네. 특히 모든 국제문제를 미국이 좌우하는 새로운 세계질서 속에서, 조선인으로는 미국과 얘기가 통할 만한 유일한 사람이 자네 아닌가? 조국이 자주독립을 하겠다면 좌도 아니고 우도 아닌 중도로 가야 할 것이고, 미국에 돌아가면 자네의 역할도 그런 중도에 있지 않을까 생각되네만."

"회장님, 제 이름 자체가 용중 아닙니까? 아마도 제 선친께서 선견지명이 있어, 중용을 생각하시면서 제 이름도 용중이라 지은 게 아닌가 싶습니다. 공자께서도 정명을 강조하셨으니, 이름이 헛되지 않도록 이름이 가리키는 길로 가야지요……선생님은 앞으로 어찌 하실 건가요?"

용중은 무서운 가슴을 가라 앉히려고 농담을 해보려 하지만, 웃어 보려고 치켜 올린 입에도 눈에도 무거운 그림자가 서린다.

"아무래도 조국이 우리의 뜻과는 반대로 가고 있고 우익들의 테러 위협이 그치지 않으니 나도 오래지 않아 자네처럼 미국으로 돌아가야 하지 않을까 싶네. 돌아가면 또 거기서 자네와 활동을 같이 할 수 있겠지. 아무튼 무탈하기를 비네."

용중은 집 앞에 불러둔 택시에 오른다.

"예, 선생님, 다시 뵐 때까지 안녕히 계십시오."

김호 선생을 다시 하직하는 발뒤축이 무겁다. 또 다시 조국을 떠나는 망명의 길 위에서 용중은 김호와의 밤샘 대화를 정리해 본다.

'해방이 도둑처럼 찾아 왔다. 조선인들은 해방이 되면 36년간의 치가 떨리는 일제 식민통치를 벗어나 즉각 떳떳한 자주독립국가를 가질 줄 알았다. 그러나 미소의 점령군이 들어와 군사통치를 하게 되자 독립의 꿈은 허사가 되어 버렸다. 조선인들은 극좌에서 극우까지 갈갈이 파벌을 지어 신탁통치, 단독정부 수립, 좌우합작 등을 놓고 사사건건 집안싸움만 계속해 오고 있다. 해방 후 2년이나 지난 현재 민족의 분열은 절대 안 된다며 중도파들이 추진한 좌우합작도 여운형 선생의 죽음으로 어려워지고, 조국은 분단을 향해 가려고 한다. 만일 한 집안이 분단되면 그것은 곧 내전으로 치달을 것이다. 이 상황에서 조국이 통일된 자주국가로 갈 수 있는 길은 무엇인가? 그것은 중립의 길일 것이다. 목표는 자주통일 국가요, 수단은 중립인 것이다. 앞으로 내가 해야 할 일은 무엇인가? 그것은 중립화로 통일을 이루기 위해 모든 노력을 다 하는 것이다!'

몽양 서거 사흘째인 1947년 7월 22일 김포 공항, 택시에서 내린 용중은 트렁크 하나만을 덜렁 들고 건물 안으로 들어선다.

성북동 김호의 집을 나온 용중은 신변위협을 받는 자신의 위급상황을 미군정에 설명하고, 동경까지 미 군용기에 탑승할 수 있는 편의제공을 당부했었다. 미군은 조선인 주요인사 명단의 최 상단에 있는 용중을 위해 미안할 정도로 세세히 신경을 써준다. 여운형 피격이라는 정치적 테러 사건의 직후라서 더욱이나 긴장했을 것이다. 미군정의 배려로 인천에 정박한 미 군함에 피신해 있다가, 이틀 만에 수송기에 자리가 나게 되어 부랴부랴 김포로 나온 것이다.

대동아전쟁 내내 일본군에 의해 쓰이던 김포 군사공항은 이제 미군에 접수되어, 일본과 한국을 오가는 고위직이나 작전을 위해 수송되는 병사들을 수송한다. 페인트칠도 제대로 안 된 성냥갑 같은 단층 시멘트 건물은 매우 작아서 안에 있는 사람들이 한눈에 다 보인다. 활주로에는 한두 대의 수송기만 여름의 땡볕을 맞고 서 있다. 해방 후 두어 달 후에 이승만 박사와 김구 선생이 귀국 자격을 놓고 임시정부를 인정치 않는 미 군정과 줄다리기를 하다가, 할 수 없이 개인자격으로 한 명의 환영객도 없이 도착했던 공항이다.

동경에 도착하면 곧바로 민간 비행기로 갈아타고 캘리포니아에 갈 수 있을 것이다. 용중이 1차대전의 와중인 1917년에 미국으로 갈 때는 비행기라는 게 세상에 나오기 전이어서, 중국보다도 크다는 미국까지 가려면 배를 타고 한 달을 가야하는 거리였다. 인간이 만든 무거운 쇳덩어리가 거대한 새처럼 하늘을 날 수 있다는 것, 그것도 짧은 거리가 아니라 태평양 망망대해를 건널 수 있다는 건 꿈에도 생각지 못할 일이었다. 다만 정부의 최고위직이나 큰 부자가 아니면 비행기를 탄다는 것은 생각도 못하고, 아직도 일반인들은 배로 한 달을 가야한다.

김포 군사공항에서는 즉각 미군 장교가 나와 용중을 안내하여 탑승수속을 하고 용중에게 티켓을 건네준다. 출발 시간까지 대기하기 위해 장교를 따라 건물의 끝 구석에 있는 귀빈실 쪽으로 걷는데, 커다란 대기 홀의 벽 아래 기다란 철제의자에 앉아 두리번거리던 민간인 몇 명이 다가온다.

"실례합니다만 김용중 선생이지요? 저희들은 언론사의 정치부 기자들입니다."

"예? 누구시라고요? 제가 여기 있는 걸 어떻게 아시고⋯⋯?"

화들짝 놀라는 용중의 반응에 기자들이 오히려 더 놀라는 모습이다. 이제는 테러의 노이로제에 걸린 듯 용중은 모르는 사람이 한 마디만 던져도 기겁을 한다.

"아 예, 주요 인사들이 공항을 출입하는 것이야 저희로서는 날마다 기본적으로 체크하는 일이니까요. 출국하는 명단에 선생의 이름을 보고 왔습니다만, 특별히 출국하시는 용무가 무엇인가요?"

"아니 그저 제 주거지가 미국이니까 사는 곳으로 돌아가는 것일 뿐입니다."

기자들이라는 말에 용중은 오히려 안도의 숨을 내쉰다. 기자들이라면 매우 대하기 편한 사람들이고, 미국에서든 한국에서든 하고 싶은 말을 전하는 데는 언론만큼 빠르고 효과적인 것이 없다는 건 경험으로 익히 아는 바다.

"돌아가신 몽양 선생과 매우 가까우셨던 것으로 아는데, 혹이번 사건에 대해 하실 말씀이 있으신지요?"

"…… 한 마디로 말씀 드리지요. 여운형 선생은 조선의 가장위대한 지도자이자 인민의 벗이었습니다. 이러한 지도자를 잃은 것은 우리 민족과 국가의 막대한 손실입니다. 통탄해 마지않습니다."

그렇게 용중은 무려 삼십 년 만에 돌아온 땅을 한 달 만에 다시 떠난다. 열여덟 살에 떠나 마흔 아홉에 돌아온 고국이다.

스무 명이 채 안 되는 인원을 싣고 군 수송기는 고국을 뒤로 하고 공중으로 떠오른다. 하늘로 오를수록 까마득히 멀어지는 공항 건물과 활주로, 용중은 점차 한 눈에 들어오는 김포반도와 서해바다를 내려다본다. 한강과 임진강이 남과 북의 산천을 흐르다가 서로 만나 한 몸이 되어 서해로 흘러든다. 땅에서는 볼 수 없지만 하늘에서는 보이는 모습, 중국대륙의 끝자락에 붙은 조그만 조선 반도다. 그래서 한 나라의 모습은 안에 사는 사람들보다는 지구의 저 멀리 있는 사람들에게 객관적으로 더 잘 보이는 것일 게다.

조국도 조국이지만, 나고 자란 고향인 금산을 보지 못하고 떠나는 애통함에 용중은 눈을 감는다. 미군의 군함에 피신하여 이틀 동안을 잠도 못 자고 뒤척이며 괴로워하던 생각들이 아직 온 몸에 꽉차 있어, 수송기의 요란한 소음도 전혀 들리지 않는다.

'아내 현성! 결혼 3년 만에 홀로 되어버린 조강지처는 얼마나 변했을까? 남편도 없이 홀로 시어머니를 모시느라 지금쯤은 그 검던 머리가 허얘지지 않았을까?'

'딸 영보! 강보에 싸인 여섯 달 된 딸아이가 지금쯤은 시집을 가서 손주들까지 낳았다는데, 어디서 어떻게 살고 있을까?'

'아내와 딸 외에도 노모와 동생들! 그들을 만나보지 않고 이렇게 떠나는 것이 온당한 일인가? 제 목숨이 두려워 피붙이들마저 보지 않고 떠나는 내가 어찌 대장부라 할 것인가? 타향살이 십 년이면 강산이 다 변한다는데, 안 보면 멀어진다고 마음이 무뎌진 건 아닌가? 아니면 언젠가 여건이 되면 다시 만나볼 수 있을 것이니 일단 목숨을 부지하는 것이 더 신중한 선택이었는가?......'

뚫고 나오려는 눈물에 속눈썹이 떨리고, 감은 눈 속으로 그리운 얼굴들이 떠오른다.

용중은 새삼 자신이 벌써 오십 줄에 접어 든 노인이 되어 감을 생각한다. 가슴의 저 깊이 숨어 있던 한의 덩어리들이 올라와 목이 메이고 숨이 막힌다. 울지 않으려고 힘을 주어 감은 눈 속으로 눈물이 샘처럼 고여 오른다.

도쿄를 향하는 비행기에 앉아 용중은 감은 눈 속으로 흑백영화처럼 떠오르는 지나온 삼십 년의 세월을 돌이켜 본다.

2장
망명 (1916~1945)

금산

　토끼 같은 한반도 아래의 왼쪽 백제 땅, 사시사철 기후 좋고 비옥한 금산 땅에서 용중은 1898년에 태어났다.

　반도에서 천 년을 살아온 조선인들에게 그 때는 세상이 통째로 흔들리는 대혼란의 시기였다. 천 년 이상 중국만이 전부였던 세상에서, 그보다 힘이 훨씬 더 강한 서구열강이 있다는 사실을 받아들여야 하는 대전환의 시대였던 것이다.

　새로운 시대정신은 문명개화다. 한반도의 긴 역사에서 싸움의 양상은 대개 수구와 혁신의 대립이었으되, 혁신은 늘 수구를 깨뜨리지 못하고 무릎을 꿇고 말았다. 왜구라 깔보던 섬나라 일본이 명치유신 이래 욱일승천 하는 것을 보면서도, 조선은 1876년 나라의 문호를 개방한 뒤에도 20년간 혼란 속을 헤매었다. 나라가 흔들릴 때마다 백성이 목숨을 내놓고 일어서 싸울 때, 왕이나 지도층은 도망만 다니거나 외국에 구원을 청하기만 하였다.

1894년, 관리들의 가렴주구로 못살겠다는 백성이 동학으로 들고 일어나 정치를 제대로 하라고 외쳐대는데도, 국가는 외국 군대를 불러들여 스스로 수렁에 빠져버린 패착을 자초했다. 청일전쟁으로 천 년 이상 한반도의 종주국 행세를 해 온 중국을 물리친 일본은 이제 한반도에서 러시아를 몰아내기 위해 때를 기다리며 힘을 기른다.

왕궁을 점거한 일본의 등살에 목숨이 두려운 왕이 러시아의 공사관에서 망명살이를 하는 신세가 되자 자존심이 상한 백성들은 왕궁으로 돌아오시라 하소연을 하고, 국민을 각성시키자고 지식인들이 모여 시민단체인 독립협회를 만들고, 백성들이 만민공동회 같은 곳에서 개혁의 목소리를 높인다. 그러나 혁신은 또 수구를 이기지 못하여, 백성들의 스승이자 희망이던 독립협회도 문을 닫는다.

세상은 그렇게 소용돌이치고 있으나, 김일택의 인삼농장은 해마다 풍년이다.

자고로 조선인삼은 건강에 좋은 약재로 중국이나 일본을 넘어 세계적인 명품이었다. 개성과 함께 금산은 조선인삼의 명산지다. 소백산맥과 노령산맥 사이의 해발 고도가 높은 분지에 너무 덥지도 비가 많지도 않고 선선한 기후와 토양 덕분일 것이다. 왕실이 중국에 사신을 보낼 때마다 팔아 쓰라고 들려 보낸 조선 최고의 무역품, 곡식보다 훨씬 안전한 특산물인 인삼을 가꾸며 김일택 가문은 대대로 풍요 속에 행복했다.

"장사랑 어른, 축하드립니다. 장손이 태어났으니 가문의 경사입니다."

용중의 탄생은 장사랑 김일택과 부인 박순화의 기쁨이자, 금산읍 중도리 마을 전체의 경사였다. 종9품 관직인 '장사랑'이란 것은 체면상 사람들이 부르는 직급일 뿐, 김일택 공은 관청에 나가는 관리는 아니고 수천 평의 인삼농장을 가진 중농이다.

"사내아이가 어쩌면 저렇게 팔다리가 길고 이목구비가 수려한지, 최고품 인삼과 같으니 장차 큰 인물이 되겠습니다."

용중이 태어난 1890년대는 오백 년 조선 역사상 최대의 변혁기일 것이다. 1894년 갑오개혁은 수백 년의 유교사회를 뿌리째 흔들었다. 단발령에 따라 상투를 자르는 사내들의 통곡소리와 의병들의 함성이 온 나라를 뒤덮는 등 모든 구제도가 쓸려 내려가고, 해마다 새로운 제도와 문물이 봇물 터지듯 쏟아져 백성들은 제대로 정신을 차리기 어려울 지경이었다.

노비 제도가 없어지고, 농촌에도 농민은 치마저고리이지만 지식층은 점차 서양식 바지와 모자 차림이다. 양반이 아닌 아이들도 누구나 갈 수 있는 신식학교가 늘어난다.

그러나 서울에서 지방으로, 큰 도시에서 소읍으로, 읍에서 농촌으로 뻗치는 새로운 제도가 금산 땅에까지 오는 데는 시간이 걸린다. 위로는 소백산맥과 아래로는 노령산맥으로 둘러싸여 충청도와 전라도에 두 다리를 걸치고 있는 내륙 깊은 산간 분지, 경작이 가능한 땅마다 인삼 밭으로 가득한 금산은 아직 바깥세계와는 거리가 멀다.

청일전쟁 일으켜 한반도에서 중국을 몰아냈으나 러시아 등 세 나라의 간섭으로 요동반도를 게워 낸 일본이 절치부심 힘을 길러, 드디어 1904년 러일전쟁으로 북극곰 러시아를 굴복시켜 세계의 5대 강국으로 등장한다.

지식인이든 서민이든 대부분의 조선 사람들에게 일본의 승리는 황인종이 서양 대국을 굴복시킨 쾌거이자 대리만족이다. 일본을 동아시아의 패자로 인정하면서 조선을 지배하는 것도 묵인하겠다는 게 미국 영국 등 서구 열강들의 동향인데도, 조정이든 백성이든 대부분 설마 일본이 우리를 집어 삼키랴 하는 생각이다.

한양 사람들이 그럴진대, 세상의 물길이 어디로 흘러가는지를 전라도 금산 땅의 사람들이 어떻게 알랴. 병풍처럼 둘러싼 노령산맥의 산들은 아랑곳없이 묵묵하고, 해마다 인삼은 기름진 땅 속에서 몸을 키운다.

먹고 사는 데 어려움이 없는 김일택 공의 최대 관심사는 집안을 이어 갈 장손인 아들이 건장하게 성장하는 것이다.

"용중아, 요즘 서당의 글공부는 어떡하느냐? 훈장한테 혼난 건 없고?"

"예 아버지, 훈장 선생이 엄하기는 하지만 잘 따라가고 있습니다."

"그래, 오늘은 몇 글자나 배웠느냐? 어디 한 번 읊어 보아라."

"하늘 천 따 지, 검을 현 누르 황, 집 우 집 주, 넓을 홍 거칠 황……."

여섯 살 어린 나이에 천자문부터 시작한 용중의 한학 공부는 사자소학, 추구집, 계몽편, 동몽선습, 명심보감, 격몽요결로 이어진다. 용중이 책 한 권을 뗄 때마다 김일택 공은 훈장을 모셔 술과 음식으로 극진한 책거리 자리를 마련한다.

"저~ 훈장님, 우리 집안 장손이 글공부에 소질이 좀 있는지, 많이 모자라지는 않은지요?"

"걱정 마십시오 장사랑. 이 아이는 암기력과 이해력이 아주 남다르고, 정말이지 바로 어려운 경서로 들어가도 무난하게 따라올 수 있을 정도입니다. 과거 제도가 없어져서 망정이지, 저 같은 사람은 꿈도 못 꿀 소년급제도 할 재목입니다."

깊숙한 내륙 금산의 서당 아이들에게도 소용돌이처럼 바뀌는 서울의 소식은 며칠이 안 걸려 들려온다. 1904년에는 조그만 섬나라 왜놈들이 북극곰처럼 거대한 러시아를 깨부수었다더니, 이듬해에는 일본에 나라의 외교권을 넘겨버린 을사오적을 죽여야 한다고 야단이다.

청나라도 러시아도 일제에 무릎을 꿇고, 이제는 미국 영국 독일 프랑스 등 어떤 나라도 일제가 한반도를 좌지우지하는 걸 문제 삼으려 하지 않는다. 을사늑약으로 외교권만 없어졌다더니, 실제는 일제의 경찰이 전국적으로 배치되고, 통감부 관리들이 지방마다 배치되어 모든 분야를 감독하고 간섭한다.

일제의 입김이 거세지자 가장 먼저 밀고 들어온 변화는 교육 문제다. 땅 위에서만 사는 농부들에게 학교라는 것은 아예 꿈에도 없는 일이지만, 소위 뼈대가 있고 재력이 충분한 집안들은 이 소용돌이 속에 아이들 교육을 어떻게 해야 할 지 설왕설래다.

"여보게 김 공, 1906년에 통감부가 공표한 보통학교 법령에 따라서 군 단위까지 신식학교가 세워질 예정이고, 우리 금산에도 곧 신식 초등학교가 들어설 것이라는데, 우리 아이들도 신식학교에 보내야 하지 않겠나?"

"아니, 우리 고유의 유학과 서당을 버리고, 어찌 감히 원수나 다름없는 놈들이 세우는 학교에 보낼 수 있다는 말인가?"

"여보게, 우리가 미개하다고 무시하던 왜놈들은 이미 이십 년 전부터 전 국민을 신식으로 교육시키고, 그 힘으로 오늘날 동양의 강자로 올라섰다지 않은가? 세계의 중심이라던 중국 놈들이 서양에게 맥을 못 추는 것이 왜 그런지를 알기 위해서라도 유교 교육만 계속 고집할 게 아니라 더 계명된 교육을 받아야 한다고들 하지 않는가?"

"글쎄 서학이라는 게 뭔지 잘 모르겠지만, 왜놈들이 밀어붙이는 일에 우리가 대대로 내려온 전통을 버리고 덥석 따라가야 하는 것인지 잘 모르겠군."

"여보게, 서울에는 서양의 선교사들이 세운 학교가 생긴 지 벌써 이십 년이고, 그런 학교에 가보고 싶으니 부모님도 교회를 좀 다니라고 졸라대는 아이들도 많다네. 우리가 이 시골에서 전주나 공주, 서울에까지 유학을 보내지는 못할망정, 우리 금산에도 나라가 관리하는 공립보통학교가 생긴다 하니 아이들의 장래를 위해서라면 우리도 생각을 좀 고쳐먹어야 하지 않겠나?"

하긴 농업이 국가의 십년지계라면 교육은 백년지계라는데, 나라가 아닌 가문을 위해서라도 후손들의 교육은 중요하다. 일본이 1880년에 전 국민 의무교육 제도를 만든 반면에, 조선은 이십 년이 지난 1900년에도 소학교 졸업자가 채 백 명이 안 된다고 하지 않는가.

우여곡절 끝에 용중도 4년이나 다닌 서당을 그만 두고 늦은 나이에 금산보통학교에 입학한다. 서당과 교실은 동양과 서양의 다름을 그대로 보여준다. 서당에서는 종일 한 분의 훈장 어른 앞에서 방바닥에서 무릎을 꿇고 있어야 하는데, 학교에서는 나무 의자에 편히 앉을 수 있고 시간마다 선생이 바뀐다. 서당에서는 일 년 내내 어려운 한자를 그리듯 쓰고 외워야 하는데, 학교에서는 수신, 국어, 일어, 한문, 산술, 지리, 창가, 도화, 체조 등 과목도 다양하고, 남자들은 공업, 여자들은 재봉과 같은 직업교육 과목도 있다.

신식학교에서 아이들이 새로운 세상을 배워가는 사이, 일제는 해마다 야금야금 조선의 숨통을 조여 온다. 을사늑약은 무효라고 호소하기 위해 헤이그에 밀사들을 보냈다고 조선의 왕을 갈아치우더니, 점차 조선의 행정권과 사법권을 빼앗아 가고, 이내 조선의 군대마저 폐지해 버린다.

급기야 1910년에는 조선 땅을 일본에 합쳐 버렸다. 이제 세계 지도에서 조선이라는 나라가 없어져 버린 것이다.

"아니 이 놈들이 왜 날마다 남의 인삼 밭, 깨 밭을 자로 재고 다니며 땅문서를 보자고 난리를 치는 게요?"

"그거야 총독부 놈들이 조금이라도 애매한 땅이 있으면 다 뺏어 가겠다는 수작이 아니겠소? 벌써 농사꾼의 절반은 멀쩡한 땅을 뺏겨 화전 밭으로 숨어들거나 막노동판을 전전한다지 않소?"

일제의 토지조사사업으로 목숨이나 다름없는 농토를 잃은 힘없는 사람들은 만주 땅으로라도 떠나겠다고 열불을 내는데, 이제는 맘 놓고 총칼로 다스리려는 일제의 무단정치에 백성들은 울화가 치밀 뿐 덤벼들지 못한다.

학교에 다니는 아이들 또한 불만투성이다. 아이들은 이토 히로부미를 권총으로 쏘아 죽인 안중근 의사, 이완용을 칼로 찔러 죽이려던 이재명 의사 등의 이야기로 침을 튀기며 일제를 성토한다.

"용중아, 학교 공부는 어떠냐, 여전히 잘 하고 있겠지?"

"………"

"왜 말이 없느냐? 학교에 무슨 일이라도 있는 게냐?"

"선생들이 군복에다 칼을 차고 교실에 들어오니 애들이 모두 무서워서 벌벌 떨기만 해요……"

김일택 공은 어린 아이의 퉁명스런 말과 시무룩한 표정에 뭐라 딱히 할 말을 잃는다.

경술국치 이후로 학교마다 국어, 역사, 지리 등 시간은 절반으로 줄어들고, 그 대신 일본어가 대폭 늘었다. 줏대가 있는 조선인 선생들은 그런 것들이 모두 야금야금 민족을 말살하겠다는 정책이라고, 거기에 속아 민족혼을 잃지는 말아야 한다고 당부하기도 한다.

보통학교 졸업을 앞둔 용중은 땅바닥만 바라보며 수심이 깊다. 졸업을 앞두고 장래를 고민하는 아이들에게 가끔 타지에서 중학에 다니는 금산 출신 중학생들이 찾아와 대화한다. 기독학교 설립자의 딸로 전주에서 기전여학교에 다닌다는 한 살 아래 임영신, 부친이 동학도에서 기독교로 전향하여 신흥중학에 다닌다는 네 살 위의 송철이라는 선배 등이다.

특히 혈기왕성한 십대의 사내들로서 선후배가 된 용중과 송철은 자주 만나 숨 막히는 현실에 울분을 토하곤 한다.

"어이 용중, 자네 보통학교 이후의 진로는 잘 생각하고 있나?"

"아이구, 저도 모르겠어요. 대대로 이어온 인삼농사만을 아시는 아버지에게 멀리 유학을 보내 주기를 기대하기는 어려울 거고, 서학을 믿는 집안도 아니어서 형님처럼 기독학교를 갈 수 있는 것도 아니니……"

"아니, 금산의 수재로 소문이 자자한 자네 같은 사람이 학업을 계속하지 않으면 누가 하겠나? 그런 약한 생각일랑 애당초 하질 말고 큰 꿈을 꾸게."

"예, 그래야지요. 그런데 일본 놈들 밑에서 공부를 더해서 과연 무슨 일을 할 수 있을지 모르겠네요."

"이봐, 우리가 공부를 하는 목적이 일본 놈들을 몰아내기 위해 하는 것이지, 그 놈들을 위해서 하나? 얼마 전 우리 신흥학교에 서울 YMCA 청년학교의 학감인 이승만 박사라는 분이 순회전도를 와서 강연을 들었는데 정말 감동적이더군. 일찍이 영어를 잘해서 미국에 밀사로 파견되어 루스벨트라는 대통령에게 조선의 독립을 호소하기도 하고, 그 나라에 남아 공부를 계속해서 조선인으로서는 처음으로 박사를 받았다는데, 국제관계에 대한 지식과 조국애가 정말 감동적이었어. 요즘에는 미국이 영국을 제치고 세계 최강국이 되어 간다는데, 앞으로는 유학을 해도 그 분처럼 일본보다는 미국 같은 나라로 가서 더 큰 세상을 보는 것도 좋겠다는 생각이 들더군."

"코 앞에 둔 중학교도 갈까 말까 하는 처지에 꿈 같은 이야기군요. 아무튼 그런 거창한 꿈을 꿀 수 있는 형님이 부러울 따름이오."

용중이 열여섯의 늦은 나이에 초등학교를 마치자 부친 김일택 공은 고민이다. 사람들의 평균 수명이 마흔 밖에 안 되는 시대인데다, 자신의 몸도 튼튼하지는 않은 편이니 장남의 혼례를 서두르고 가업을 잇도록 할 것인가? 서당에서든 신식학교에서든 수재로 소문난 아들을 객지에 보내 상급교육을 시킬 것인가?

아내는 그간 조용히 알아봐 둔 신부감도 있으니 우선 혼사를 치른 뒤 학업을 계속하든 가업을 잇든 생각해도 되지 않느냐고 한다.

결국 용중은 1913년에 보통학교를 졸업하자마자 부모의 뜻을 살펴 김현성과 혼례를 치른다. 부친의 건강이 그리 좋지 않은데다, 연달아 동생들이 있으니 장남이 먼저 장가를 들어야 하는 것이 통념이고 무난한 순서인 것이다.

현성은 인근 무주 고을 한문학자의 딸로 용중보다 한 살이 더 많다. 십 대의 어린 용중과 현성의 신혼생활은 처음 해보는 집안살림과 인삼 농사로 한가할 틈이 없다. 특히 갑자기 남의 집 식구가 된 현성은 시부모와 시동생들에게 적응하고, 만만치 않은 인삼농사를 배우는 것만도 버거운 일이다.

그러던 이듬 해 갑자기 김일택 공이 사망한다. 장남이 가정을 이루게 되어 마음이 편해진 것인지, 어느 날 아침에 일어나지 않아 깨우려고 보니 자다가 그대로 숨을 거둔 것이다.

어린 상주인 용중은 갑작스런 부친의 장례와 49제를 치르고, 이제는 모친과 동생들을 거느린 가장 역할을 하면서 농장 일을 꾸려나가야 했다.

물 흐르듯 계절이 바뀌고 해가 가는 사이, 아내 현성이 임신을 하더니 이듬 해 봄에는 옥동녀를 낳았다. 영보라고 이름을 지었다.

아직 어미의 젖 냄새가 풀풀 나는 돌도 안 된 딸을 키우며 지내던 1916년 여름, 용중에게 송철 선배가 찾아온다.

"형님, 오랜 만이군요. 그간 어디서 어떻게 지내셨수?"

"자네도 오랜만이군. 나는 모교인 신흥중학에서 수학과 물리를 가르치고 있다네. 여름방학이 시작되어 고향집에 오는 길인데, 이렇게 맨 먼저 자네 소식이 궁금하여 온 것 아니겠나?"

"중학생들을 가르치는 교사가 되셨다고요?"

용중은 네 살 위의 송철이 벌써 고등학교를 마치고 중학교 교사가 되어 있다는 사실이 부럽기 그지없다.

"그게 그리 좋은 것도 아니야. 생각해 봐, 우리가 우리 맘대로 하질 못하고 일본 놈들 지시 받아 가면서 교육해야 하는 심정이 어떨 것 같은가?"

"에구~ 그 무슨 사치스런 말씀이시오? 교사는커녕 아직 중학에도 들어가지 못하고 농사꾼을 못 벗어나는 저 같은 놈도 있는데……"

"허 이 사람, 일본 놈들 밑에서 선생질 하는 게 정말 못할 짓이란 걸 모르니까 하는 소리지? 엊그제는 곧 방학을 하려는데 총독부에서 내려 보낸 시학관이라는 자가 우리 학교에 순시를 왔다네. 그 놈이 내게 이것저것 물어보자 내가 우리말로 대답을 했지. 그랬더니 그 놈이 어이가 없었는지 '선생은 왜 국어를 쓰지 않습니까?'하고 묻는 거야. 그래서 나는 '내가 지금 국어를 쓰고 있지 않소?'라고 응수를 했지. 그 놈한테는 일본어가 국어이고 나한테는 우리말이 국어가 아닌가? 그랬더니 머리끝까지 화가 난 그 놈이 자리를 박차고 나가 버렸다네. 시학관에게 찍혔으니 이제 큰 일이 났다면서 우리 학교 전체가 한바탕 시끄러웠지."

"아니 일본인 상관한테 우리말로 대꾸를 했다고요?"

용중은 그간에도 송철을 만나면서 민족의식과 자존심 같은 것을 느끼긴 하였지만 이 정도까지일 줄은 몰랐다.

"허 이사람, 그럼 일본 놈들에게는 대꾸도 못한단 말이야? 그 놈들 때문에 어떤 일을 해도 배알이 뒤틀려 어려운 현실인데, 그 중에서도 가장 마음고생이 많은 게 선생질이야. 우리가 우리 애들에게 우리나라에 대해서 떳떳하게 가르치지 못하고, 그 놈들이 시키는 대로 하는 게 어디 교육이라 할 수 있겠어? 내가 학교를 벌집으로 만들어 놨으니 앞으로 무슨 조치가 떨어질 지 모르겠지만, 그게 무슨 대수인가? 어차피 마음이 떠났는데……"

"아니, 그 좋은 교사 직을 박차 버린다고요?"

용중은 어쩌면 무모한 듯도 한 송철의 배짱에 다시 한 번 놀란다.

"그런 말 말게. 일본 놈들에게 나라를 뺏겨버린 울분에 우리 금산의 홍 군수도 산에서 나무에 목매달아 자결한 마당에,

우리가 호구지책에 불과한 교사 같은 것에 연연해서야 되겠는
가? 이 땅에 대장부로 태어나서 고난에 찬 일일망정 독립운동
같은 걸 하는 게 몇 곱절 의미 있는 일 아닐까?"

"독립운동을 한다고요, 우리 같은 사람이?"

누구나 못해서 안달인 교사직을 물통을 차듯 버린다더니,
내노라하는 정치인과 지식인들에게나 해당될 법한 독립운동
이라는 단어를 쉽게 꺼내는 송철의 말에 용중은 또 한번 놀란
다. 하긴 이승만에게 감동을 받았다던 몇 년 전부터 좀 달라
보이긴 했지만, 이제는 완전히 한 차원 높아진 사람처럼 보인
다.

"아니 독립운동이라는 것이 이천 만 동포에게 다 해당되는
일이거늘 우리 같은 사람이라고 안 될 게 뭐가 있는가?"

"그야 그렇긴 하지만, 우리 주제에 어디서 무엇을 어떻게
할 수 있을까요?"

"경술국치 이후 일본 놈들에게 모든 것을 뺏기고 억눌려 사
느니 무슨 일을 하든 해외로 나가보겠다고 동포들이 대거 만
주로, 연해주로, 일본으로 나가고 있지 않나? 그 중에서도 먹
고 사는 것보다는 독립운동 같은 큰 꿈을 가진 사람들은 점차
중국의 상해라는 곳으로 많이 간다는 거고."

하긴 1910년 경술국치로 나라가 망하자 금산에서도 고향을 등지고 어디론가 떠난다는 소문들이 자자하였다.

조선에 들이닥친 일본 놈들의 무단통치 방식은 제국주의 유럽국가들의 식민통치와는 차원이 달랐다. 동양척식회사를 통한 토지조사사업으로 거의 40프로의 농지를 빼앗아 이주해 오는 일본 놈들에게 주어 버려 대부분의 농민들은 소작인이 되었다. 헌병경찰 제도로 금산과 같은 시골에도 칼을 찬 일본 순사들이 조선인 3명만 모여도 눈을 번득이며 감시한다. 이제 는 배가 고파 칭얼대는 아이들도 '일본 순사 온다'는 말에 울 음을 뚝 그치는 살벌한 세상이 되어 버린 것이다.

해마다 수많은 조선인들이 고향을 등지고 북으로 북으로 떠났다. 조선의 외교권을 뺏어간 일본 놈들이 1909년에 청나 라와 간도협약을 맺어 백두산 정계비가 뭔지도 제대로 모른 채 국경을 정해 버린 탓에, 이제는 조선 땅이 아닌 간도가 된 눈물의 땅이다. 나폴레옹이 잠자는 사자라던 중국이 제 나라 를 통솔할 힘을 잃어버려, 일본과 러시아 놈들이 서로 차지하 려고 으르렁대는 끝없이 광활한 땅이다.

"그런데 형님은 상해로 가고자 하는 모양이니, 독립운동을 하겠다는 것이오?"

용중은 송철의 애국심과 혈기에 자신의 가슴 속에도 숨어 있던 용암이 달아오르는 듯한 뜨거움을 느껴 본다. 오래 전 임진왜란 때 왜군에 함락된 금산을 탈환하기 위해 전투가 벌어졌는데, 1차 전투에서 전라도 의병장 고경명이 수천 명을 끌고 와 싸우다가 전사하고, 2차 전투에서도 충청도 의병장 조헌과 승병장 영규 등이 끝까지 장렬하게 싸우다 전사한 곳, 그들의 넋을 모아 칠백의총을 만든 곳이 바로 금산 아니던가.

"고민 중이야. 소위 금산의 수재라는 자네도 인삼 밭에서 썩고 있을 게 아니라 더 큰 일을 할 수 있는 길을 생각해 보는 게 어떻겠나?"

"그래도 무슨 가능성이 보여야 발을 내디딜 것 아니오?"

"사실 나는 신흥학교에 있으면서 오랫동안 미국인 선교사들과 상의해 왔네. 독립운동이라는 것도 사업이나 호구지책이 있어야 하는 것인데, 우리 같은 젊은이는 우선 공부를 하는 길로 가는 게 좋겠다는 거야. 만주나 연해주는 대개 독립운동가나 생업을 위한 농민들이 가고, 공부를 하려면 일본이나 미국이지."

"그런데 일본이 아니라 상해라면 미국으로 가겠다는 거요?"

"내가 알아본 바로는 일본으로 유학을 가는 것은 총독부의 특별한 허가가 필요한 데다 이미 수천여 명의 유학생이 가 있어 우리 금산 촌놈들까지 끼어들기는 만만치 않은 일이라는 군. 그러니 우리처럼 몸뚱이와 머리와 가진 사람은 할 수만 있다면 이미 세계의 최강국으로 떠오르고 있는 미국으로 가는 게 좋겠다는 거야. 우리 금산에도 이미 그런 생각을 하는 사람들이 여럿인 것으로 아네."

"형님 말고도 여러 명이요?"

"그렇다네. 이미 임영신의 집안 등 여러 명이 상해로 떠났다는군. 조선인들이 서구세계를 보고 눈을 뜨게 되는 것은 식민통치에 위험하다고 일본 놈들이 길을 막고 있어서 일본을 통해서는 갈 수가 없고, 선교사들 말로는 상해에 가면 길이 열릴 수 있다는 거야. 죽음을 무릅쓴 의병이라도 나설진대, 그까짓 모험이야 한번쯤 해볼 만하지 않겠나? 아무튼 자네도 한번 잘 생각해 보게."

송철의 설명을 들으며 용중은 눈이 번쩍 뜨이기도 하고, 꿈을 꾸는 듯도 하다. 이 땅에서 대대로 살아온 조상들과 같이 인삼농장을 일구며 살 것인가, 아니면 그의 말처럼 더 큰 일을 해보기 위해 한 번 넓은 세상으로 나가볼 것인가.

용중의 고민은 깊어진다. 혼인한 지 겨우 삼 년 째, 이제 막 시집살이에 익숙해진 아내 현성을 두고 한양도 아닌 외국에까지 멀리 떠나는 것이 남편으로서 할 짓인가? 더욱이 이제 막 백일이 지난 딸 아이 영보를 두고 조국을 떠나다니 아비로서 할 짓인가?

"아니, 신혼의 처와 강보에 싸인 아이를 두고 이역만리로 떠난다는 게 대장부가 할 짓인가요?"

"인륜으로 보면야 당연히 그렇지. 나도 자네와 똑같이 조강지처와 갓난애를 둔 상황이 아닌가? 정말 고민이 많네. 그런데 대장부가 무언가 이루어 보겠다면 마음을 굳게 먹고, 그러한 인연으로 인한 고통쯤은 견뎌내야 하지 않을까?"

그 해, 1916년 가을, 송철이 먼저 금산을 떠난 뒤 아직 피가 끓는 용중의 고민은 점차 결심이 되고 행동이 된다.

상하이

시집살이 삼 년 째, 남편에게 무언가 심상치 않은 일이 일어나고 있는 눈치에 현성은 불안하다. 용중이 늦은 밤까지 잠을 못 이루고 뒤척이며, 입맛을 잃은 채 밥도 먹는 둥 마는 둥 한 지가 이미 여러 달이다. 이곳저곳 자투리땅을 팔아 금을

사 모으고 돈을 마련하는 걸 봐도 무언가 일이 벌어지고 있는 게 틀림없다.

남편에게 무슨 꿍꿍이속이 있는 것일까? 먹고 사는 데 아무런 어려움이 없는 집안이니, 어디로 돈 벌러 가려는 것은 아닐 테고, 늘 배움에 목말라 하더니 공부를 하러 가려는 것일까? 남편들이 처자를 두고 유학을 가는 것이야 주변에도 흔한 일인데, 그런 일이라면 말을 못할 것도 아닌데 무언가 찜찜하다. 전주나 서울로 유학을 가려는 게 아니라 멀리 일본으로 기약 없이 떠나려하기 때문일까? 그러나 남편은 진중하고 과묵한 사람이라서, 아녀자로서 꼬치꼬치 물어볼 수도 없는 현성은 덩달아 매일 밤 잠을 설친다.

일제의 무단통치에도 계절은 어김없이 오고 가고, 산으로 둘러싸인 금산에도 인삼을 수확하는 가을이 왔다.

"…… 여보, 당신과 가족에게 차마 뭐라 할 지 모르겠소만 내가 좀 먼 길을 떠나야 할 것 같소."

드디어 올 것이 왔구나!

인삼 수확도 끝나고 성긴 별들로 깊어가는 가을 밤, 현성은 아무런 대답 없이 남편의 말만 기다린다.

"오래 생각하고, 여러 사람과 상의해 온 일인데, 독립을 위한 일을 하기 위해 이 나라를 떠나볼까 하오. 얼마나 걸릴지 모를 일이나, 가족들에게도 일체 말하지 말고 당신이 우리 가문을 잘 지켜주길 바라오."

"……유학을 가는 게 아니라 독립운동을 하러 간다고요?"

"두 가지를 동시에 할 수도 있고, 그런 건 닥쳐봐야 알 텐데, 어딘가 정착하면 연락하리다."

"……잘 알겠어요. 집안 걱정은 마시고 품은 뜻을 이루어 보세요."

1916년 10월, 용중은 과부로서 집안의 어른이 된 어머니에게 서울에 좀 다녀오겠다며 하직 인사를 드린다. 동생 정중에게도 장남인 자신이 없는 사이에 집안일을 잘 챙길 것을 당부한다.

여섯 달 배기 딸 영보를 등에 업고, 현성은 길 떠나는 남편의 뒷모습을 하염없이 바라보며 눈물만 글썽인다.

용중은 함께 떠나기로 밀약을 한 두 명의 친구들을 만나기 위해 금산읍의 약속 장소로 나간다. 짐 보퉁이가 없이 몸만서 있는 친구들을 보며, 뭔가 잘못되어 가는 분위기에 섬뜩해진다.

"아니, 왜들 짐은 없는가?"

"······ 어이 용중, 우리는 결국 못 가게 되어 버렸네. 참말로 할 말이 없구먼."

용중은 어이가 없어 한참을 말을 못한다. 틈만 나면 도둑들처럼 만나 온갖 궁리를 하고 계획을 짜던 친구들이 이제 와서 첫 출발부터 어그러지니 어찌해야 할 것인가.

"아니, 그렇게들 다짐해 놓고 이제 와서 그게 무슨 소리들이여?"

"그게 말이지, 어떻게 몰래 나와 볼까 했는데 부모님한테 들켜버렸지 않은가? 두 손을 잡고 눈물을 흘리며 하소연하는데, 차미 부모를 저버릴 수는 없었네."

"아니, 그럼 그간에는 말도 없이 집을 빠져 나오려고 생각했단 말이여?"

"이해심 깊은 자네 집과는 사정이 다르지 않은가? 아무튼 자네에게는 너무 미안하게 돼버렸고, 또 자네가 부럽기만 하네. 우리는 일단 금산에 남아 기회를 볼 것이니, 자네가 먼저 떠나서 부디 큰 뜻을 이루고, 서로 연락을 취하기로 하세."

출발부터 계획이 어그러져 황당하게 되었지만 용중은 더욱 마음을 다잡고 홀로 길을 떠난다. 이제부터 모든 길은 혼자 헤쳐 나가야 한다. 의지할 친구 없는 외로운 길이고, 내딛는 걸음마다 위험한 지뢰밭 길이다.

　서울로 가는 열차에서부터 식당이든 여관이든 사람이 지나다니는 곳이면 어김없이 일제 순사들이 눈을 번득인다. 그들의 눈을 피해 가슴을 졸이고 잠도 못 자며 평양을 거쳐 드디어 신의주에 도착하니 집 떠난 지 한 달이 훌쩍 지난 12월이다. 이제 압록강만 건너 중국 땅으로 들어가면 일본 놈들의 손아귀에서 좀 더 자유로울 수 있을 테니 어떻게든 무탈하게 강을 건너야만 한다.

　입을 꽉 물고 굳은 결심을 다진 것도 잠시, 허름한 여관에 여장을 푼 첫날 밤부터 사달이 났다. 한밤중에 문을 두드리는 소리에 놀라 방문을 여니 옆구리에 칼을 찬 일본 순사가 용중을 뚫어져라 꼬나보며 서 있다.

　"보아하니 이 지역 사람은 아닌 듯 한데 어딜 가는 길이오?"

　"아, 저어~ 문중에서 급한 일이 생겨 신의주나 단동 근처에 산다는 친척을 찾으러 온 것입니다만…"

　"단동이라면… 강을 건너 중국 땅으로도 가겠다는 건데, 혹시 무슨 범죄를 짓고 도망을 가려는 게 아니오?"

"범죄라니… 터무니없는 추측이오. 친척이 국경을 드나들며 일하는 분이라 해서 찾아보려 온 것일 뿐이오."

"내 이런 일을 하루 이틀 하는 것도 아니고 척 하면 삼천리인데, 당신 얼굴에는 지금 조선을 떠나겠다는 표정이 빤히 써 있소. 요즘 당신 같은 젊은이들이 더러 오는데, 중국으로 나가 미국까지 가려는 건 아니오?"

"천만의 말씀, 저는 신의주와 단동에서 제 친척 분을 찾아내 만나보면 그만이오."

"일단은 알겠소만, 내 자주 올 것이니 허튼 수작일랑 하려 들지 마시오, 알겠소?"

거머리처럼 물고 늘어지는 집요한 질문에 거의 두 시간을 시달리다 보니 몸은 파김치가 되고 잠도 오지 않는다. 날이 새자 간신히 거슴츠레 눈을 뜨고 압록강으로 나가 멀찌감치 신의주 다리를 바라본다. 여러 명의 일본군 국경 경비대가 어깨에 총을 메고 다리 입구를 가로막고 서 있는데, 그곳을 어떻게 통과할 수 있을지 막막할 따름이다. 익숙한 걸음으로 다리 쪽으로 가는 조선인으로 보이는 신사가 힐끔 보더니 말을 걸어온다.

"오다 보니 멀쩡하게 젊은 사람이 강물만 멍하니 바라보고 있던데, 무슨 사연이 있소?"

"…… 예, 강 건너 단동에 꼭 가봐야 할 일이 있는데 국경 통과 허가증이 없어 무슨 수가 없을지…"

"무슨 사연인지는 모르겠으나 만만치는 않을 게요. 두 도시 간에 장사하는 점포들끼리 물건을 보내고 받는 심부름꾼들이 많이 오가니 심부름꾼 행세를 해보는 것도 방법일 것 같소만."

구세주의 메시지를 접한 듯 용중은 멀리서 다리를 오가는 심부름꾼들의 행색을 유심히 관찰한 뒤, 커다란 점포 하나를 찾아가 소지한 귀중품들을 보증으로 맡겨놓고 국경 왕복 심부름을 자처한다. 그들과 같은 복장에다 일부러 물건들이 눈에 띄도록 보퉁이를 메고, 스스럼없이 국경 경비들과 말을 주고받으며 날마다 다리를 오간다. 고향 금산에서는 한 번도 겪어보지 못한 시베리아의 삭풍이 뼈 속까지 스며든다. 매일 국경을 오가며 경비병들도 그를 알아보게 될 즈음, 어느 날 용중은 더 이상 신의주로 돌아오지 않고 단동 시내로 숨어든다. 언제 다시 돌아올 수 있을지 모를 조국을 강 건너 바라보니 눈시울이 뜨거워진다.

과거 조선 왕조의 사신들이 해마다 인삼을 싣고 북경으로 가던 길, 조선보다 수십 배가 넓다고 말로만 듣던 대륙을 몸으로 느끼며, 곳곳에서 마주치는 한인 지하 독립운동가들과 중국인들의 도움으로 기차를 갈아타고 천진까지 내려와 간신히 상해로 가는 배에 끼어 들어간다.

드디어 도착한 상해, 고향을 떠난 지 보름 만에 도착한 남국의 항구도시다. 배에서 내린 부두는 국적이 어딘지 따질 수 없을 정도로 다양한 인종들로 붐빈다. 엄청난 인파가 밀물과 썰물처럼 들어오고 나간다.

부두를 빠져 나오자마자 수많은 인력거꾼이 덤벼들어 물어보지도 않고 짐을 받아 들려고 난리다. 정처가 없이 바삐 흩어져 가는 사람들 틈에서 사방을 두리번거리는 용중을 보고, 손님을 못 잡은 인력거꾼 하나가 다가온다.

"어디로 모실까요?"

글이 아닌 말로는 난생 처음 들어보는 중국어다.

"……?"

뭐라고 마구 들이대는 중국말을 전혀 알아듣지 못하고 용중은 인력거꾼의 얼굴만 빤히 쳐다본다. 어려서부터 한자를 공부하고 사서삼경을 외우다시피 했는데도 한 마디도 알아들을 수 없다.

"고려인? 고려인?"

드디어 알아들을 수 있는 유일한 단어 같아 고개를 끄덕이자, 중국인은 짐 보퉁이를 받아 신고, 뭐라 뭐라 또 혼자 중얼거리며 어디론가 인력거를 몬다.

상해는 아편전쟁 이후 영국에 무릎을 꿇은 중국이 개항한 항구도시, 서울보다 열 배가 넓은 아시아 최대의 도시다. 이미 개항한 지 수십 년, 조그만 어촌에 불과하던 곳이 천지개벽하듯 탈바꿈하여 유럽인들에게 동양의 런던, 동양의 파리(Paris of the East)라고 불린다. 프랑스의 손아귀에 떨어져 동양의 진주(Pearl of the Orient)라 불리는 베트남의 사이공과 함께 20세기 초 아시아 최고의 서구화된 도시다.

1911년 중국인들이 신해혁명으로 청 왕조를 무너뜨리고 공화국을 탄생시키자, 이에 고무된 식민지 국가들의 망명객들이 상해로 몰려든다. 특히 중국의 법이 미치지 않는 치외법권 지역인 조계는 수십 나라의 지식인과 정치인들이 섞여 사는 코스모폴리탄 지역이다.

넓고 확 트인 도로의 양 편에는 서울에서는 보지 못한 4층, 5층으로 우람한 유럽풍 석조 건물들이 우뚝우뚝 솟은 모습이 그야말로 신천지다. 인력거에 앉아 좌우를 두리번거리며 용중은 은행, 백화점, 양행, 상회 등 알아볼 수 있는 한문 간판들을 신기하게 바라본다. 런던, 뉴욕과 함께 세계의 3대 금융도시라더니 은행 건물들이 즐비하다. 페달을 밟는 인력거꾼은 손가락을 이리저리 가리키며 관광객도 아닌 그에게 무어라 설명하는데, '공동조계'라는 듯한 단어만 얼핏 들린다.

높은 건물이 즐비한 와이탄 나루 지역을 지나자, 이번에는 커다란 단층 저택과 잘 가꾼 정원들이 우아하고 조용한 자태를 뽐내는 프랑스 조계지역이다. 중국인 짐꾼은 어느 집 앞에서 인력거를 멈추더니, 해송양행이라는 간판을 건 집으로 들어가더니 멋진 양복을 입은 사람과 같이 나온다.

"안녕하세요, 조선 사람이라구요?"

아는 사람 하나 없는 이국에서 조선말을 들으니 눈물이 솟구치려 한다. 말은 피보다 더 진하다는 느낌이 이런 때처럼 절실한 적이 있을까?

"예, 선생님. 부두에 내려 중국말을 못 알아듣고 그저 짐꾼을 따라 왔습니다."

"잘 오셨어요. 반갑습니다. 저는 이 한약방의 주인으로 한진교라고 합니다. 자아, 먼 길을 오셨을 텐데 짐꾼을 보내고 찬찬히 얘기합시다."

"선생님, 자식 같은 나이인데 말씀 낮추십시오. 말이 안 통하는 나라에서 우리말을 듣는 것만큼 반가운 일이 없다는 것을 처음 느꼈습니다. 그런데 어떻게 저 짐꾼이 저를 선생님 댁에 데리고 온 건지……"

"당연히 그러겠지요. 이 도시에서 누구나 아는 조선인 집이란 저의 가게가 거의 유일하니까요. 그건 그렇고 청년은 어디서 오는 길이오?"

용중은 한진교 사장의 환대에 어떻게 감사해야 할 지 몸 둘 바를 모른다. 한 사장은 북경에서 이발소를 하다가 2년 전에 상해로 와서 해송양행을 열었다 한다. 한약상이라고 이름을 붙였지만, 사실은 인삼무역으로 큰 돈을 벌고 있는 분이다. 조선인삼이 중국에서 불로초로 알려지면서 인기가 대단하여, 현재 상해에 사는 백여 명의 조선인들 중에도 십여 명이 인삼 행상을 하고 있는데, 그 중에서도 한 사장은 개성인삼을 수입하여 중국 전역에 판매하는 도매회사 사장이다.

용중은 자신도 인삼의 특산지인 조선의 금산에서 왔다는 것, 서슬이 퍼런 일제 치하의 조선 시골에서는 꾸어 볼 꿈도 없다는 것, 노동을 하든 공부를 하든 보다 큰 꿈을 품어보기 위해 처자를 두고 이역만리까지 왔다는 것들을 이야기한다.

"오호, 금산에서 왔다고요? 바로 얼마 전에 온 송철이라는 사람도 그곳 출신이라던데, 금산이라는 곳에서 오는 젊은이들이 많군요."

"아니! 사장님께서 송철이라는 사람도 만나셨다고요?"

용중은 아는 이 하나 없는 상해 바닥에서 선배의 이름을 들으며 펄쩍 뛰듯 기뻐한다.

"이곳에 한인이 몇 명이나 된다고 모르겠소? 곧장 그들과 만나게 해줄 테니 묵을 숙소라든가 밥벌이 할 일도 함께 상의해 보시오. 필요한 게 있으면 언제라도 나한테 오셔도 좋고요."

용중은 한 사장이 돈만 많이 버는 장사치가 아니라, 대부분의 수입을 독립운동가들의 활동과 상해의 조선인 사회를 위해 쓴다는 이야기에 감동한다. 한 사장의 경우를 눈앞에서 보며, 용중은 자신의 꿈이 무엇이어야 하는지 더 이상 고민할 필요도 없다는 것을 느끼며 가슴이 부푼다.

독립운동가들은 을사늑약 이후 대부분 만주와 연해주로 갔는데, 경술국치 이후에는 신규식, 박은식 선생 등이 상해로 온 이래로 점차 상해가 해외 각지 조선인 독립운동의 중계지가 되고 있다 한다. 미국의 프린스턴 대학에서 영문학 석사를 한 김규식 선생도 수시로 상해를 오가고, 신채호 선생도 한 때 상해에서 김규식에게 영어 개인지도를 받았다고 한다.

그러한 유명한 선배들 외에 대다수의 한인들은 이삼십 대의 팔팔한 젊은이들이라 한다. 한 사장이 온 1914년만 해도 포목상이나 인삼행상 등 오십여 명에 불과하던 한인이 이제는 벌써 이백여 명에 달한다고 한다.

　용중은 한 사장이 오후 늦게 가게 문을 닫는 대로 그를 따라 나간다. 이삼 층의 연립주택들이 끝없이 늘어선 좁은 거리의 어느 집에 도달하여 문을 두드린다.

　"아니 이게 누구야? 야아, 드디어 자네를 상해에서 만나게 되었구먼. 이게 얼마 만인가?"

　송철이 두 팔을 벌려 용중을 껴안는다.

　"형님 정말 반갑소. 몇 달 만인데도 십 년 만에 뵌 듯 하군요."

　두 사람의 재회를 바라보며 한 사장의 미소에는 뿌듯함과 연민이 섞여 있다.

　"자아, 먼저 푹 좀 쉬면서 못 다한 이야기들을 하세요. 그리고 내 도움이 필요하거나 하면 언제든 찾아오고. 그럼 이만."

　"사장님, 감사합니다. 자주 찾아뵙도록 하겠습니다."

　한 사장을 보낸 뒤, 든든한 의지처가 생겨 긴장이 풀어진 용중은 방바닥에 사지를 늘어뜨린다.

　"용중, 금산을 떠나서부터 여기까지 어떻게 도달한 건지 자네 모험담이나 한 번 들어보세."

"아이구, 형님도. 누구나 오는 길이야 뻔하니 형님이 온 길을 거의 그대로 따라오지 않았겠어요? 기차나 배를 탈 때마다 조사 받고 잡힐까 봐 가슴 졸이는 거야 누구에게나 같을 거고요."

"하여튼 무사히 오게 되어 천만다행이네. 한 사장님 같은 분이 고맙기도 하고. 그렇지 않으면 아는 사람 하나 없는 객지에서 걸인으로 노상객사하기 십상일 거야."

"그러게요. 어딜 가서 어떻게 살아야 할 지 눈앞이 캄캄했는데, 물설고 낯설은 타국에서 거지꼴이 되지 않고 이렇게 곧바로 형님까지 만나다니 꿈만 같군요."

"그게 다 동포라는 게 아니겠나? 아무튼 샹하이 드림이라는 말도 있는데, 일단은 그 꿈속으로 들어온 걸 축하하네. 많은 동포들이 만주나 연해주로 떠나는데, 그곳들보다 훨씬 더 현대적이고 국제적인 곳이 이곳 상해라 하니 말이야."

"형님 말을 듣고 인생일대의 결심을 하여 여기까지 왔는데, 한 사장님 말을 들으니 우리처럼 맨주먹으로 온 젊은 조선인들이 많다니 더욱 맘이 놓이더군요."

"내가 금산에서부터 자네에게 늘 얘기하지 않았나? 이곳에서 막노동을 해서라도 생계를 유지하면서 보다 큰 꿈을 이룰 수 있는 길을 계속 찾아보면 될 것이네. 내일부터라도 당장 자네가 갈 수 있는 일터가 있는지 알아볼 터이니, 오늘 밤은 푹 쉬며 여독을 풀게."

"그러지요. 하여튼 형님의 뒤를 따라 여기까지 온 게 꿈만 같군요. 이제 가족에게 내가 죽지 않고 이곳 상해에 와 있다는 소식이라도 띄워야 할 성 싶습니다."

한 밤중에 용중은 웅장한 석조건물이 가득히 늘어선 상해의 사진이 찍힌 우편엽서를 꺼내 든다.

눈을 감고 그간의 긴 여로를 생각해 본다. 아내 현성과 딸 영보, 한숨만 쉬고 계실 노모와 동생들을 떠올려 보며, 그들에 대한 송구함과 조국의 독립을 위해 일하겠다는 대장부로서의 꿈에 대하여 쓴다. 상해라는 곳으로부터 날아온 엽서를 읽어 볼 가족들의 안도하는 반응도 떠올려 본다.

다음 날부터 용중은 황포강의 부두에 들어오는 배의 화물을 내리는 막노동을 시작한다. 금산에서도 부친의 인삼농장을 관리만 하였지 몸으로 힘을 쓰는 노동을 해본 적은 없어서, 마냥 서툴지만 젊은 힘 하나로 버텨 나간다.

고기도 없이 면만 몇 가닥 들어있는 상해 국수 양춘면, 주먹밥 같은 빠오판 한 덩어리로 끼니를 때운다. 젊어 고생은 사서도 한다는데, 꿈을 잡을 수만 있다면 이팔청춘에 못할 일이 어디 있을 손가. 하루 일을 마치는 저녁 무렵에는 파김치가 된 몸으로 부두에 주저앉아 담배 한 개비를 피워 물고 바다를 바라본다.

누런 황포강 하구에 노을이 물들고, 어스름 속에서도 난생 처음 보는 거대한 화물선과 여객선들이 쉴 새 없이 나가고 들어온다. 저 바다를 한없이 건너가면 조선 땅일 것이다. 그리고 백제 신라 때부터 숱한 뱃사람들이 이 망망한 바다를 오고 갔을 것이다.

조선의 젊은이들은 밤이면 녹초가 된 몸을 이끌고 동제사가 운영하는 강습소에 나가 외국어를 공부한다. 동제사는 신규식과 박은식 선생 등이 수년 전 설립한 한인들의 친목단체 겸 상해 최초 의 독립운동 단체로, 젊은이들에 대한 교육에도 열성이다.

용중도 밤이면 동제사에서 기초적인 영어와 중국어를 배운다. 난생 처음인 막노동에 파김치가 된 몸이지만, 새로운 세상에 눈을 뜨는 재미에 졸음을 쫓기 위해 이빨을 앙다물고 살을 꼬집어 가며 공부에 매진한다.

또 주말이면 한인교회에 나가느라 바쁘다. 많은 한인들이 모이는 교회는 신앙을 위한 것이기도 하지만, 타국에서 의지할 곳 없는 이방인들에게는 친목과 정보교류의 중심이다. 부모가

동학에서 기독교로 개종하여 모태신앙이나 다름없고, 어려서
부터 계속 기독교학교를 다닌 송철은 주일이면 더욱 활달해지
며 동서남북으로 바쁘다. 용중도 아직은 교리와 의식들이 생
소하지만, 향수를 달래고 내일을 다짐하기 위해 수십 명의 동
포들을 만날 수 있는 주말을 손꼽아 기다린다.

몽양

　그러던 연말의 어느 주일, 교인이 아닌 사람들까지 거의 모
든 동포가 교회에 모여 들었다. 남경에서 진링대학 영문과에
다닌다는 몽양 여운형이라는 분의 강연이 있다는데, 30세의
나이에도 국내에서 이미 기독교 전도사 겸 독립운동가로 이름
이 널리 알려진 분이라 한다.

　육척 장신의 거구에 흰 양복을 입고 카이저수염을 한 영화
배우 같은 신사가 연단에 올라온다. 몽양은 조선이 일제에
나라를 빼앗기게 된 배경과 이유, 1차 세계대전의 상황과 신흥
강국인 미국의 참전 가능성, 산동반도 진출을 위해 독일에 선
전포고한 일본의 야욕, 조선이 나가야 할 길 등에 관해 사자후
를 토해 낸다. 마지막으로 조선인들이 가져야 할 자세를 당부

한다.

 '…… 해외에 나가는 국민들은 한 사람 한 사람이 외교관이나 다름없습니다. 그들의 행동거지 하나하나가 나라의 얼굴이기 때문입니다. 따라서 저는 이곳 상해에 사는 여러분 모두가 국가와 민족을 대표하는 대사나 공사라고 생각하고 행동해 주기를 바랍니다. 중국인들과 사소한 일로 다투지 마십시오. 길에서 취한 모습을 보여서도 안 될 것입니다. 수십 개국의 외국인들이 모여 사는 이곳 상해에서 우리 모두 품격 있고 수준 높은 조선인의 모습을 보여 주도록 합시다!'

 우레와 같은 박수와 함성이 터진다. 용중은 아예 넋을 빼앗겨 박수도 잊어버린 듯, 벌린 입을 다물지 못한다. 청산유수와 같은 언변, 단숨에 사람들을 끌어들이는 친화력, 무엇보다도 국제정세에 대한 폭넓은 식견과 분석력 등에 넋을 잃을 지경이다. 시골 출신이라서 서울의 만민공동회 같은 집회를 가보지는 못했지만, 그토록 감동스런 연설을 들어본 것은 난생 처음이다.

 모여든 사람들도 그 분이 누구인지에 대해 웅성거린다. 경기도 양평의 지주로서 갑오개혁 후 즉각 자신의 상투를 자르고, 데리고 있던 노비들을 모두 해방시킨 개혁가라 한다. 서울의

거리에서 그가 연설을 하면 길 가던 사람도 주저앉아 엉엉 울 만큼 안창호 선생과 함께 조선 최고의 웅변가라 한다.

또한 영어 일본어 중국어에 모두 능통하여 국제정세에 가장 해박할 뿐 아니라 외국 지도자들과의 외교에도 능통한 분이라 한다. 얼마 전 중국의 손문 같은 혁명가가 되겠다고 중국에 왔는데, 남경에 와 보니 한인으로서의 활동 반경이 너무 협소하여 더 큰 뜻을 펼치기 위해 조만간 혁명의 땅인 상해로 와서 살 예정이라 한다.

1917년으로 해가 바뀌자 소문이 났던 것처럼 몽양 선생이 남경 생활을 정리하고 상해로 왔다. 서울에서 기독교청년회(YMCA)에 몸 담았던 몽양은 오자마자 상해 YMCA의 간부로 있는 미국인 선교사 조지 필드 피치(Pitch)와 친해져, 그가 운영하는 북경로 길의 대형서점인 협화서국에서 판매부의 주임으로 일한다. 몽양보다 세 살이 많은 아들 조지 애쉬모어 피치 선교사도 여운형으로부터 일제의 식민지가 된 한인들의 비참한 현실을 듣고, 한인들을 위해서라면 무슨 일이든 발 벗고 나서는 친구가 된다.

몽양은 이리저리 옮겨 다니며 예배를 보던 한인교회를 피치 목사가 간부로 있는 YMCA 건물 내의 큰 장소로 옮긴다. 중국어를 몰라 중국학교에 입학할 수 없는 한인 자녀들을 위해 인성학교를 설립한다. 또 수백 명으로 늘어난 한인사회를 규합시키기 위해 상해고려교민친목회를 조직하기 시작한다.

몽양이 온 지 한두 달 만에 한인 공동체가 크게 활기를 띠며, 지도자 한 사람의 역할이 얼마나 큰 지를 보여준다. 젊은이들에 대한 관심이 각별한 몽양은 시간이 나는 대로 그들과 대화하면서, 고충을 들어보고 해결책을 찾아주는 것으로도 소문이 자자하다.

그러던 어느 주말, 예배가 끝난 친교 시간에 몽양이 용중을 사무실로 부른다.

"젊은이는 어떻게 이곳에 오게 되었는가?"

"예 선생님, 저는 전라도 금산에서 온 김용중이라 합니다. 일본 놈들에게 빼앗긴 나라를 되찾기 위해 한 몸을 바치자는 결의로 고향을 떠나, 서너 달 전에 이곳에 도착하여 부두 노동을 하면서 장차 무엇을 할 지 고민하고 있습니다."

용중은 서당에서의 한학 공부, 보통학교 졸업 후 진학을 못한 사정, 결혼과 인삼 농업 등 자신의 모든 과거를 이야기한다.

"그럼 앞으로 무엇을 하고자 하는가?"

"선생님, 외람되오나 지난 번 한인교회에서 들은 선생님의 강연이 제게는 어떤 계시와도 같았습니다. 앞으로 사업가가 되든 공부를 하든 작은 힘이나마 조국의 독립을 위해 일하고 싶습니다."

한참 동안 머리를 숙이고 있던 몽양이 고개를 들어 말한다. 아저씨처럼 부드러운 음성이다.

"사실은 자네에 대한 얘기를 듣고 그 동안 자네를 좀 관찰해 왔지. 우리 조국의 독립을 위해서는 자네와 같이 명석하고 의지가 굳은 젊은이들이 필요하네. 그런데 이곳 중국에 가족이 같이 있는 젊은이라면 여기서 공부하는 것도 방법이겠지만, 자네와 같은 사람은 미국으로 가서 공부를 하는 게 좋겠다는 생각이 드는군. 특히 미국이라는 나라가 세계 최강국이 되어가고 있는데, 우리에게는 아직 미국에 대해 잘 아는 사람이 많지 않으니, 앞으로 미국을 제대로 아는 사람이 꼭 필요하게 될 거야."

"선생님, 제가 이 나이까지 중학교도 못 간 처지인데, 그러한 일이 가능하겠습니까?"

"뜻이 있으면 길이 있는 법이네. 그런데 공부라는 것도 아무나 할 게 아니라 자네처럼 똑똑한 사람이 해야 하는 것이야. 그리고 그것은 뜻만 있으면 언제든 할 수 있는 것이니, 나이가 많은 것도 걱정할 필요가 없네. 서재필 박사라는 분도 스물 하나에 미국에서 고등학교를 갔고, 이승만 박사도 서른하나 에 미국에서 대학을 갔지 않은가? 나도 서른이 넘어 엊그제까 지 남경에서 대학을 다녔는데, 아직 스물도 안 된 자네는 나이 가 많기는커녕 앞길이 창창하지 않나?"

"선생님, 상해 부두에서 막노동을 하는 저 같은 사람에게도 미국으로 갈 수 있는 길이 있을까요?"

"두드리면 열리는 것이니, 아무튼 마음을 굳게 먹고 준비된 사람이 되게. 미국으로 갈 방법은 나로서도 알아볼 것이니."

"!"

가슴이 뭉클해진 용중은 눈물을 찔끔거리다가 감사하다는 말도 못하고 물러 나온다. 그날 밤 용중은 꿈에 부풀어 잠을 이루지 못한다.

'……준비된 사람! 저렇게 높으신 분이 그 동안 나 같은 놈을 관찰해 왔다니, 나의 어떤 모습들을 보았다는 것인가. 더욱이 미국으로 가서 공부를 하라 하고, 그 길이 있을지 알아봐 주기 도 하겠다니 이게 꿈인가 생시인가. 이런 운명적 만남이 인생 에 몇 번이나 오는 것인가?'

다음 날, 또 하루의 노동을 마친 어스름, 용중이 송철의 옷소

매를 잡고 부둣가로 불러낸다.

"형님, 놀라지 마시오 어제 교회에서 몽양 선생을 따로 뵈었다오."

"?"

송철은 잔뜩 흥분한 용중이 오히려 이상하다는 듯 싱겁다는 반응이다.

"몽양 선생을 뵙는 거야 한인이라면 누구나 하는 건데, 그게 무슨 놀라운 일이야?"

"에이~ 그 정도가 아니고…, 선생님께서 나에게 미국에 유학을 가라 하시고, 그 길이 있는지도 한 번 알아봐 주시겠다는 거지 뭐요."

담배를 한 입 뿜어내고, 위아래 입술을 꽉 다문 용중은 힘이 불끈 나 있는 모습이다.

"아하, 그거야 별 놀랄 일도 아니고 당연한 게지. 자네 같은 우수한 인재를 천하의 몽양 선생이 몰라보고 있었겠나? 머지않아 좋은 일이 생길 수 있을 것이네. 사실은 나도 국내에서 가져 온 선교사의 추천서를 내놨으니, 자네보다 먼저 가게 될 수도 있을 게고."

"아니, 형님은 이미 뭐를 좀 알고 있는 모양이군요."

"내가 금산에서부터 말했듯이 우리가 떠날 때부터의 목표가 그것이고, 이 상해 바닥에서 막노동으로 고생하는 것도 다 그 목표를 위해서인데, 어떤 길이 있는지 알아봐야지 가만 앉아 있을 수 있나?"

"그래, 어떤 길이 좀 있는 거요?"

"미국 놈들이 동양 사람을 완전히 거렁뱅이 취급을 하고 인종차별을 하기 땜에 그곳에 살 목적으로 이민비자를 받는 것은 아예 불가능하다네. 그런데 바다 건너 우리 교회에까지 날아오는 미국 동포들의 신문인 신한민보를 보니, 미 국무성이 우리 동포들의 단체인 국민회를 인정해 주게 되어, 그 단체의 보증과 지참금 삼십 불이 있으면 기독교 유학생 비자로 갈 수 있다는 거야."

"그런 소식을 동포신문에서 보았다는 거요?"

"그렇네. 이곳 상해에서 그간에도 그런 방식으로 여러 명이 갈 수 있었다는데, 3년 전에는 김호라는 사람이 그렇게 갔고, 얼마 전 5월에도 김원용이라는 사람이 갔다는군. 내 생각에는 아마도 몽양 선생께서 지금 피치 선교사와 그런 방법을 열심히

2장 망명

찾고 계실 것이네."

조선인들 일이라면 어떤 일이든 발 벗고 나서게 된 피치 선교사는 기독교 교육을 시키기 위해 조선 청년들의 유학을 특별히 허용할 필요가 있다면서 미국 공사관과 이민국 등 기관을 설득한다. 몽양은 샌프란시스코의 한인단체인 대한인국민회에 연락하여 이들의 신원을 보장하는 각서를 보내도록 한다. 그러한 몽양과 피치 선교사의 노력으로 1917년 말까지 조선 청년 수십 명에게 미국 입국허가가 떨어진다.

허가를 받게 되자 이제는 누구를 보내야 할 지 선발하는 일도 만만치 않다. 중국에 머무르지 않고 미국으로 유학 가겠다는 청년들이 점차 상해로 몰려들어, 몇 해 전까지도 백 명이 안 되던 한인이 수백 명에 달하기 때문이다.

모태신앙으로 이미 보통학교부터 고보까지 기독교학교를 다닌데다 선교사의 추천장까지 가져온 송철은 1차로 포함되고, 얼마 안 있어 용중도 몽양의 높은 평가와 강력한 추천으로 대상에 포함된다.

대상이 정해지니 이번에는 타고 갈 선박이 문제다. 샌프란시스코로 가는 배가 들어올 때마다 조선의 망명 신도학생들을 태워 달라는 피치 선교사의 호소로 매번 미국행 배가 올 때마다 자리가 구해지는 대로 떠난다.

송철이 먼저 떠난 뒤 용중은 주일이면 교회에 우송되어 오는 미주 한인들의 신문인 신한민보를 통해 미국이라는 또 하나의 신천지를 그려 보며 배를 기다린다.

1917년 말 용중에게도 드디어 기회가 왔다. 샌프란시스코로 가는 배에 중국인과 미국인들의 틈에 끼어 갈 몇 자리가 생긴 것이다. 부두노동과 야간학습의 상해 생활 일 년을 청산하고, 이제 또 다른 미지의 나라 미국으로 향하는 것이다.

상해 부두의 뱃전에 나온 여운형 선생 앞에 넙죽 엎드린 용중의 어깨가 흐느껴 운다.

"선생님, 마지막 절 받으십시오. 그 동안 저에게 너무 많은 가르침을 주시고, 이런 기회까지 마련해 주신 선생님……"

"그래. 어디를 가든 조선인임을 잊지 말고, 언제든 조국의 독립을 위해 일을 할 수 있도록 늘 준비하고 정진하기를 비네."

"예 선생님, 부디 옥체만강 하십시오. 미국에 가더라도 저에게 새로운 세상을 열어 주신 선생님의 은혜를 결코 잊지 않겠습니다."

샌프란시스코로 가는 배가 부우~ 뱃고동을 울리며 상해 앞

바다를 빠져 나간다. 이제는 샹하이 드림을 떠나 아메리칸 드림을 꾸어야 한다.

캘리포니아

샌프란시스코! 태평양의 거센 파도에도 넘어지지 않는 큰 배로 태평양 망망대해를 건너 도착한 미국이라는 나라의 첫 관문이다.

용중은 간신히 얻어 탄 뱃속에서 미국인과 중국인들 눈치를 보며 밥을 얻어먹고, 파도가 높을 때마다 배 멀미로 토하기도 하면서 한 달을 버틴 끝에 드디어 꿈에 그리던 미국에 도착한다.

"조선인들이시지요? 이곳에 오신 것을 환영합니다. 저희는 국민회에서 나왔습니다."

"아이구 저희가 오는 것을 어떻게 아시고 이렇게 나와주시니, 무어라 감사를 드릴지…."

낯선 나라의 부두에 덜렁 내려지면 어떤 상황이 될지, 누구를 붙들고 어디로 가야 할지, 상해 동제사의 영어강습소에서 배운 것들이 몇 마디라도 통할 수 있을지 걱정이 태산 같았는데, 부두에 내려서자마자 들려오는 조선말에 용중 일행은 연신 고개를 숙여 감사한다.

"저희 국민회가 나와서 보증을 안 서주면 이민국을 통과해서 이곳 땅을 밟을 수가 없지요."

"아 예, 그렇다니 더더욱 감사하고 송구할 따름입니다."

"자, 저희를 따라오셔서 수속을 같이 하고, 차차 여독을 풀면서 이야기합시다."

"이곳에도 조선인들이 많이 계신가요?"

"십 년 전만 해도 백 명이 안 되었는데, 하와이에 간 노동자들이 계약을 마치고 건너오면서 지금은 천 명이 넘을 정도로 많지요. 물론 수만 명씩 되는 중국과 일본에 비하면 보이지도 않을 정도지만요."

입국심사가 까다롭기로 소문 난 앤젤 섬에 묶여 고역을 치르지 않고, 동포들의 도움으로 무사히 입국수속을 마친 일행은 안도의 한숨을 내쉰다. 꿈에만 그리던 미국이라는 나라의 땅에 첫 발을 내디딘 것이다.

"어이 용중, 드디어 왔군."

샌프란시스코 시내로 들어와 대한인국민회의 노동소개소라는 곳에 도착하니 송철이 벌떡 일어나 반긴다.

"아이구 형님, 이거 얼마 만입니까? 고작 일 년 만인데 십년이 넘은 것처럼 길군요. 그런데 제가 오는 줄 어떻게 알고 여기에…?"

"하아 이 사람 보게, 자네가 언제 오나 하고 선객 명단을 계속 보고 있었는데 모를 리가 있나? 그간 내가 이곳 국민회에 자네 보증을 착오 없이 잘 서 주도록 말씀도 드리고, 오늘 항구에서 입국하는 데도 문제가 없도록 당부도 하고 말이야."

"아, 그렇게 된 거군요. 아무튼 금산에서부터 상해를 거쳐 샌프란시스코까지 늘 형님이 있어 든든하고 감사합니다."

"아직 한 가지 더 남은 것 같아. 자네가 당장 먹고 살 일도 찾아봐야 할 테니까 말이야."

송철은 한인 노동소개소 측과 용중이 우선 당장 묵을 숙소와 일터를 상의한다. 벼농사, 과일 농사, 철도 공사 등 막노동 말고는 할 일이 없다.

알고 보니 미국이란 곳도 선한 사마리아 인들의 나라는 아니다. 인간 세상에 어디든 가만히 앉아 힘 안 들이고 성공할 수 있는 천국은 없는 것이고, 공짜 점심도 없는 것이다. 이곳은 상해와 같이 활기 찬 국제도시도 아니고, 어디에 아메리칸 드림이 있다는 것인지 그저 끝없는 농토만 펼쳐진 곳이다.

1850년대 전후로 미국은 하와이의 사탕수수 밭, 캘리포니아의 대륙횡단 철도 등 사업에 엄청난 노동자들이 필요했다. 백인들보다 세 배나 싼 임금에도 쿨리(cooley)라 불리는 중국인 노동자들이 수만 명씩 두 곳에 몰려왔다. 계약을 마친 중국인들이 모두 도시로 나가 저임금으로 백인들의 일자리를 뺏어가게 되자, 미국은 1882년 중국인 배척법을 만들어 입국을 금지해 버리고 일본인들을 데려오기 시작한다.

중국인 대신 일본인들이 몰려와, 하와이 사탕수수 농부 4만여 명 중 3만여 명이 일본인이다. 그들은 수 세대를 이어 줄곧 같은 일을 하는 전통 때문인지 직업을 바꾸지 않는 대신 노조를 만들어 처우 개선을 주장한다.

미국 농장주들은 백인들에 고분고분하지 않는 일본인 문제를 타개하기 위해 한인들을 데려오기 시작한다. 한인들이 백명도 안 되던 캘리포니아에 1905년부터는 하와이에서 농장 계약을 마친 사람들이 2천여 명이나 몰려온다. 하와이보다 두 배나 임금이 많기 때문이다.

아시아인 혐오와 배척으로 인해 중국인에 이어 1907년부터는 일본인들의 입국도 금지되어 버린다. 그 바람에 조선인들도 국적 상 일본인으로 취급되어 더 이상 오지 못한다. 가족이라는 명목으로 1910년부터 사진결혼을 하게 된 여성들 수백 명이 오게 된 것은 그 중 다행이다. 1924년부터는 동양인 배척법마저 생겨, 이후 1965년까지 40여 년간 아시아인의 미국이민이 아예 불가능하게 된다.

중국인들은 거의가 광동 지역 사람들이고, 일본인들은 모두가 농사를 짓던 농부들이다. 반면에 조선인 이민자들은 대부분 농사를 짓던 사람이 아니라 부두나 도시의 노동자 출신들이니, 남의 나라에 가서 평생 농사를 하며 살겠다는 사람은 없다.

엄청난 숫자로 늘어난 중국인들은 샌프란시스코에 차이나타운을, 일본인들은 저팬타운을 만들어 모여 산다. 황인종들이 많아지자 백인들은 더러운 중국인들을 칭크(Chink), 경멸스런 일본인들을 잽(Jap)이라고 부르며 멸시하고 혐오한다. 그들과 비슷하게 생긴 조선인들은 존재도 모를 정도로 숫자가 적어 그런 별명마저 없다.

용중은 한인 노동소개소의 주선으로 샌프란시스코 교외의 트레지노라는 곳의 벼농장에서 일을 한다. 매일 마주치는 동포 노동자들은 대부분 하와이의 사탕수수 농장에서 고생하고 온 사람들이라 한다.

"이곳 농사일이 하와이보다는 수월한 편인가요?"

"아이구 젊은이, 하와이가 감옥이라면 이곳은 천국이지. 이곳은 기후도 선선한데 일당은 두 배로 많이 받으니 비교 자체가 말이 안 되는 거지."

"이곳에서 벼농사를 하는 것은 일도 아니겠군요."

"그럼 그럼, 사람을 태워 죽일 듯 한 땡볕에서 사탕수수를 베는 일에 비하면 누워서 떡 먹기지. 생각해 보게, 날마다 새벽부터 저녁까지 점심 반시간을 제하고는 10시간을 엄청난 뙤약볕 아래서 사탕수수를 자르고 모으고 옮겨 싣고 하는 작업이 어떻겠는가? 외국인 노동자들은 모두가 번호를 새긴 쇠 조각을 달고 일하였는데, 우리는 이름도 없는 번호에 불과한 인간들이었지."

"생각만 해도 끔찍하군요. 듣고 보니 제가 상해의 부둣가에서 짐 나르던 일은 노동도 아닌 셈이네요."

"그렇고말고. 잠깐이나마 쉬고 싶어도 루나라고 하는 백인 십장이 말을 타고 돌아다니며 감시하는 바람에 허리도 펴지 못하고 일만 하는 노예 같은 생활이지. 그렇게 해서 받는 하루

일당이 75센트인데, 일 전 한 푼 없는 고향 집을 생각하면 참는
수밖에 도리가 있나."

"그러면 어떻게 해서 그곳까지 가게 된 거예요?"

"조선에서는 붙여먹을 땅이 있는 것도 아니고 노동으로는
굶어 죽기 딱 좋은 형편인데, 하와이에 갈 길이 열렸다 하니
앞뒤 안 가리고 간 거지."

"그곳이 조선과는 다른 열대 지방이고, 사탕수수 농장 일이
어떻다는 것도 모르고들 갔다는 말인가요?"

"고종 황제가 알렌(Allen)이란 사람 말을 듣고는 인력을
송출하는 수민원이라는 기관을 만들어 노동자를 모집하는 방
을 사방에 붙이는데도, 남의 나라에 노동자로 팔려 가는 일이
처음이니 어디 감히 나서는 사람이 있었겠나? 그러자 알렌의
부탁을 받은 인천 내리교회의 존스(Jones) 선교사가 하와이
에는 나무에도 돈이 열린다고 등을 떠밀며 권유하는 바람에
다들 눈 딱 감고 한 번 나서 본 거지."

1902년 12월 22일, 122명이 인천항을 떠난다. 내리교회 신
도가 50여 명이고, 나머지는 대부분 어부나 부두 일꾼들이다.
일본 나가사키 항에서의 신체검사로 20명이 탈락하는 바람에
결국은 102명만 갤릭호를 타고 이듬 해 1월 13일 호놀룰루에

도착한다.

한인들의 미국 이민 역사 첫 페이지는 그렇게 시작되었다.

같은 임금으로 훨씬 일을 잘 하는 조선인들의 등장에 일본 노동자들이 반발한다. 일제는 경쟁을 방지하기 위해 조선인들의 이민을 전면 금지시켜 버려, 1905년 8월을 마지막으로 3년간 64회에 걸쳐 7400여 명이 하와이에 와서 30여개의 사탕수수 농장에 흩어져 살게 된다.

1905년 이후에는 일본인 중개업자의 사기에 속아 1천 명이 멕시코의 에니껜이라는 선인장 농장에 팔려가 중남미 이민의 효시가 되었는데, 그 중 3백 명은 1921년에 다시 쿠바로 가서 그곳에 한인들의 뿌리를 내리기도 한다.

용중은 생각만 해도 끔찍한 하와이 사탕수수 농장 얘기를 들으며 밤마다 가슴이 뭉클해진다. 그들은 거의가 20대 30대의 총각이나 홀아비들로, 학교라는 곳은 가보지도 못한 하층민들이다. 잡초처럼 질긴 생명력을 가진 동포들을 위해 내가 해줄 수 있는 것은 무엇인가?

"하와이에도 우리 동포들이 다닐 수 있는 학교 같은 게 있었나요?"

"김 선생, 부모는 못 배웠을망정 자식들은 기필코 가르치겠다는 게 조선인들 아니요? 이곳 미국에서도 영어 한 마디 못하고는 죽을 때까지 뼈 빠지게 몸으로 때우는 일을 하는 거고, 장사를 하든 사업을 하든 성공을 하려면 영어를 잘 하고 더 많이 배워야 하는 게 아니겠소?"

용중은 그들을 위해 저녁이나 주말 등 틈이 날 때마다 한글과 한문을 가르친다. 그들에게 글을 가르치면서부터는 어느새 용중의 호칭도 젊은이에서 선생으로 바뀌었다.

"김 선생, 우리 한인들은 그 가혹한 하와이 생활 속에서도 교육열과 조국애만은 대단했지요. 그렇게 고생한 돈을 집집마다 한 달에 50센트씩 내서 총 2천달러의 기금으로 동포학교를 만들었으니까요."

"먹고 살기도 힘들 텐데 그 어렵게 번 돈을 십시일반으로 모으다니 우리 조선인들이 참 대단하군요."

"아무렴. 무엇이든 없어 봐야 그것이 소중한 걸 아는 법이듯이, 나라가 없어지니 나라 없는 설움을 알게 되는 것 같으오. 나라가 없는 우리에게는 국민회가 정부나 마찬가지이니, 우리가 국민회에 세금을 내듯이 의무금을 내서 그 돈으로 미국과 중국의 독립운동가들을 돕는다지 않소?"

"모두들 그렇게 피나는 생활을 하셨는데, 견디지 못하는 분들은 없었나요?"

"사람 사는 세상이니 왜 없겠어요. 허리가 부러지는 듯한 중노동에 가족도 없고 고향은 그리운데 오락거리라고는 없으니, 교회에도 안 나오면서 도박이나 술에 빠진 사람들도 많지요."

"그런 분들의 아픈 마음들을 이해할 수는 있을 것 같아요. 낮에 뼈 빠지게 일을 하더라도, 돌아오면 반겨주는 가족과 발 뻗고 편히 쉴 수 있는 가정이 있었으면 안 그럴 테니 말이에요."

"소설 같은 이야기이긴 하지만 다행히도 1910년부터는 사진결혼이라는 게 생겨 인천 내리교회의 중매로 사진만 보고 와서 결혼해 준 신부들 덕분에 가정을 차린 사람들이 많아졌지요."

"하와이 농장 계약이 끝나고는 다들 어떻게 되셨나요?"

"듣기로는 얼추 세 갈래라오. 하와이 이민이 금지될 때까지 건너 온 사람이 7천여명인데, 계약이 끝나자 고향이 그리워 귀국한 사람이 1천여 명, 그래도 그곳을 새 터전으로 삼아 눌러 앉은 사람이 4천여 명, 그리고 우리처럼 미국 본토에서 살아보겠다고 캘리포니아로 넘어온 사람 2천여 명이라 하더군요."

"아무튼 선배님들은 우리 조선인 디아스포라를 만주와 연해주를 넘어 미주까지 뻗치게 한 선구자들입니다."

"허허, 그것도 이제 시간이 가면 옛날 이야기가 되겠지요."

[캘리포니아 오렌지농장에서 동포들과 고락을 같이하는 안창호 선생(왼쪽3번째)]

도산

용중은 트래지노 벼농장 일이 고될 때마다 신화 같은 하와이 이민들의 고통을 생각하며 나날을 견디어 나간다. 특히 낫 놓고 기역 자를 모르는 동포들에게 글을 가르치는 일에 뿌듯한 보람을 느낀다. 주일이면 상항한인감리교회에 나가 예배를 보고, 다른 농장에서 일하는 송철 등을 만나기도 한다.

그러던 어느 날 교회에 가니 사람들이 달려와 용중을 찾는다.

"김 선생, 안창호 선생께서 김 선생을 찾습니다."

"예? 누가 저를 찾는다고요?"

"아이구, 나라 없는 우리들의 대통령이나 다름없는 안창호 선생께서 부르신다니까요."

영문을 몰라 가슴이 쿵쾅거리는 그보다 주변 동포들이 더 부산을 떤다.

그 분이 누구신가! 구한말에 개화한 지식인이자 대중을 사로잡는 연설로 유명한 조선 최고의 지도자 아닌가? 독립협회에서 젊은이들을 지도하던 서재필 박사도 이승만에 대하여는 '이승만씨'라 칭하면서도, 더 젊은 도산에 대하여는 '안창호 선생'이라 부르면서 그를 한국의 링컨으로 만들어야 한다고 역설하던 민족의 지도자가 아닌가.

도산의 이야기는 그간 동포사회에 거의 신화처럼 오르내렸

2장 망명

다. 도산은 1902년에 갓 결혼한 이혜련 여사를 데리고 언더우드와 밀러 목사의 도움으로 유학 차 미국에 도착한다. 샌프란시스코에 한인이라고는 인삼장수와 유학생 열 명에 불과하던 때, 길거리에서 상투머리에 바지저고리를 입은 한인 인삼장수끼리 서로 머리를 붙들고 싸우는 모습을 보고 충격을 받는다. 공부보다는 민족계몽이 더 중요하다는 생각에 유학하려던 워싱턴으로 가지 않고, 샌프란시스코에서 동포들과 동고동락한다. 멀고 먼 이역 땅에까지 와서 같은 민족끼리 싸우지 말고 협력하자고 동포들을 설득하여, 1903년에 9명으로 된 한인친목회를 만든다. 미국 내 최초의 한인 동포단체인 셈이다.

그는 또 한인들의 정착을 돕기 위해 노동주선소를 만들어 하와이 등으로부터 새로 오는 한인들에게 일터를 주선해 주도록 한다. 용중도 미국에 갓 도착하자마자 그 노동주선소로 가서 노동판 일거리를 소개받지 않았던가.

도산은 을사늑약으로 조선이 위태로워지자 1907년에 국내로 돌아가 신민회, 대성학교를 만드는 등 사회운동과 교육사업을 벌인다. 그런데 1909년에 안중근 의사가 하얼빈에서 이토 히로부미를 저격하는 사건이 나자 배후로 지목되어 투옥되고, 석방 후에도 일제가 모략해 낸 105인 사건으로 신민회에 대한 감시와 탄압이 계속되자 해외에서 독립기지 건설을 위해 다시 출국한다. 그가 조국을 떠나면서 남긴 4자 노래 <거국

가>는 국내외 동포들에게 거의 애국가처럼 불리고 있지 않은
가.

> 간다간다 나는간다 너를두고 나는간다
> 그동안에 나는오직 너를위해 일할지니
> 나간다고 설워마라 나의사랑 한반도야
>
> 간다간다 나는간다 너를두고 나는간다
> 어느곳에 가있든지 너를생각 할터이니
> 너도나를 생각하라 나의사랑 한반도야

캘리포니아로 다시 돌아온 도산은 1913년에 혁명가를 양성
하는 흥사단을 설립하고, 모든 한인단체들을 아우르는 대한
인국민회를 만들어 중앙총회장을 하고 있다.

1917년에는 박용만의 초청으로 하와이로 온 이승만이 미
정부에 박용만을 모함하여 고소하는 등 대립하는 관계가 되어
하와이 한인사회가 분열되었다는 소식에, 하와이로 달려가 수
개월 동안 두 사람을 화해시켜 보려고 골머리를 앓다 돌아왔
다 한다. 그리고는 곧바로 멕시코로 가서 열 달 동안이나 에네
켄 농장에서 일하는 천 여 명의 한인 농부들과 동고동락하며
일하다 이제 막 샌프란시스코에 돌아왔다는 것이다.

용중은 예배당 뒤편의 작은 사무실로 달려가 작은 책상 앞에 앉아 있는 도산 앞에 선다. 신화와 같은 명성으로만 듣던 선생은 콧수염을 단정하게 깎은 크지 않은 체구다.

"부르셨습니까? 김용중이라 합니다."

"반갑네, 나 도산이네. 듣자 하니 자네가 농사일을 하기도 힘든데 틈날 때마다 동포들에게 글을 가르치고 있다고?"

"예, 학교를 다닌 적이 없어 글을 전혀 모르는 우리 동포들이 하와이에서 고생한 이야기를 듣고, 부족한 제가 그 사람들을 위해 할 수 있는 게 무엇인지 생각 끝에 시작해본 것입니다."

"참 장한 일이고, 정말 고맙네. 자네 혹시 장인환, 전명운 의사에 관해 들어본 적 있나?"

"그 유명한 분들을 어찌 모르겠습니까? 특히 이곳 샌프란시스코에서 일어난 사건이니, 그 역사적인 현장에 가끔 가보기도 했습니다."

1908년 3월, 대한제국의 외교고문이라는 미국인 스티븐스가 샌프란시스코에 온다. 조선에 관한 기자들의 질문에, 일본이 조선을 보호하게 된 뒤로 조선에 이익이 되는 일이 많다며 을사늑약을 자랑스럽게 설명한다. 샌프란시스코 크로니클 신문에서 그 기사를 본 조선인들이 분개한다. 한인대표 4명이 그가 묵는 페어몬트 호텔에 찾아가 발언을 취소할 것을 요구하지만, 그는 조선은 독립할 자격이 없는 나라라고 망언을 계속한다.

장인환과 전명운은 이 일제의 앞잡이 같은 미국 놈을 처단하자고 한다. 다음 날 오전 9시 그가 워싱턴에 가기 위해 일본 영사와 열차역인 페리 빌딩에 들어서는 순간 전명운이 달려 나가 권총을 발사하였으나 불발되자 격투를 벌인다. 뒤에 있던 장인환이 몸싸움을 하는 스티븐스를 향해 권총을 발사하여 가슴과 복부를 관통하고, 스티븐스와 엉켜있던 전명운도 어깨에 한 발을 맞는다.

두 조선인의 의거로 샌프란시스코와 한인사회가 발칵 뒤집힌다. 젊은 애국자들의 재판을 후원하자고 전 세계의 한인들이 모은 성금이 무려 7390불에 달한다. 재판에서 전명운은 무죄 석방되지만 장인환은 25년형을 받는다.

"장인환은 하와이의 사탕수수 농장을 마치고 이곳에 건너온 내 또래의 동포인데, 감옥에 있는 장 의사를 생각하면 이렇게 활개치고 다니는 내가 부끄러울 뿐이라네."

"하와이에서 고생하다 온 동포들과 그간 농사일을 같이 했습니다만, 장인환 의사도 하와이 출신인 것은 몰랐습니다.”

“그렇다네. 장인환의 쾌거를 연해주에서 들은 안중근 의사
가 그 이듬해에 똑같은 방법으로 하얼빈에서 이토 히로부미를
총살하기도 하였지.”

“예, 그 분들의 역사적인 의거는 말만 들어도 저희들 가슴을
뛰게 하였습니다.”

“그리고 이재명 의사에 대해서도 알고 있나?”

“아, 예. 명동성당 앞에서 매국노 이완용을 저격하신 분 아
닌지요?”

“그래. 그 분도 하와이 노동이민을 거쳐 이곳 샌프란시스코
에 와서 나와 같이 공립협회 활동을 하던 분이지. 1907년 헤이
그 밀사 사건으로 고종이 퇴위하는 등 나라가 점점 위태해지
자 귀국하여 이토 히로부미를 살해하겠다고 나와 상의를 하였
는데, 평양에서의 계획이 순탄치 않자 블라디보스톡으로 가서
기회를 기다리던 중이었는데, 1909년 10월에 안중근 의사가
먼저 이토를 살해하게 되었지. 그러자 일제와 합방을 하자고
선동을 해대는 매국노들을 처단하겠다고 서울로 가서 12월
연말에 이완용을 저격한 후 스물 셋의 젊은 나이에 사형을

당한 것이지."

"어려서부터 어른들로부터 자주 들었습니다. 그 때 이재명 의사의 단검에 찔린 이완용이 죽었어야 하는데 살아났다고 많은 분들이 원통해 하던 일이 기억납니다. 그런데 여기 와서 들으니 이승만 박사가 그간 기독교집회 같은 곳에서 조선의 문제는 외교로 풀어야 한다면서, 안중근이나 이재명 등은 나라의 명예를 더럽힌 암살자에 불과하다고 했다는군요. 일본 같은 강대국에 군사적으로 저항하는 것은 불가능한 꿈이고 의병투쟁도 어리석은 짓이라고 설교한다고 들었습니다만, 누구 말이 옳은지 좀 혼란스럽습니다."

"그것은 전혀 혼란스러울 게 없네. 우리가 독립운동을 함에 있어 돈이 있는 사람은 돈으로, 힘이 있는 사람은 힘으로, 지식이 있는 사람은 지식으로 하면 되는 것이지. 우리 한인들이 농장에서 뼈 빠지게 일하여 번 돈을 십시일반 애국금으로 내는 것도 다 고귀한 독립운동인 것이네. 그런데 자네는 어떤 뜻을 가지고 이곳에 오게 되었는가?"

"예, 저는 인삼으로 유명한 금산 출신으로, 일제의 무단통치 아래에서 굴욕으로 사느니 조국의 독립을 위해 한 몸을 바치자는 결심으로 상해를 거쳐 이곳에 오게 되었습니다."

"그래, 장하군. 그런데 자네는 어떤 방법으로 조국의 독립에 기여할 생각인가?"

"…… 조국의 독립을 위해 무언가 해보고 싶었습니다만, 이곳에 와서 막상 저 하나 먹고 사는 것도 버거운 현실에 부닥쳐 갈 길을 못 찾고 고민하는 중입니다. 서른 밖에 안 된 나이에 이토 히로부미를 총살시킨 안중근 의사 같은 분을 생각하면 스스로가 너무 미천해 보이기도 하고요. 면구스럽습니다."

눈을 감고 머리를 숙여 한참을 생각에 잠긴 도산이 고개를 든다.

"오늘 내가 보자고 한 것도 그것 때문이네. 자네가 우리 동포들에게 글을 가르친다는 이야기를 들으면서, 동포를 아끼고 존중하는 그 마음에 감사하는 한편, 자네와 같은 젊은이들이 보다 뜻을 높이 세워 길게 보고 독립을 위한 준비를 해 달라고 당부하고 싶어서였네."

"…… 독립을 위한 어떤 준비를 말씀하시는지요?"

"내가 볼 때 자네는 아직 젊고 총명하니 더 많은 지식을 연마하여 독립에 기여할 수 있다고 보네. 특히 우리 한반도는 그 위치상 열강들의 이익이 충돌하고 역사적으로 늘 강국의 영향권을 벗어나기 어려웠지 않은가? 우리가 독립운동을 함에 있어서 원흉들을 처단하는 의사와 열사들도 필요하지만, 국가 간에 서로 운명을 결정하는 외교와 협상에서 당하지 않는 두뇌도 필요하다고 보네. 예를 들어 자네와 같은 젊은이는 미국의 유수한 대학에 가서 해박한 국제적 지식을 갖추어 우리 민족이 국제사회 속에서 생존해 가는 데 중요한 역할을 할 수 있다고 보네. 지식 있는 사람은 지식으로 하는 독립운동이지. 이에 대해 자네 생각은 어떤가?"

도산의 말에 용중은 번쩍 정신이 드는 느낌이다. 캘리포니아의 드넓은 땅에서 뚜렷한 목표를 세우지 못하고 하루 열여섯 시간의 노동에 지쳐 세월을 흘려보내고 있지 않은가. 선생의 말씀은 따끔한 채찍이자, 동시에 따뜻한 격려이기도 하다.

"예 선생님, 제가 아직은 영어가 부족하고 대학에 진학할 돈도 없습니다만, 선생님의 말씀을 결코 잊지 않고 실력을 닦아 우리 민족을 구하는 데 몸을 바치겠습니다."

"고맙네. 그리고 앞으로 차차 느끼게 되겠지만 우리 한인들이 국내든 해외든 자기들끼리 서로 경쟁하고 다투는 성향이 있는데, 대의를 위해서는 늘 서로 타협하고 협력하는 일이 무엇보다 중요하네. 이곳 미국 내에서도 보면 수만 명이 넘는 중국인과 일본인에 비해 우리 한인은 아직 수천 명도 안 되는데 서로 파벌을 이루고 감투싸움을 하는 고질병이 있는데, 전체가 합해도 될까 말까 한데 내부에서 분열하면 안 되네"

"예, 선생님께서 하와이에 가셔서 동포사회에서 서로 파벌 싸움을 하고 있는 박용만과 이승만 박사를 화해시키고 돌아오셨다는 이야기도 들어서 알고 있습니다."

"그리고 독립운동처럼 조직활동을 하는 데에는 항상 현실적으로 돈이 필요한데, 어떤 지도자들은 남의 돈으로 자기는 입만 갖고 행세만 하려는 경우를 많이 보게 되지. 무릇 지도자는 자기가 솔선수범하고 동고동락해야 사람들이 믿고 따른다고 보네. 내가 늘 동포들과 농부로서 같이 일하면서 독립자금 모금을 하는 것도 그런 생각에서라네."

"예, 엘리트라는 사람들이 책상물림으로 일은 안하면서 입으로만 활동하면 안 된다고 생각합니다."

"또한 지도자는 조국이 어떠한 나라가 되어야 하는지에 대한 철학적 사상적 지향이 확실해야 한다고 보네. 나는 여러 가지 이념 중 사회민주주의를 좋다고 보는데, 우리 조선인들이 좌든 우든 서로 통합하여, 민족주의를 바탕으로 국가를 이루고, 세계평화에 공헌하는 것이 우리 민족이 나아가야 할 방향이라고 보네.

"예, 제가 상해에 있을 때 여운형 선생께서도 자주 그런 말씀을 해주셨습니다."

"오 그래? 자네가 몽양도 아는가?"

"예, 홀홀단신으로 상해에 도착한 저에게 미국에 가서 학업을 연마하라시면서 미국으로 보내 주신 분이 몽양 선생입니다."

"아, 그런 일이 있었군. 자네가 몽양의 제자였다니 역시 내가 사람을 잘 알아보았군. 아무튼 민족의 앞날은 자네들과 같은 젊은 세대에 달려 있네. 이곳에서 가족도 없이 고생하는 자네를 지금부터는 내가 수양아들로 여길 것이니, 모든 일을 길게 보고 은근과 끈기를 가지고 정진하기 바라네."

"선생님, 감사합니다. 그리고 명심하겠습니다."

"거듭 말하지만 내가 그간 많은 활동을 하면서 겪은 바로는 조선인들이 서로 자기만 옳다고 분열하고 대립하면서 통합하지 못하는 고질병이 있는데, 지도자들이 먼저 인격자가 되어야 하네."

"예, 모든 말씀을 깊이 새기겠습니다. 앞으로도 지켜봐 주시고 지도해 주시기 바랍니다."

용중은 뒷걸음으로 선생의 방을 나오면서, 도산의 수양아들이 되었다는 뭉클한 감정을 주체할 길이 없다. 그 분이 흥사단 집회 등에서 자주 강조한다던 말이 떠오른다.

그대는 나라를 사랑하는가? 그러면 먼저 그대가 건전한 인격이 되라.

인물이 없다고 한탄하는가? 그러면 자신이 왜 인물이 될 공부를 아니 하는가.

상해에서 만난 여운형 선생도 문득 그리워진다.

당대 조선 최고의 사회 지도자이자 연설가들로서, 몽양이 거구의 호남형인데 비해 도산은 단아한 모범형이다. 몽양이 걸걸한 호랑이 음성이라면 도산은 낭랑한 미성이다. 몽양의 몸짓이 자유분방하다면 도산은 깔끔하고 신중하다. 두 분의 공통점이라면 사람을 끌어들이는 흡인력, 사람들을 하나로 규합시키는 조직력이다.

조선의 걸출한 두 지도자로부터의 신뢰와 은혜로 용중의 마음은 돌처럼 더욱 무겁고 단단해 진다.

하버드

하루 종일 낮에는 땅을 붙들고 밤에는 책을 붙들고 싸우는 생활은 고되다. 안식일이면 교회에서 만나는 한인들끼리 전쟁이 끝나가는 세계를 얘기한다. 1차 대전 후 강국으로 우뚝 선 미국의 민족자결주의 발표에 제국주의에 짓밟혔던 약소국들이 독립의 기대감으로 부풀어 오른다.

고국에서는 3.1 독립만세 운동이 거세게 일고 있다는 소식이 열흘 후에 미국 땅에까지 들려온다. 몇 달 동안이나 들불처럼 방방곡곡으로 번진 항쟁에는 2천만 동포 중 무려 2백여만이 참여하여, 일제의 진압에 7천 명이 넘게 사살되는 등 세계적인 규모로서 1차대전이 끝난 뒤 전 세계의 이목을 집중시켰다 한다. 이후 미주 동포들은 임시정부를 만들러 상해에 갈 안창호 선생을 위해 간고한 노동생활 속에서도 6천여불의 지연금을 거둔다.

미국 각지의 한인 젊은이들도 조국의 독립을 돕기 위해 유학생회를 만들자는 취지에 따라 용중도 김현구, 김여식, 명일선 등과 샌프란시스코 지역 발기자로 참여한다. 그러나 기대를 부풀게 했던 윌슨 대통령의 민족자결주의라는 것도 사실은 독일에게 당한 유럽의 백인국가들을 위한 것으로서, 승전국인 일본의 식민지는 해당이 안 된다는 냉엄한 국제정치에 한인들은 실망하고 분노한다.

"이봐 용중, 그간 어떻게 지내고 있나?"

주말 한인교회에서 송철 선배가 두 팔을 번쩍 들고 다가온다. 미국 땅에 온 지도 벌써 한두 해가 훌쩍 지나고 있는데도 서로 바쁜 생활로 자주 보지 못하는 금산의 선후배요 상해의 동지다.

"이곳 저곳 막노동으로 하루하루 살다 보니 시간만 자꾸 가는군요. 형님은 어떻게 지내시오?"

"그간 안 해본 게 없을 정도지. 콩밭 매기, 포도따기, 벼 베기, 철도 공사판에서 침목 놓기 등 이루 헤아릴 수가 없네. 그래도 조선 사람에게 익숙한 게 벼농사라고, 작년에는 샌프란시스코에서 새크라멘토(Sacramento) 가는 길에 있는 스탁톤 (Stockton)이라는 곳에 내 땅을 따로 마련해서 제법 성공을 하나보다 했는데, 올해는 예기치 못한 홍수로 모두 날려 버렸지 뭔가."

"아니, 그 고생으로 이룬 재산을 다 날려 버렸다고요?"

"농업이란 게 금산의 인삼농사든 캘리포니아의 벼농사든 다 마찬가지 아닌가. 뼈 빠지게 가꾸어 놓아도 자연재해 앞에

가지 못한 길

하루아침에 다 쓸려 가버리니, 그야말로 진인사 대천명이지. 그건 그렇고, 자네는 어떻게 지내나?"

"알다시피 낮에는 노동을 하고 밤에는 글을 모르는 분들을 가르치며 지내 왔지요. 안창호 선생께서 저를 양아들로 삼는 다면서 어떻게든 대학에 가서 전문적인 국제지식을 갖추어 조국의 독립에 기여하라 하셨는데, 여태 한 발짝을 못나가고 쥐구멍에 볕 들 날만 기다리는 신세 같아요."

"그래, 나도 상해를 떠나 이곳에 오는 배가 하와이에 잠시 정박했을 때 이승만 박사를 만나 뵙고 왔는데, 그 분도 어쨌든 공부를 해야 한다는 말씀이셨지."

"그런데 대학은커녕 하루 벌어 하루 살기 바쁘니 어느 세월에 학비를 모아 공부를 할 수 있을지 막막하고."

노동으로 시꺼매진 피부로 두 사람은 교회의 모퉁이에 마주 앉아 서로 이민생활의 고충을 토로한다. 이 기회의 땅이라는 미국에서 최고 교육을 받아 일본 놈들을 몰아내기 위한 독립운동에 뛰어 들자던 꿈, 그러나 막상 와 보니 고등 교육은커녕 먹고 살기도 만만치 않은 현실 사이에서 두 사람은 동병상련이다. 골똘히 땅을 내려다보며 한숨을 쉬던 송철이 말한다.

"이봐 용중, 내가 벼농사를 날려 보낸 후 생각을 좀 해 보니, 우리가 대학에 갈 돈을 충분히 마련하기 위해서는 농업이 아니라 무언가 새로운 걸 해야겠다는 생각이 드는데, 우리 둘이 같이 해보면 어떨까?"

"그 새로운 일이라는 게 어떤 건데요?"

"최근 캘리포니아가 미국의 과일 바구니라는 별명으로 불리는 걸 보면, 쌀농사보다는 과일이나 채소 등 특산물이 낫고, 돈을 모으려면 땅에 엎드려 일하는 것보다는 상업을 하는 게 낫지 않을까?"

"그런데 우리가 어디로 가서 무엇을 할 수 있을지 생각해 본 게 있나요?"

"일단 도시로 나가서 부딪쳐 봐야 하지 않을까? 다른 한인들도 남쪽의 LA 주변으로 내려가고 있는데, 그곳에 한인들이 벌써 오십여 명이라는군. 그곳으로 가보면 어떨까? 길바닥에서 과일을 팔더라도 어디 굶어 죽기야 하겠나."

용중은 과연 송철의 진취적이고 모험적인 기질은 남다르다며 고개를 끄덕인다.

오랜만에 재회한 둘은 샌프란시스코 생활을 정리하고 LA로 나선다. 같은 캘리포니아지만 거대한 아메리카에서 두 도시는 가까운 옆 동네가 아니라 신의주에서 부산만큼이나 서로 먼 지역이다.

LA에 숙소를 정한 두 사람은 새벽부터 열리는 농산물 도매 시장에 나가 본다. 미국 각지의 농장으로부터 수많은 트럭들이 과일과 채소를 싣고 도착하면, 수많은 도매가게 사람들이 달려 나온다. 공급하는 트럭들과 사들이는 가게들이 한 데 섞여 흥정을 하느라, 그야말로 아무런 체계가 없이 온통 소란스런 시장바닥이다.

두 사람은 꼭두새벽부터 모든 가게들을 뛰어 다니며 어떤 과일이 얼마나 필요한 지를 알아내어, 각지의 농장에서 트럭이 도착하면 재빨리 가게들과 농산물을 정확히 연결시켜 주는 일을 시작한다. 생산자와 소비자 간에 서로 무슨 과일이 얼마나 필요한 지에 관한 아무런 수요공급의 정보가 없는 상황이니, 소개비로만 판매액의 10프로를 챙길 수 있다. 그야말로 사무실도 없이 발로만 뛰는 유통업인 셈이다.

새로운 거간꾼 아이디어로 막노동과는 비할 수 없는 돈이 생기자, 기회의 땅이라는 말을 처음으로 실감한다. 두 사람은 1920년에 드디어 시내 센트럴 주니어 하이스쿨의 성인 영어반에 들어가 공부를 시작한다. 학교에는 금산 출신 임영신의 오빠인 임일 등 금산 출신들도 여러 명이다.

한인 젊은이들이 LA 시내의 농산물 도매시장에서 중개를 한다는 소문이 나자, 1922년에는 샌프란시스코와 LA의 중간쯤 되는 프레스노(Fresno)의 리들리(Reedley)라는 지역에서 큰 농장을 한다는 김형순이라는 한인으로부터 연락이 왔다. 1916년부터 과일과 묘목 농장을 만들어 큰 성공을 거두었는데, 최근에는 사업을 확장하여 김호라는 분과 함께 김형제상회(Kim Brothers' Co.)라는 회사까지 만들었다 한다.

"어서들 오시오. 나는 김형순이라 하고, 이 분은 이미 우리 한인사회에 유명하신 독립운동가 김호 선생이오."

"예, 저는 김용중이라 하고, 이 형님은 송철입니다. 저희 둘은 인삼으로 유명한 금산 출신으로, 상해를 거쳐 미국에 온 지 서너 해 되었습니다."

"아, 그렇군요. 나와 김호 회장님도 상해를 거쳐 왔지요. 두 분이 LA의 청과물 시장을 꽉 잡고 있다고 들었는데, 우리 농장에서 생산되는 것들도 팔아주는 일을 해 주면 어떨지?"

"예, 영광이고 감사드립니다. 저희에게 맡겨 주신다면 최선을 다해 보겠습니다."

들어 보니 김형순은 여운형과 같은 나이다. 갑신정변에 연루

된 개화파 아버지로 인해 어려서 인천의 이모에게 보내져 내리교회의 존스 목사에게 세례를 받고, 그 인연으로 배재중학에 보내져 아펜젤러 목사의 도움을 받았다 한다.

그는 영어를 잘하여 인천세관에 근무하던 중 1903년 사탕수수 이민선의 통역관으로 하와이에 가서 미국회사와 한인들 간의 통역으로 지내다가, 1909년에 귀국하여 존스 목사의 중매로 내리교회 신도이자 이화학당을 졸업한 한덕세와 결혼한다.

나라가 경술국치를 당하자 1911년에 다시 미국으로 들어와 정착한 후, 서울에 두고 온 부인과 두 딸을 미국으로 불러 1916년에 리들리 지역에서 과일농장과 묘목상회를 운영한다. 이화학당에서 성악을 전공한 부인은 캘리포니아에 들어오는 한인들을 위한 여관과 노동소개소를 하면서 피아노 교습도 하는데, 피아노를 배우려는 백인 아이들이 줄지어 기다릴 정도였다 한다.

김형순보다 두 살 위인 김호는 후에 경기고가 되는 한성중학을 1회로 졸업하고, 인천 내리교회 부속 영화학교와 이화학당 등 여러 곳에서 교사로 일하다가, 일제 치하의 국내에서는 큰 일을 하기 어렵다는 생각에 아내와 세 아이를 남겨두고 1912년에 망명을 단행한다. 김정진이라는 이름도 김호로 바꾸고, 상해에서 전차 검표원으로 돈을 벌면서 피치 목사가 운영하는

YMCA에서 영어를 공부하다가 1914년에 기독교 유학생으로 미국에 온다.

김호는 콜로라도 푸에블로(Pueblo)의 탄광 등에서 막노동을 하면서도 한인들을 규합하는 데 타고난 리더십을 발휘한다. 소문을 들은 안창호 선생이 3.1운동 직후 독립의연금을 모으기 위한 특파위원으로 임명하여, 10개주 63개 지방을 다니며 1만불을 모금하는 능력을 발휘한다.

독립운동도 경제적 기반이 있어야겠다는 것을 깨달은 김호는 1920년 LA에서 다른 한인들과 리들리 건재회사(Reedley Dehydrated Products Co.)를 설립한다. 최신 기계설비로 과일과 채소의 가공상품을 만들어 파는 회사다.

김형순은 김호가 한인사회 내 인품과 지도력으로 유명한 활동가인 데다, 사업수완도 뛰어난 것을 알아보고, 1920년에 설립하려는 김형제상회에 그를 합류시킨다. 김호가 부인 한덕세의 이화학당 은사라는 인연도 있다. 반반의 지분으로 부부 명의로 회사를 만들려던 한덕세는 자기 지분의 절반을 존경하는 선생님인 김호에게 주어, 지분을 김형순 50%, 한덕세 25%, 김호 25%로 한 다.

김형순은 미국인 친구인 육종전문가 앤더슨(Fred Anderson)이 복숭아와 자두를 접종하여 만들어 낸 넥타린(Nectarine)이라는 털 없는 복숭아의 특허독점권을 받아 전

국에 보급하며 대박을 터뜨린다. 수십만 평의 농장에 수백
명의 일꾼을 고용하고, 수백 대의 트럭이 과일과 묘목을 실어
나른다. 두 살 차이로 호형호제하는 두 김씨는 미국 내 한인들
중 최초로 백만장자가 된다.

용중과 송철은 대농장인 리들리 김형제상회의 과일과 채소
를 LA 도매상으로 내다 파는 것만으로도 먹고 살 만해진다.
이제는 성수기에 열심히 일하고 비수기에는 학교를 다닐 수
있을 만큼 여유도 생겼다.

1922년에 중학 과정인 성인 영어학교를 어렵게 마치자, 수
학교사 출신으로 이과 적성인 송철은 폴리테크닉 고교
(Politechnic High School)로, 문과 적성인 용중은 라성고교
(LA High School)로 진학한다. 꿈에도 그리던 공부를 하겠다
는데, 이십 대 중반의 나이가 무슨 대수랴. 학교에는 비슷한
처지의 조선 출신 학생들이 많고, 심지어 금산 출신 학생들도
여러 명이다. 고교를 졸업하자 송철은 적성을 살려 1925년에
캘리포니아대학 전기공학과에 합격하여 어엿한 대학생이 된
다.

"형님, 대학생이 된 것을 축하해요. 기회의 땅이라는 이 나라
에 와서 십 년 만에 드디어 대학이라는 곳에 가게 되었으니

아메리칸 드림을 절반은 이룬 것 아니겠소?"

"그러게 말이야. 아무리 기회의 땅이라지만 말을 할 줄 알고
지식이 있어야 사업이라도 하지, 말이 통하지 않아 막노동만
해야 하는 우리 동포들을 보면 너무 딱하다는 생각이 드네.
때로는 이 넓은 캘리포니아에 천여 명 밖에 안 되는 우리 한인
들이 개미처럼 보이지도 않는 존재라는 서글픈 생각도 들고
말이야. 자네야말로 이승만과 김규식 박사가 다녔다는 하버
드나 프린스턴 같은 대학엘 가야 할 텐데 말이야."

"글쎄요, 생각이야 굴뚝같지만 학비가 워낙 비싼 데다 장학
금도 없다 하니 아둥바둥 학비를 모으면서 시도를 해 봐야지
요."

"아무렴. 자네야말로 그 실력이면 동부의 어떤 대학이라도
충분히 가능할 것이네. 뜻이 있는 곳에 길이 있다고 분명히
무슨 수가 생길 것이니 계속 같이 노력해 보세."

캘리포니아의 모든 농장, LA 청과물 시장의 모든 도매상들
과 최고의 네트워크를 갖게 된 용중과 송철은 1927년에 김송
유통회사(K&S Jobbers)를 설립한다. 이제는 김씨 형제나 다
른 한인들의 농장 뿐 아니라 캘리포니아 내 수많은 농장들의
생산물을 도매상들에게 넘기면서 제법 큰 돈을 벌게 된다.

목돈을 쥐게 되어 학비 걱정이 없어졌지만, 더욱 뿌듯한 일은 용중 1927년 가을 학기 하버드대학에 입학하게 된 것이다.

얼마나 간고한 세월이었던가. 고향을 떠나 상해를 거쳐 십 년 만에 세계 최고의 대학에 입학하게 된 감흥을 무어라 표현할 것인가. 미국 청년들보다 한참 나이가 많은 스물아홉의 대학생이지만 나이가 무슨 상관인가. 세상의 쓴 맛을 보며 거친 길을 헤쳐 온 경험이 오히려 공부에 더 도움이 될 수도 있을 것이다. 특히 중고교 과정을 다 거친 덕분에, 다른 한인들과는 달리 영어 구사나 미국의 역사 문화를 이해하는 정도가 완전 원어민과 다름없는 수준이다.

"용중, 세계 최고의 대학에 합격한 것을 정말로 축하하네."

한인들의 리더 격인 김호 회장은 용중의 합격이 한인사회 전체의 쾌거라면서 반가워한다.

"감사합니다. 모두가 회장님과 주변 분들께서 응원하고 도와주신 덕분입니다."

"이제 자네가 세계적인 실력을 갖추어 우리 조국이 독립하는 데 큰 보탬이 되길 바라네. 물론 하버드에서 석사를 하고 프린스턴에서 박사를 했다는 이승만을 보면, 지성이라는 게 지식과는 다르다는 걸 느끼지만 말일세."

동부로 가는 대륙횡단 열차에 앉아 용중은 김호 선생의 당부를 떠올린다. 김호 회장은 남을 배려하는 이타적인 성품, 한쪽에 치우치지 않은 합리적인 자세, 독립을 향한 뜨거운 열정과 민족애, 사람들을 규합하고 끌고 나가는 능력 등 동포사회 내에서 안창호 선생 다음으로 용중이 존경하는 지도자다. 물론 멀리 조국을 생각하면 산처럼 드높은 여운형 선생도 계시지만, 몽양은 멀리 있고 김호는 늘 곁에 있다.

뉴욕에 도착한 이후에도 다시 보스턴까지 동부 해안을 따라 북쪽으로 서너 시간을 올라가며, 용중의 가슴에는 만감이 교차한다.

십여 년 전 조국을 떠나던 때 데라우치 총독의 무단통치는 그야말로 살벌하였다. 온 나라의 도시와 시골에 2만 명의 헌병이 깔려 인민들의 일거수일투족을 감시하고, 40 퍼센트에 달하는 농토를 뺏긴 백성들은 화전민이 되거나 나라를 등지지 않았는가. 거족적인 3.1 운동에 더럭 겁이 난 총독부가 1920년 대에는 문화정치로 방향을 틀더니, 이광수 같은 수많은 지식인들이 한인이기를 포기하고 현실에 굴복해 버린 상황 아닌가.

하버드는 미국에 건너온 영국인들이 미국에 최초로 세운 대학이요, 세계 최고의 명문대학이다. 조선에 병자호란이 일어난 1636년에 세워졌으니 삼백 년이 된 유서 깊은 대학이다. 청년으로서 세계 최고의 대학을 다니는 목적은 무엇이어야 하는가.

동생보다 더 어린 미국 학생들과 기숙사 생활을 함께 하며 가끔씩 눈을 감고 생각해 볼수록 그 목표는 뚜렷해진다. 독립을 잃어버린 나라를 구하고, 여기 미국에서까지 일본의 식민지 백성으로 취급되는 이 디아스포라의 슬픔을 벗어나는 길을 찾는 것이어야 한다. 우선은 대부분의 미국인들이 그 존재조차 모르고 있는 조선이라는 나라를 알려야 하고, 특히 대통령을 비롯한 관료들과 사회적 영향력이 가장 큰 언론을 설득해야 한다.

매일 미국의 신문에 익숙해지고 영어 글쓰기에 자신감을 갖게 된 용중은 조선이라는 나라를 미국인들에게 이해시키기 위한 노력을 시작한다. 학생 신분으로 1928년 7월 보스턴 선데이(Boston Sunday)라는 신문에 '일본의 황금통치'라는 제목으로 일제 식민통치를 고발하는 글을 기고한다. 용중이 시도한 최초의 언론활동이다.

일제는 동북아에서 최고의 도둑이 되겠다는 꿈을 필사적으로 펼치고 있다. 조선과 만주에 대해 일본이 펼치고 있는 정책을 보라. 일본은 서방세계에 거짓을 말하면서 조선을 강탈했으며, 평화를 사랑하는 조선인들에게 비수를 들이대어 일본 군국주의자들 앞에 무릎을 꿇게 하였다.

여름 방학이 되면 LA에 내려와 돈을 벌기 위해 손발이 닳도록 일해야 했다. 여름이 지나 가을학기가 되면 용중이 보스턴으로 갈 수 있도록, 가을에는 송철이 캘리포니아대학을 휴학하고 회사를 꾸려 나간다. 용중은 금산의 선후배이자 사업의 동업자인 송철에게 미안하고 감사할 따름이다.

신용을 사업의 근본으로 삼아야 한다고 생각한 두 사람은 모든 유통물의 가격과 증빙서류, 회사의 장부를 투명하게 공개하여 고객들의 큰 신뢰를 얻는다. 김호와 김형순의 Kim Brothers라는 회사는 지역 내 최대의 농산물 생산업체로 발전하고, 용중과 송철의 K & S Jobbers 회사는 유통업체로서 날로 번창하여, 이들은 캘리포니아 한인사회에 백만장자 지식인들로 우뚝 선다.

디아스포라

이제 더 이상의 돈 걱정은 없는 기업인, 세계 최고의 하버드대를 나온 지식인이 된 용중은 가만히 눈을 감아 본다. 금산의 인삼 밭을 떠나 상해를 거쳐 온 타향살이 십여 년이 주마등처럼 아련히 떠오른다.

여유가 생기니 무시로 고향의 아내 현성과 딸 영보가 떠오른다. 얼굴을 기억할 수도 없이 갓난 아이였던 딸이 벌써 여고생이 되었다는데, 아내는 얼마나 변했을까. 사업이 잘 되면서부터는 수시로 돈을 보내 왔으니 경제적으로 부족함은 없겠지만, 버리고 온 듯한 미안함은 영원히 지울 수가 없다.

회사의 사장실에 마주 앉은 공동사장인 송철이 또 농을 걸어온다.

"이봐 용중, 우리가 서른이 넘은 나이에 계속 이렇게 홀아비로 지내야 하는 것인지, 자네는 무슨 생각이 없나?"

"형님, 뜬금없이 거 무슨 소리요? 더구나 둘 다 고향에 처자를 두고 온 사람들이 말이나 되는 얘기요?"

"허어 이 사람, 조국에도 두 집 살림하는 것이야 흔한 전통이고, 특히 해외로 망명을 온 사람들은 대부분 기혼자들로서 다 같은 입장인데, 그렇다고 모두가 홀아비 생활을 할 수는 없는 거 아닌가?"

"형님, 저는 아내에게 아이를 데리고 미국으로 오라고 하는 중이니, 내게는 그런 얘길랑 다시 꺼내지 마시오. 우리보다 열댓 살이나 많은 김호 회장님도 서울에 가족을 두고 여지껏 버티고 있지 않소?"

"이봐, 나이가 너무 많으신 그 분과 우리는 상황이 다르지 않은가? 그건 그렇고, 김형순 사장님이 자네에 대한 관심이 많은 듯 한데 눈치 챈 게 없나?"

"아니 그건 또 무슨 소리요?"

"이봐, 김 사장이 자네를 사윗감으로 눈 여겨 보아온 것도 모른단 말인가? 자네도 알다시피 피아노를 하는 모친의 재주를 이어 받은 것인지 두 딸이 명문 피바디(Peabody) 음대를 나오고도 과년하도록 아직 결혼을 못하고 있어 김 사장 고민이 이만저만 아니라는 거야. 동포사회에는 그런 재원들의 신랑감이 될 만한 사람이 많지 않고, 그렇다고 미국 놈들에게 시집보내기는 내키지 않는 일이 아니겠나? 그러니 자네가 하바드 출신의 학벌로 보나, 회사를 운영하는 비즈니스 능력으로 보나 최고의 사윗감인데도, 김 사장님이 자네가 기혼이라서 쉽사리 못 꺼내고 전전긍긍하시는 거지."

"아이 참, 저는 사업을 하고 공부하는 것만으로도 바빠서 그런 데는 털끝만큼도 관심이 없소이다. 형님이 좀 구미가 당기시는 모양인데 왜 나를 갖고 그러시오?"

"이보게, 나는 언감생심 검토 대상도 못 되는 걸 모르나? 워낙 욕심나는 신부 감이라서 이승만 박사가 나이 차가 서른

살이 넘는데 노인네 체면도 없이 터무니없는 청혼을 해봤던 모양이나, 일언지하에 거절당했다는군. 회장님 부녀의 맘속에는 자네 밖에 없다는 걸 나는 꿰뚫어보고 있지."

힘든 이역 생활에서 혼사가 거론될 때마다 퉁명스레 내치기는 하지만 해가 갈수록 용중은 고민이 깊어진다. 망명이나 이민으로 서로 떨어져 있지 않은데도 국내에서는 남정네들이 능력만 되면야 두세 살림을 차리는 게 다반사이지만, 정분이 옅어진 것도 아닌데 처자를 두고 두 번 장가를 드는 일은 차마 내키지 않는다.

문제는 아내 현성이다. 아내는 미국으로 와서 편히 지내라는 남편의 요청과 설득에도 전혀 오려는 생각이 없다. 오고 가는 편지에서 자신은 집안의 맏며느리로서 용중의 노모를 모시고 금산의 인삼 밭을 지키며 가문을 지키겠다 한다. 그것이 자신의 도리이니 전혀 개의치 말고, 남정네가 이국생활에 가정도 없이 혼자 살기는 어려울 것이니 또 하나의 가정을 꾸려도 좋다고 한다.

용중이 할 수 없이 김형순의 딸인 매리 앤 김영옥과의 혼담을 알리자 '내 걱정은 하지 말고 그녀와 안정된 생활을 하면서 독립운동에 이바지하세요'라고 답신이 온다. 결국 현성과 딸을 미국에 데려오는 것을 포기한 용중은 서른여섯의 나이에 김형순 사장의 큰 딸 매리를 아내로 맞는다.

현성은 '당신도 금산 집을 떠나 개가하시오'라는 용중의 전갈에도 용중의 금산 집에서 가문을 지켜 나간다.

1931년 만주사변으로 대륙에 대한 침략 의지를 드러낸 일제가 1936년에는 중일전쟁을 일으키고, 유럽에서는 히틀러 파시스트 정권의 야욕이 적나라해지면서 세계에는 또 다시 전운이 감돈다.

3.1.운동 같은 거족적인 노력에도 불구하고 독립이 어려워지자 미주 한인들의 독립운동은 1920년대 이래 미지근했다. 그러나 욱일승천하는 국력신장으로 무소불위가 된 일제 군부가 또 다시 아시아에서 전쟁을 일으키니, 일본이 패배하게 되면 이번에는 독립의 기회가 올 수도 있겠다는 기대로 독립운동에도 다시 활기가 돈다.

김호, 김형순, 김용중 등 3김씨도 캘리포니아의 리들리 그룹이라 불리며 국민회의 지도세력이 된다. 다만 이승만에 감명을 받아 망명을 결심한 송철은 미국에 온 이후로도 계속 이승만의 동지회에서 기둥과 같은 역할을 한다.

용중과 송철은 정치적으로는 완전히 다른 길을 가면서도 사업은 계속 같이 한다. 서로 다른 생각을 존중하는 성숙함이자 정경분리의 자세다. 두 사람은 상해 임시정부건 미주 동포사회건 한인들의 고질적인 병이라 할 지역갈등, 파벌 싸움, 감투욕 등이 안타까울 따름이다. 미주에서는 박용만 파가 약해진 뒤에 안창호를 따르는 서북파와 이승만을 따르는 기호파가 알게 모르게 대립해 오지 않았는가.

1937년, 새로워진 대한인국민회의 중앙집행위원장이 된 김호 회장이 용중을 부른다.

"이봐 용중, 이번 국민회에서 자네가 역할을 좀 해주어야겠어."

"선생님의 말씀이라면 무언들 마다 하겠습니까만, 저처럼 돈을 버는 비즈니스맨이 동포사회에서 무슨 기여를 할 수 있겠습니까?"

"아니야, 아주 중요한 일이 있지. 우리 동포사회도 한 세대가 지나다 보니 벌써 많은 2세들이 성장했는데, 자네도 알다시피 그들에게는 조선이라는 뿌리에 대해 느낌도 지식도 전혀 없지 않은가? 그래서 이번에 우리 국민회도 노인 구제, 2세 교육, 임시정부 후원을 3대 핵심사업으로 삼았는데, 특히 2세 교육 분야에서 훌륭한 영어실력을 가진 자네의 역할이 필요하네."

"2세들을 교육하는 데에 제 영어가 필요하다고요?"

"그래. 한국인의 피를 가진 미국인인 후손들이 곧 우리를 이어 한인사회의 주역이 될 텐데, 주로 영어로 살면서 한국말은 모르는 그들의 정체성을 위해 할 일이 많다고 보네. 이를테면 한인들의 신문에 영어판을 만들어 그들이 뿌리인 한국이 어떤 나라인지 알게 하는 일도 있겠고."

"예, 듣고 보니 정말 필요한 일이라고 보이는군요."

"고맙네, 국민회의 핵심사업 중 하나인 2세 교육문제를 위해 자네를 국민회 간부로 임명할 것이니 많은 역할을 좀 해주게."

용중의 공적 활동이 시작된다.

독립운동을 하겠다고 망명을 했으면서도, 하버드를 나와 돈 많은 사업가가 되어서도 조국을 위한 뚜렷한 일을 찾지 못해 자책하던 터다. 용중은 국민회의 후보위원이 되어, 동포사회의 가장 큰 언론인 신한민보의 영문란 편집장이 되어 2세들을 위해 영문 페이지를 만들기 시작한다. 보수도 없는 무보수 봉사인데, 가끔은 2세인 안창호 선생 자녀들이 돕기도 한다.

1939년에는 국민회의 중앙상무위원과 선전부장에 임명되어 미국의 각종 언론에 조선을 알리는 등 홍보분야에서 두드러진 역할을 한다. 1939년 9월 유럽에서 2차대전이 터지자 국내외 한인들의 독립에 대한 기대가 다시 불꽃처럼 타오른다.

1940년 충칭의 임시정부에 광복군이 만들어지자, 미주 각지에서 모래알처럼 제 갈 길만 가던 수많은 동포단체들도 하나로 결집하자는 데 뜻을 같이 한다.

1941년 초 재미한족연합위원회가 결성되어, 하와이에는 의사부를, LA에는 집행부를 설치하고 활동에 들어간다. 용중은 이 연합회에서도 선전부장을 맡게 되고, 1942년 초에는 이승만 박사의 외교위원부를 돕기 위해 워싱턴 특파원으로 파견된다.

용중은 이승만 박사와 함께 워싱턴의 라파예트 호텔에서 대한인자유대회(Korean Liberty Convention)를 개최하기도 한다. 서재필 박사가 1919년 3.1운동 이후 150여 명의 한인대표들을 모아 필라델피아에서 개최한 한인대회(the first Korean Congress)를 본 따서 미국 내 한인대표들과 한국에 호의적인 미국인들을 총 결집한 행사다. 행사에서는 용중이 영어로 연설을 하기도 하고, 음악가인 용중의 부인 매리가 애국가를 부르기도 한다. 용중은 또 3월 초 뉴욕에서 개최된 26개국 동맹원탁회의에 한인 대표로 참석하기도 한다.

그러나 1943년 들어 워싱턴에 있는 외교위원부를 두고 국민회와 이승만 박사가 대립한다. 그것도 1943년 말 전쟁이 말기에 접어들어 연합국측의 승리가 가까워 보이는 중요한 시기이다. 동포 모금으로 외교위원부를 지원해 온 한족위원회의 김호 회장이 이승만 박사에게 워싱턴에서 혼자 많은 일을 감당하기에는 벅찰 것이니, 외교위원부를 확대하여 한족위원회측에서도 인사들을 보내겠다고 한다. 독점욕이 강한 이승만은 한인 단체들은 돈만 지원해 주면 되고 업무에는 관여치 말라면서 거부한다.

쌍방의 대립으로 결국은 1943년 말 이승만의 동지회가 연합회를 탈퇴해 버리고, 임시정부의 김구가 이승만의 대표성을 인정한다고 하자 미주 한인사회는 다시 사분오열된다. 한족연합회도 별도의 워싱턴 사무소를 설립하고, 중한민중동맹단의 한길수도 워싱턴에서 이승만과 대립하면서 독자적으로 활동한다.

"회장님, 진주만 침공으로 태평양 전쟁을 일으킨 일본이 미국의 반격으로 점점 쫓겨가고, 전쟁의 상황에 따라 조선의 미래가 어떻게 될 지 알 수 없는 이때에 이 박사가 또 고질적인 분열과 갈등을 불러일으키니, 이게 말이나 될 일입니까?"

용중은 워싱턴에서의 한인 대표들 간 불화에 대한 대책을 상의하기 위해 LA로 내려와 김호 회장에게 분통을 터뜨린다.

"워싱턴이 돌아가는 상황은 어떠한가?"

오랫동안 이승만을 도와 왔으나, 외교위원부 확대문제를
계기로 이승만의 아집과 독점욕에 실망한 김호 회장도 LA에서
애가 탈 따름이다.

[1942년 로스앤젤레스에 모인 재미 동포사회 회장단 및 간부 사진
(큰 키에 콧수염의 오른쪽 4번째가 김용중선생)]

　　　　　　　　　　　　2장 망명

"이 중차대한 시기에 명실상부한 한인 전체의 대표기관이 미국 정부를 상대해야 할 텐데, 국무성은 한인단체들이 제각기 대표라고 주장하고 있어 아무도 공식으로 인정할 수 없다는 입장이라 하고, 심지어는 상해의 임시정부도 조선을 대표하는 망명정부로 인정할 수는 없다는 입장이라 합니다."

"선배들로서 낯을 들 수가 없고 정말 미안할 따름이네."

"그렇다고 이 중차대한 시기에 손을 놓고 있을 수는 없고, 한인단체와는 관계 없이 민간기관으로서라도 미국 정부와 사회를 향한 활동을 해보면 어떨까 합니다."

"그래, 무슨 좋은 아이디어가 있는가?"

"이 전쟁이 끝나면 곧바로 강대국들이 전후 처리를 하고 세계의 질서를 새로 만드는 협상에 돌입할 텐데, 동양이라고는 전혀 아는 게 없는 미국 사람들이니, 대한민국이 어떤 나라이며 일본 제국주의의 실체가 어떤지를 이해시키는 일이 중요하다고 봅니다. 아시다시피 미국 사람들이 들어 본 아시아 국가란 중국과 일본뿐이고 조선을 아는 사람은 거의 없다시피 한 거 아닌가요? 국무부나 군부에서 아시아를 담당하는 사람들이나 알까 말까 한 나라인데다, 심지어 그들마저도 조선을 가보거나 이해하는 사람은 아무도 없다고 봐야지요."

"충분히 이해와 공감이 가네. 자네가 그간 신한민보 영문란을 만들고 이승만 박사의 국제활동을 도운 것도 다 같은 취지에서가 아니었나? 구체적으로 무슨 복안이 있는가?"

"워싱턴에 있는 미국 정부나 외국 대사관 등이 조선문제를 제대로 이해할 수 있도록 이제는 단발성이 아니라 지속적으로 알리는 정기 간행물 같은 것을 만들어 보면 어떨까 싶습니다. 세계 최강국이 된 미국이 진주만 피격으로 2차대전에 참전하게 된 이후 1942년부터 Voice of America라는 라디오 방송을 하면서 세계 수십 개국에 미국을 알리는 일을 하고 있는데, 그걸 보면 우리도 Voice of Korea 같은 걸 만들어 미국인들에게 한국을 알리는 일을 해야 하지 않을까요?"

"듣고 보니 정말 필요하고 중요한 일일 것 같군. 자네 장인과 나도 최대한 도울 테니 돈이 드는 것은 걱정 말고 구체적인 계획을 마련해 보게."

1943년 용중은 주거를 아예 워싱턴으로 옮기고, 김호, 김형순, 김원용, 김용중 등 기업인들을 설립자로 한 비영리 문화조직을 만들어 <한국문제연구소>(The Korean Affairs Institute)라고 등록한다. 오래 전 필라델피아에서 서재필 박사가 잠시 운영하던 한국홍보국(Korea Information

2장 망명

Bureau)과 비슷한 성격이다.

11월 22일에는 <한국의 소리>(The Voice of Korea)라는 월간 영자 신문을 간행하여 미국 정부의 백악관, 국무부, 전시 정보국은 물론 주요 언론사들, 외국 공관, 각종 도서관들에 송부하기 시작한다.

백악관에서는 루스벨트 대통령의 부인 엘레노어 여사가 애독하고 있다는 말이 들린다. 고종의 밀사를 하던 헐버트는 <한국의 소리>에 <한국의 문호개방>이라는 제목의 글을 네 차례나 연재하기도 한다.

용중은 <한국의 소리>를 발간하는 외에도 백악관, 국무부, 전시정보국에 수시로 조선문제를 설명하는 편지를 쓰고, 아시아 문제를 논의하는 미국인들의 세미나 등에 참석하는 등 동분서주한다. 한국문제연구소 소장의 자격으로 워싱턴 시내에 있는 언론인협회(National Press Club)에도 가입하여 수많은 미국 언론인들과의 네트워크도 다진다.

일본의 진주만 공격으로 태평양 전쟁이 발발한 후 워싱턴의 미 전시정보국은 미국에 사는 조선인 중 가장 식견이 있고 신뢰할 수 있는 사람이라면서 용중을 정기 라디오 프로그램에 출연시킨다. 한 마디로 용중은 워싱턴에서 미국의 조야가 알아주는 조선의 외교관 겸 언론인이 된 셈이다.

다만 워싱턴에는 김용중의 한국사정사 외에도 이승만의 외교위원부, 한족연합회, 유일한의 고려경제회, 한길수의 중한민중동맹단 등 다섯 개의 조선인 단체가 서로 경쟁이다. 이들은 전후의 국제질서에 관해 열리는 각종 국제회의가 열릴 때마다 이승만의 단독대표냐 다른 단체들의 공동참여냐를 놓고 자주 대립한다.

1945년 8월 드디어 일본의 항복으로 세계대전이 끝나고 조국이 해방된다. 미국 땅에서 국적 없는 외국인으로 살아온 동포들도 지역마다 태극기를 들고 만세를 부르고, 저마다 고향으로 돌아가느냐 미국 땅에 남느냐 설왕설래다.

그러나 해방의 기쁨도 잠시, 조국에서 들려오는 소식에 동포들은 어안이 벙벙해진다. 미국과 소련이 조선을 38선으로 나누어 점령하고 들어왔다는 것이다. 해방이 되면 우리 손으로 새 나라를 만들 것이라는 꿈이었는데, 전쟁을 일으킨 일본이 분할되지 않고 조선이 분할되다니 어찌된 일인가?

해방된 조국에서 스스로의 정부를 갖지 못한 것도 서글픈 일인데, 남한에서 들려오는 미군정의 소식은 미국의 한인단체들을 더욱 경악시킨다. 점령군이 된 미군정이 일제 치하의 경찰과 관료들을 그대로 기용하고 있다는 것이다. 더구나 미군이 좌파들을 견제하는 눈치를 보이자, 이 때다 하면서 일본군이 물러간 후 쥐구멍에 숨어 숨죽이고 있던 친일세력들이 갑자기

몽둥이를 들고 튀어 나와 공산주의자들을 몰아내는 선봉이 되겠다고 활개를 친다 한다.

미국에서는 한족위원회 대표단이 해방된 조국을 돕기 위해 귀국을 추진한다고 한다. 그러나 용중은 전후 세계질서 재편의 중차대한 시기에 각 나라 운명의 결정권을 쥔 미국 정부와의 접촉이 중요하다는 생각에 워싱턴에 남기로 한다. 고국으로 대표들을 떠나보낸 용중은 워싱턴에서 조국이 통일되지 못하고 분단으로 치닫는 것을 막기 위해 동분서주한다.

조국이 신탁통치를 둘러싸고 찬성과 반대로 갈라져 날마다 데모로 지샌다는 소식을 들으며, 1946년 1월 용중은 고국의 동포들에게 보내는 공개편지를 발표한다.

하나의 민족이 해방될 때 여러 가지 사상들이 제시되는 것은 자연스럽다 할 것입니다. 그러나 제 아무리 좋은 사상이라 하더라도 우리가 사상만으로 살 수는 없으며, 상대를 존중하고 화해하는 정신으로 협력하고 통합해야 합니다.

그리고 정치적인 분열은 국민들이 아니라 권력을 잡고자 하는 소수의 지도자들 때문에 생깁니다. 애국심은 이기적이지 않아야 합니다. 그러므로 국외에 있다가 들어온 지도자들은 자신을 칭하지 말아야 하며, 국내에서 자기들보다 더한 고통을 겪었던 지도자들에게 우선권을 주어야 합니다.

지역을 옮겨 자신의 정치적 이득을 구하는 것은 애국심이
아닙니다.

우리는 또 민족의 자기존엄에 대해 깊이 생각한다면 소비
에트나 미국이 우리나라의 후견인 노릇을 하도록 추구하지
말아야 합니다. 그렇지 않으면 끝없는 혼란이 계속될 것입
니다. 권력을 추구하러 온 사람들이 대한민국에서 발붙일
땅은 없습니다.

나라의 운명이 결정되는 시기일수록 지도자가 중요해진다.
용중은 평화롭지 않은 혼란기에도 서로 자기가 최고라고 주장
하면서 권력을 탐하며 타협하려 하지 않는 모습을 일갈한다.
그의 주장은 해외에서 들어온 이승만이나 김구보다, 백성들과
함께 국내에서 독립을 준비해 온 여운형을 지지하는 것으로
해석된다.

용중은 고민한다.

'조국의 독립을 위해 사십 년을 싸워온 결과가 분단으로
가고 마는 것인가? 이제는 독립이 아닌 통일운동을 해야 할
운명인가? 분단이 아닌 통일로 가는 방법은 무엇인가? 숙명적
으로 주어진 한국의 지정학적인 위치와 국제정치의 역학으로
볼 때 가능한 방법은 중립화 통일이다. 그 길로 가야 한다.
그래, 그 길로 가자!'

3장
홀로서기 (1948~1975)

코스타리카

1947년 여름, 삼십 년 만에 찾은 고국에서 한 달 만에 쫓기듯 도망쳐 나와 다시 미국 땅에 돌아온 용중은 길 잃은 고아의 심정이다.

워싱턴의 덜레스 공항에 내려 자신의 한국문제연구소 사무실로 향하는 용중의 발걸음은 무겁기만 하다.

곧 광복절 2주년이 다가온다. 남과 북의 정치인들이 미국과 소련을 등에 업고 절반의 권력을 잡아보기 위해 조국을 분단으로 몰아가고 있다. 찬탁과 반탁 데모로 온 나라가 3.1운동 때 만큼이나 들끓고, 미국은 미소공동위로는 임시정부와 신탁통치가 합의될 전망이 안 보이니 한반도 문제를 유엔으로 넘기겠다고 한다. 임시로 그은 줄 알았던 38선은 날이 갈수록 서로 넘어갈 수 없는 분단선이 되고 있다.

미소 간의 냉전을 뿌리치려면 남북의 모든 세력이 분단정부는 안 된다고 해야 하는데, 극좌와 극우는 반쪽 권력이라도 차지하려 하고, 중도는 설 곳이 없다. 이를 어찌할 것인가?

분을 삭이지 못하는 용중은 광복절 2주년을 계기로 발간한 <한국의 소리> 1면에 한 달 전 돌아가신 여운형 선생에 대한 추도문을 게재한다.

> 남한의 무정부 상태가 지속된다면 공산주의자들이 한반도를 차지할 것이다. 이승만과 김구는 우익이 아니라 이기주의적 반동분자들이며 국가이익과 무관하게 개인권력과 지위를 추구하는 사람들이다.

미국에서 들려오는 용중의 주장은 멀리 서울의 이승만과 우익을 발칵 뒤집어 놓는다. 이승만을 따르는 대한독립촉성국민회와 반탁투쟁위원회는 김용중이야말로 민족의 반역자라고 비난한다. 미국에서 이승만의 이름을 딴 '승당'이라는 조직을 만들어 활동하는 임영신은 김용중을 반미친북 공산주의자라고 비난한다. 한국에 있었다면 이미 테러로 살해당하거나 감옥에 처박혔을 텐데, 미국땅이라서 다행히 살아있는 셈이다.

1948년이 되자 8월에는 대한민국 정부, 9월에는 조선민주주의인민공화국 정부가 수립되었다. 해방된 지 3년 만에 한반도의 남쪽과 북쪽이 따로따로 정부를 만들어, 조국은 결국 분단이 되고 만 것이다. 하필이면 해방일과 분단일이 같은 8월 15일이 되어, 그 날을 기뻐해야 할 지 슬퍼해야 할 지 모르게 되었다.

분단은 절대 안 된다고 목청을 다해 외쳐 보아도, 대답 없는 메아리처럼 골짜기로 사라져 버려 용중은 허탈하다. 38선은 이제 더 이상 오고 갈 수 없는 분단선이 되어 버렸다. 떨어진 물건이라면 다시 주울 수 있을 텐데, 분단은 엎질러진 물처럼 다시 주워 담기가 정녕 어려울 것인가?

48년 말에는 유엔의 결의에 따라 북에서 소련군이 모두 철수하고, 미군도 이내 철수할 예정이라 한다. 남과 북의 두 정부가 서로 반도 전체의 주인이라고 목청을 높이고 있으니, 외국군이 다 물러가면 언제든 한 판 붙자고 전쟁을 벌일 게 불 보듯 뻔하다.

조국이 결국 남북으로 갈라져 버리자 용중은 Voice of Korea지에 '이 대통령에게 보내는 경고'라는 논평을 싣는다.

이승만 대통령의 개인적 성공을 축하하는 동시에 경고하고자 한다. 그가 만일 정치적 도구를 동원하여 무자비한

통치를 계속한다면 통일은 불가능해지고 민족은 유혈내전
으로 수 세대에 걸친 고통을 겪어야 할 것이다. 그가 개인적
인 정치적 이익보다 민족의 이익을 염두에 두기를 진심으로
바란다.

조국의 분단을 막을 수 없게 되자 미주동포 대표로서 귀국
해 있던 김호도 다시 미국으로 돌아와 버리고 말았다.

칠십이 다 된 김호 회장을 캘리포니아에서 다시 보는 용중은
무어라 위안의 말을 드릴지 모른다.

"회장님도 결국은 다시 미국으로 오고야 말았군요. 그간 서
울에서 우여곡절이 많으셨지요?"

"말도 말게. 이승만의 남한 단독정부가 들어서자마자 그간
중도를 외쳐 온 나 같은 놈은 언제 살해될지 모르는 신세가
되어 버렸네. 이 나이에 목숨이 아깝지는 않지만 그래도 개죽
음을 하기는 싫어 다시 도망쳐 나온 거야."

"그렇군요. 여운형 선생 살해 직후 제가 겪었던 것과 똑같은
위험에 처하셨군요."

"몽양에 이어 김구 선생마저 총탄에 돌아가시게 되자 이제
는 민족이라는 말만 내뱉어도 목숨을 부지하기 어려운 지경이

었네. 다행히 미국 친구들이 신변이 위험하니 다시 미국으로 가는 게 낫겠다면서 도와준 덕분에 무사히 빠져나올 수 있었지."

"일 년 전 제가 도망 나온 것과 어쩌면 그리 똑같은지 모르겠군요. 그런데 남북이 분단정부 수립으로 끝나지 않고 전쟁을 벌이지 않을까 걱정되는데, 회장님은 어떻게 보시는지요?"

"다분히 그럴 가능성이 많다고 생각되네. 한 집안을 둘로 갈라놓았으니 이대로 갈 리가 없고, 이승만 박사의 독선적인 스타일로 보아 그게 걱정되는군. 아니 미국에서 40년이 넘도록 민주주의를 보고 배웠다는 사람이 왜 그리 비민주적인지 몰라."

"아니, 회장님은 오래 전부터 이 박사와 독립운동을 하면서도 그가 어떤 사람인지를 이제야 알았단 말입니까?"

"그거야……, 독립운동을 같이 하긴 했지만 각기 다른 지역에서 살다 보니 어떻게 사람 됨됨이까지 속속들이 알 수 있었겠나?"

"이 박사가 이기심과 독선으로 하와이에서는 박용만과, 상해 임시정부에서는 안창호와 분열을 일으키고, 같은 기독교인

들 간에도 서북파와 기호파로 파당을 만든 것을 모르는 사람
이 없는데, 회장님께서 모르셨다고 하면 어불성설 아닌가요?
중일전쟁 이후로는 우리 미주 한인사회에도 교육받은 2세대
가 등장하니 그들과도 또 갈등을 빚고 말이에요."

"그런 걸 알면서도 독립이라는 일념으로 뭉쳐야 했던 시대였
기 때문에 별다른 수가 없었다고 보네. 아마 임시정부의 김구
선생도 식견이나 영어능력이 출중하고 미국을 속속들이 아는
사람이 없다 보니 이 박사에게 대미외교를 맡긴 것이지, 그의
독특한 성격까지를 따질 수는 없었을 게야. 자네도 알다시피
나만 해도 1943년 워싱턴 외교위원부 확대문제로 갈라서기
전까지는 그 분의 진면목을 전혀 모르고, 오랫동안 동포들의
피나는 의연금을 아낌없이 보내지 않았나?"

"저는 1943년에 워싱턴에 가서 이 박사와 일을 시작하자마
자 그가 어떤 사람인지 재깍 알게 되었지요. 전쟁 말기에 각지
에서 열리는 국제회의에 누가 조선 대표로 갈 것이냐를 논의할
때마다 내가 아니면 아무도 안 된다, 나만이 조선대표가 되어
야 한다고 고집하는 모습을 보고 알아 차렸지요. 제가 직접
만나 뵌 여운형, 안창호, 서재필 같은 분들에게서 느낄 수 있는
진정성과 존경심 같은 것은 찾아볼 수 없고, 나만이 중심이라
는 욕심 밖에 없었으니까요."

"그러게 말이야. 사람이란 참 겪어보기 전에는 알 수 없는가 봐. 나라를 이끌어 갈 지도자에게 요구되는 덕목들을 꼽자면 한이 없겠지만, 내 생각에 중요한 것은 첫째, 어떤 비전이나 방향성, 둘째 다양한 의견들을 통합하고 이끌어 갈 능력, 셋째 무엇보다 성품과 도덕성이라고 보네. 그런데 이 박사에게는 그런 것들이 없어. 재승박덕이라서 지장은 되겠지만 덕장이 못 되는 것이지. 조조와 유비의 차이라고나 할까, 정치가 (statesman)가 아니라 자기 욕심을 중심으로 움직이는 정치꾼(politician)이라고 할 수 있을 거야."

"맞습니다. 해방 후 군정기에 미국 기자들이 조선의 지도자들에 대해 보도한 게 기억나시나요? 그들은 남한에 4명의 지도자들이 있는데, 각기 한 마디로 표현하면 이승만은 보스 정치인(Tammany politician), 김구는 군벌 지도자(War lord), 김규식은 정치학자(Political scientist), 서재필은 현자(Saint)라 할 수 있다고 말이에요. 그리고 보면 미국 놈들에게도 제법 외국인을 보는 예리한 눈이 있는 것 같아요."

망명생활 삼십 년, 독립만을 희망으로 살아온 두 사람은 닭 쫓던 개와 같은 심정으로 서로를 바라보며 허탈해 한다. 김호는 이미 육십 대 중반의 노인이요, 용중도 오십 살을 넘기고 있다.

"우리가 남의 나라에서 돈 걱정 없는 부자가 되었지만, 그 놈의 조국이란 게 뭔지 참 허전하고 쓸쓸할 따름이네. 그렇지 않은가?"

"회장님, 이제는 사모님이라도 옆에 계시다는 것을 위로 삼아 지내시지요."

용중은 김호가 미국으로 돌아오면서 노부인을 데리고 온 것이 그나마 다행이라고 여긴다. 1914년에 아내와 아이들을 서울에 두고 떠나 홀아비로 망명생활을 해온 지 삼십 년, 이제는 할머니가 되어버린 부인을 만나 미국으로 데리고 온 것이다.

"그래, 안사람에게는 정말 못할 짓이었지. 그 오랜 세월을 힘들게 아이들을 키우며 버텨온 아내가 고맙기 그지없고, 이제는 기후 좋은 캘리포니아에서 여생을 편하게 살 수 있기만을 바란다네. 아예 조강지처를 만나보지도 못하고 돌아온 자네보다는 나은 셈 아닌가, 허허."

김호는 삼십 년 만에 귀국했는데도 아내와 딸을 만나 보지도 못하고 도망치다시피 돌아온 용중의 앞에서 더 이상 가족 이야기를 하는 것 자체가 면구스러울 뿐이다.

"예, 저로서도 장남이 없는 집안을 지키며 꿋꿋하게 살아온 아내에게 미안하고 감사할 뿐이지요."

"나는 이제 여기서 무엇을 하며 살 것인지 고민 중이네. 그간 일구어 온 사업은 직원들에게 맡겨만 두어도 잘 돌아가지만, 그렇다고 마냥 놀고만 있을 수는 없지 않은가? 요즘 우리 동포들도 그간 간절했던 독립이라는 목표가 없어지니 할 일이 없는 것처럼 지내는 듯하고 말이야. 그래서 이제는 미국시민이 된 우리 동포들이 소수민족으로서 단합하여 살아가는 데 필요한 일이나 해볼까 생각 중이네. 한인회관 같은 것도 만들고 말이야."

"아, 그러시군요. 저는 워싱턴에서 한국에 관한 일을 계속할지, 어찌 해야 할지를 아직 모르겠습니다."

그간 용중이 워싱턴에서 운영해 온 <한국문제연구소>와 <한국의 소리> 발간은 설립자인 김호, 김형순, 송철 등 리들리 부호들의 자금력이 없었으면 불가능한 일이었다. 이승만이 대통령이 되고 한국문제연구소가 이승만의 적이나 다름없게 되자, 그간 이승만을 위한 동지회 재정의 핵심역할을 해온 송철은 운영진에서 빠진다. 다만 고향 동료로서 용중과 회사를 같이 설립하고 공동대표를 해 온 농산물 유통회사 사업은 계

- 185 -   3장 홀로서기

속 같이 한다. 정치 지향이 다른 것이야 어찌하랴, 정치는 정치고 경제는 경제인 것이다.

"이보게 용중, 남북이 서로 딴 살림을 차렸다 하지만 조국은 아직 자네를 필요로 하고 있다고 보네. 분단되어 서로 으르렁대는 남북이 어떻게 될 지, 조만간 전쟁을 벌일지 위태위태한 형국이 아닌가? 그러니 국제적인 식견, 탁월한 언어능력, 미 당국과의 네트워크를 갖춘 자네의 역할이 아직 있다고 보네. 우리가 캘리포니아에서 받쳐줄 것이니 자네는 워싱턴에서 계속 조국을 위한 활동을 해 주는 것이 어떻겠나?"

용중은 여운형 다음으로 존경하는 선배의 말에 고민이 깊어진다.

'미국 내 한인 중에서도 경제적으로 가장 성공한 사업가로서 이제는 나이도 들었으니 그냥 편히 살 수는 없을까? 그럴 수는 없을 것 같다. 그것은 내 인생에 북극성 같은 목표를 주신 여운형, 안창호 선생께 면목이 없는 일이다. 그것은 의미 없는 살찐 돼지의 삶이고 실패한 인생일 것이다. 조국을 포기하고 손을 놓고 구경만 하고 있을 수는 없지.'

역사는 그 위에 떠있는 것들에 아랑곳없이 흐르는 강물과 같다. 용중은 강물에 떠가는 물건을 붙잡지 못해 안절부절하는 사람처럼, 분단되어 흘러가는 한반도를 바라보며 가슴이 막힌다.

용중은 분단된 조국을 다시 합치도록 하는데 힘을 써 보자고 다짐한다.

남과 북이 분단정부를 만들어 서로 삿대질을 하던 1948년 말, 지구의 반대편에서 들려오는 뉴스가 용중을 놀라게 한다. 미국의 아래 쪽 중앙아메리카에 있는 코스타리카라는 조그만 나라가 스스로 군대를 없애 버리고 중립을 택했다는 것이다.

코스타리카는 파나마 운하의 바로 위에 붙은 남한의 딱 절반만한 나라다. 멕시코나 페루처럼 원주민이 많지 않고 기후가 좋아 유럽에서 건너온 백인 이민자들이 대부분인 나라로, 남들이 세계대전을 벌이고 있을 때 이미 사회보장제도를 갖춘 제법 수준 높은 나라다.

그런데도 부패한 정치가 남아 1948년 박빙의 대통령 선거에서 근소한 차로 여당 후보의 승리가 발표되자, 선거부정을 둘러싸고 나라가 혼란해진다. 고질적으로 부패한 정당끼리 서로 싸우기만 하는 정치를 깨뜨리겠다면서 피게레스(Jose Figueres)라는 지도자가 지방에서 민병대를 모아 내전을 일으킨다.

피게레스는 소지주 집안으로 용중과 같은 시기에 미국에서 유학하고 고국에 돌아가, 스스로를 사회주의자 농부라면서 자기 농장에 <끝없는 투쟁>(Lucha sin Fin)이라는 간판을 걸고 사람들을 계몽한다. 스탈린 같은 공산독재에는 반대하는 중도좌파 사회민주주의자다.

　아주 작은 나라에서 한 달 반 동안 2천명 이상이 사망하는 내전에서 피게레스가 정권을 장악한다. 압권은 그 다음이다. 그는 일 년 반 동안 사회를 안정시킨 뒤 선거에서 실제로 승리한 셈인 야당후보 블랑코(Blanco)에게 권력을 넘긴다. 더욱 충격적인 일은 자신이 민병대를 만들어 무력으로 정권을 장악했으면서도 헌법을 개정하여 군대를 아예 없애자고 제안한다.

　'이 작은 나라에 군대가 꼭 필요한가요? 우리가 아무리 큰 군대를 가져도 세계대국인 미국이나 소련, 역내의 대국인 멕시코나 브라질에 상대가 되나요? 그간 중남미에서는 국가 간에는 전쟁이 거의 없으니 군대라는 것이 결국은 국내에서 권력을 잡는 데에만 쓰였습니다. 그러니 우리에게 군대는 없는 것이 낫다고 생각합니다.'
　'다른 나라가 침략해 오면 어떻게 하냐고요? 그 경우에는 침략자와 대화로 해결하거나 국제사회에 호소하여 문제를 풀 수 있습니다.'
　'평소에 국경 경비는 누가 하냐고요? 그것은 전쟁이 아니라 경비 차원에서 국경경비대(Civil Guard)같은 것을 만들어 경비하면 될 것입니다.'

'병영을 박물관으로! 국민 여러분, 제 생각이 맞다면 다시는 이 땅에서 같은 국민끼리 내전을 벌이지 못하도록 군대를 없애고, 국방 예산을 교육과 보건복지로 돌려 국민들이 행복한 나라를 만드는 데 쓰도록 합시다.'

무력으로 정권을 잡은 사람이 군대를 없애고 자신은 물러가 겠다면서 1948년 말에 국민투표로 평화헌법을 만들어 군대를 없애 버리고, 우리나라는 중립국이라고 국제사회에 천명한다.

남한에 국가보안법이 포고되던 날인 1948년 12월 1일에 피게레스 대통령은 망치를 들고 군사령부 건물 벽을 부수는 상징적인 행사를 벌인다. 국민들이 그를 베트남의 호치민처럼 '삐삐 아저씨'라 부르며 국부로 칭송한다. 그 후 코스타리카는 국제사회가 묵시적으로 인정한 영세중립국이 된다.

국제적인 뉴스가 된 코스타리카의 영세중립 소식을 들으며 용중의 한숨은 더욱 깊어진다. 한반도는 어떤 길을 가야 하는가?

2차대전이 끝나면서 제국주의가 종언을 고하더니, 이제는 세계가 냉전으로 치닫는다. 식민지에서 독립하는 수십 개의 나라들이 미국의 푸른 깃발과 소련의 붉은 깃발 중 어느 쪽으로 붙어야 하는지 우왕좌왕한다. 자본주의와 사회주의로 편

가르기 하는 데에 끼지 않겠다는 나라들은 비동맹으로 뭉쳐 가운데 길을 가겠다 한다.

분단으로 내달리는 조국을 보며, 용중은 38선 철폐, 미소 양국 군대의 철수를 줄기차게 주장한다.

1946년 1월 8일 용중은 크리스천 사이언스 모니터 신문에 한반도 내 외국군 철수, 중립국 감시 하 남북한 총선거로 통일 정부 수립을 주장하는 기고를 한다. 1946년 6월에는 트루만과 스탈린에게 공개서한을 보내 미소공동위 재개를 촉구하면서, 38선의 철폐와 외국군대의 철수를 주장한다. 미소 양국의 개입과 군대가 핵심 걸림돌이기 때문이다.

강대국의 간섭에서 벗어나 진정으로 자주독립을 이룰 수 있는 방법은 무엇인가? 용중은 영세중립을 생각하기 시작한다. 1946년 6월에는 워싱턴 포스트(Washington Post)사 라디오에서 하트 논설위원과 인터뷰를 한다.

김 : 한반도는 지정학적으로 주변 강국들의 완충지대입니다. 한국은 중국, 러시아, 미국이 만나 서로 악수를 할 수도 주먹을 날릴 수도 있는 교차로에 있는 것입니다. 나는 내 조국이 알사스-로렌이나 벨기에와 같이 되는 것을 원치 않습니다.

하트 : 선생의 설명에 한국의 상황이 이해가 가는군요. 그런

데 냉정한 국제정치의 현실상 한국이 강대국 간 침략의
발판이 되지 않도록 예방할 수 있는 방법이 있을까요?

김 : 그것을 이룰 수 있는 가장 확실한 방법은 한국이 영세
중립국으로 통일되는 것입니다.

하트 : 그러면 강대국들이 거기에 동의할까요?

김 : 어떤 한 나라가 한반도를 독점해서는 안 된다는 데
이해가 일치하기 때문에 스위스의 경우처럼 서로 동의
만 하면 가능하다고 봅니다. 따라서 저는 미국과 소련
이 한국의 주권과 독립에 대한 불가침을 공동보장할
것을 제안합니다.

하트 : 다른 강대국들은 어떤가요?

김 : 가능하면 중국, 영국 등 다른 이해관계국들이 협약에
동참하면 더욱 좋다고 생각합니다.

강대국들 간의 합의를 끌어내기가 어렵다고 판단되자 용중
은 유엔에 호소해 본다.

1947년 5.10 선거로 남북한의 단독정부의 길로 들어서자,
용중은 즉시 트리그비 리(Trygve Lie) 유엔 사무총장에게 '중
립화로 한국문제 해결의 기초를 삼자'고 호소문을 보낸다.

용중은 1948년 12월 파리에서 개최된 유엔 총회에도 옵서버
로 참석하여 미소가 한국을 통일시키려 노력하지 않으면 내전
이 일어나 대규모의 학살과 파괴를 초래할 것이라고 호소한

다.

6.25가 터지기 한 달 전인 1950년 5월에도 유엔 사무총장에게 호소문을 보내, 분단된 남북 간에 내부 갈등으로 지난 1년간에도 2만 명 이상이 학살되었다면서, 유엔이 한국의 통일을 위해 거중조정해 줄 것을 호소한다.

그러나 결국 한국전쟁이 터지고 만다. 모두들 설마 설마 하던 것이 오고야 만 것이다.

세계가 두 편으로 갈라져 냉전을 시작한 지 5년 만에 최대 규모의 열전이 되어버린 조국에서의 전쟁을 바라보며, 용중은 전쟁 기간 내내 워싱턴에서 피를 토하듯 줄기차게 국제사회에 호소한다. 로마 교황 등 세계의 교회 지도자들에게도 평화 호소문을 보낸다. <유엔이 개입하여 종전을 시키고, 외국군은 철수하고, 임시정부를 거쳐 보통선거로 통일한국을 이루자>는 호소다.

1951년 3월에는 이승만과 김일성에게 공개 호소문을 보내 휴전과 평화회담을 요구하고, 내전의 책임자인 두 사람은 동시 사퇴할 것을 주장하기도 한다. 미국에게는 히틀러의 파시즘 독재와 같은 이승만에 대한 지원을 중단하라고 촉구하고, 휴전회담에 반대하는 이승만을 비판한다.

1954년 제네바 정치회담이 열리자 용중은 외국군 철수, 유엔중립국위원단 감시 하 총선거로 통일, 유엔과 주변국들의 한국중립화 보장 등 통일방안을 제출한다.

1955년 6월에도 미국, 영국, 프랑스, 소련에 서한을 보내 한국의 통일과 중립화 보장을 요구한다.

그러나 용중의 호소는 광야에서 홀로 외치는 소리처럼 아예 메아리도 없다. 부모가 서로 피 터지게 싸우니 자식이 밖으로 뛰쳐나와 제발 싸우지 말라고 울어대는 모양이다.

오히려 멸공통일을 외치는 이승만 정권은 중립을 주장하는 용중을 공산주의자, 친북인사로 낙인찍는다. 주미 한국대사관 은 워싱턴에서 매일같이 미국의 의원들과 언론인들을 만나 한국문제를 호소하는 용중의 일거수 일투족을 감시한다. 이승 만이 집권하자 그를 따르던 동지회가 득세하게 된 한인사회 내에서도 용중은 눈엣가시가 된다.

땅 따먹기

조국에서 3년 간의 전쟁이 끝났다. 같은 땅에서 천 년을 넘게 살아온 동족이 분단되면, 서로 상대를 가만 두지 않겠다 고 전쟁을 일으킬 게 불 보듯 뻔하지 않았던가? 그러한 상황을 미리 다 알고 지켜보고 있던 미국에서는 전쟁 하루 전인 6월 24일에 CIA 국장이 기자회견에서 비밀엄수를 당부하면서 '오늘 밤 아니면 내일 아침 조선에서 전쟁이 일어날 것이다'고 말하기도 했다지 않은가?

2차 세계대전에서는 2천 만이 죽은 1차대전보다 두 배가 넘는 5천만의 인구가 목숨을 잃었다. 2천만이 죽은 소련 외에도 독일, 일본, 폴란드 등은 5백 만이 넘는 사람들이 죽었다.

그런데 6.25 전쟁은 사망자 수로는 그보다 적은 규모지만, 한 나라에서 인구의 10퍼센트가 넘게 죽었으니 인류 역사에서도 그처럼 끔찍한 전쟁은 많지 않다. 남북한 2500 만의 인구 중 4백여 만이 사망했다. 10만 명의 고아가 생겨났고, 부상자와 1천만 이산가족까지 합하면 인구의 절반이 넘는 1800만 명이 피해를 입었다.

전쟁은 인명 피해 외에도 삼천리강토를 폐허로 만들었다. 2차대전 때 수십 개 국에 투하된 양보다 더 많은 3백만 톤의 폭탄이 작은 한반도에 비 오듯 퍼부어져 전 국토가 잿더미가 된 것이다. 특히 평양은 미 항공기의 융단폭격으로 2차대전 시의 폴란드 바르샤바와 함께 전쟁으로 인해 깡그리 형체가 없어져 버린 대표적인 도시가 되었다.

그 폐허의 땅에서 민초들은 다시 움막을 짓고 초근목피로 살아간다. 남한은 미국이 원조하는 밀가루와 옥수수가 없으면 입에 풀칠하기도 어렵다 하고, 북한은 온 인민이 천리마로 총동원되어 총 대신 삽으로 속도전을 하고 있다 한다. 독립자금을 보내던 미국의 동포사회가 이제는 전후의 기아에 허덕이는 고국의 친지들을 생각하며 구호물자 보내기에 여념이 없다.

남북은 서로 이긴 거라고 주장하지만, 기실 승자도 패자도 없이 삼천리강토만 망쳐 놓은 동족상잔이 아이러니하게도 다른 나라들에게는 발전의 발판이 되었다.

한국전쟁은 2차대전 이후 자본주의 세계의 맹주가 된 미국의 힘을 다시 보여 주고, 미국에 경제특수를 안겨 주었다. 2차대전 이후 1949년까지 마이너스 성장에 허덕이던 경제가 전쟁 중에는 매년 8~10프로나 성장하고, 군대가 150만에서 350만으로 비대해지고 국방비도 4배나 증가하면서 거대한 군산복합체 태동의 일등공신이 되었다. 다만 160만 명이나 되는 군인들이 이름도 들어보지 못한 나라에 가서는 3만6천 명이나 죽고도 이기지 못하여 다시는 생각하기도 싫은 전쟁, 잊혀진 전쟁(forgotten war)이 되었다.

일본은 한국전쟁 중 연합군 군수물자의 보급창고가 되어, 한국전쟁을 천우신조라 불렀다 2차대전 후 수년간 미국으로부터 받은 원조보다 훨씬 많은 돈을 한국전쟁 특수로 벌어들여, 전쟁의 폐허를 딛고 또 다시 세계의 강자로 부상한다. 더욱이 미국이 적이던 일본을 갑자기 가장 중요한 동지로 삼게 되자, 한국은 일본에게 감히 식민통치의 책임을 묻지 못하는 어정쩡한 상황이 되었다.

중국에게 한국전쟁은 아편전쟁 이후 서양 세력들에게 무릎을 꿇어온 백 년의 치욕을 딛고 대국으로서의 존재감을 세계에 보여주는 계기가 되었다. 거대한 대륙을 공산혁명으로 재통일시킨 중국이 대륙의 문을 열고 들어오려는 미국을 막아 냄으로써, 미국과 소련만이 세계의 맹주가 아니라 중국도 있다는 존재감을 전 세계에 과시하는 계기가 되었다.

또한 유럽 국가들에게도 한국전쟁은 경제적 발전의 기회가 되었다. 2차대전으로 폐허가 된 국토의 재건에 열중이던 유럽은 미국의 원조 프로그램인 마샬 플랜과 한국전쟁 특수라는 양 날개를 달고 비약적인 경제발전을 이룬다.

그런데 우리만 이게 뭔가?

기실 한반도는 2차대전 중 전쟁터는 아니어서, 전쟁으로 잿더미가 되어버린 일본이나 유럽 국가들보다는 상대적으로 나은 상황이었다고 할 수도 있다. 그런데 우물 안의 개구리들처럼 5년 후에 동족끼리 전쟁을 벌여, 거지처럼 초근목피로 연명해야 하는 처지가 되어 버린 것이다.

자신이 그토록 예견하고 경고했던 동족 간 전쟁의 끔찍한 결과에 용중은 워싱턴에 앉아 울화병이 날 지경이다. 머리를 뒤로 제치고 의자에 앉아 눈을 감고 생각하다가, 울컥해지면

가지 못한 길

- 196 -

벌떡 일어서서 방을 빙빙 돌며 벽에 대고 중얼거리기도 한다.

'한 번 다친 몸에 크게 난 상처를 치유하기란 얼마나 어려운 일인가. 역사의 상처도 마찬가지일 것이다. 일제에 나라를 빼앗긴 것, 동족끼리 전쟁을 벌인 것, 20세기의 이 두 가지 역사적 과오는 한민족에게 두고 두고 치유하기 어려운 상처가 될 것이다. 민족의 정치, 경제, 사회에 온갖 악영향을 미치고, 심지어는 문화와 예술, 사람들의 심리에까지 스며들어 하나의 암이 될 것이다. 그런데도 남북은 역사의 죄인이라는 반성은 커녕 전쟁 후에는 더욱 철천지 원수가 되어 계속 싸움질을 하는 모양새다. 이를 어찌할 것인가?'

1954년 어느 날 워싱턴 사무실로 한 청년이 찾아온다.

"선생님, 로광욱입니다. 저를 기억하시는지요?"

1947년 귀국했을 때 광화문의 근로인민당에서 자주 만나던 로정일 목사의 아들이다. 로 목사는 여운형 선생을 돕던 건준의 요원이고, 몽양이 근로인민당을 만들자 아들까지 당 문화부에서 일하던 사람이다. 부자가 둘 다 타고난 음악가인데, 아비는 목사를 하고 아들은 치과의사를 하면서도, 못 가는 고향 평양 때문인지 통일에 관심이 각별한 사람들이다.

"오오, 로 목사의 아들 아닌가, 한국이 전쟁으로 난리통이었을 텐데, 자네가 어떻게 미국에 있나?"

"잿더미가 되어버린 조국을 떠나 얼마 전에 미국에 와서, 이제 막 버지니아의 오션시티(Ocean City)에 치과를 열었습니다. 그런데 여우도 고향에 머리를 숙인다고, 조국의 사정이 궁금하고 답답하여 선생님이 여기 계시다는 얘기를 듣고 한번 뵈러 왔습니다."

"반갑네 반가워. 늘 미국인들과 영어로만 이야기하는 생활인데, 한국인을 만나 우리말로 이야기할 수 있다니 고향에 온 느낌이군."

"감사합니다. 이제 막 시작한 치과가 좀 자리를 잡으면 자주 뵈러 오겠습니다."

"그래, 이곳 워싱턴에서 국제뉴스로만 들으며 눈으로는 보지 못해 실감할 수 없는데, 전쟁이 끝난 조국의 상황은 어떠했는가?"

"전쟁을 치르고도 다시 38선으로 돌아가 버렸으니 뭣 땜에 전쟁을 한 건지 백성들은 이해를 못하는데, 당장 입에 풀칠을 할 수 없어 차마 눈 뜨고는 볼 수 없는 처참한 지경입니다.

그런 상황을 나 몰라라 하고 도망가는 것 같아 창피스럽기도 하였지만, 남북 간에는 또 다시 무슨 일이 터질지 몰라 미국에 오게 된 것입니다."

"해방 후 5년 간 남북이 티격태격할 때도 통합이 어려웠는데, 이제는 전쟁까지 치른 마당에 서로 감정을 풀고 화해하기란 쉬운 일이 아니니 통일이 두 배로 어려워진 셈이겠지."

"선생님, 민족통일이란 게 물 건너 가버린 듯 하여, 이제는 포기해야 하는 게 아닌지 생각이 짧은 저로서는 궁금할 따름입니다."

"이보게, 절대 그럴 수는 없는 것이야. 그걸 포기한다면 우리 세대는 오랜 세월 후에 역사 속에서 나라를 분단시킨 세대로 기록될 게 아닌가?"

"그럼 동족끼리 전쟁까지 치른 지금에 와서 무슨 뾰족한 수가 있을까요?"

"뾰족한 수라기보다는 가장 가능하고 합리적인 방법이 있기는 있지. 해방 후에 미소 점령군이 들어올 때부터 십 년 동안 내가 줄곧 생각하고 주장해 온 문제 아닌가? 우리의 답은 중립이라고 보네, 영세중립!"

"예? 중립이라면……"

"자네 코스타리카라는 나라가 중립국이 되었다는 걸 아는가?"

"모릅니다만, 그게 어디 붙은 나라인가요?"

"허어~, 조국의 문제를 알려면 국제사회가 돌아가는 것도 알아야 타산지석으로 삼거나 벤치마킹을 할 수 있지 않겠나?"

"면목이 없습니다. 호구지책으로 치과 의사 개업 초기라서 여유가 없었습니다만, 점차 국제정치도 좀 공부해 보고 싶습니다."

"1948년에 극동에서 한민족이 각기 분단정부를 만들던 그 시기에 지구 저편의 아메리카에서는 코스타리카 라는 작은 나라가 국제사회에 중립을 선포하고 평화국가의 대명사가 된 것이네. 이러고도 우리가 자칭 은근과 끈기를 가지고 평화를 사랑하는 민족이라고 할 수 있을까?"

"아~ 그런 일이 있었군요."

"그렇지, 우리는 우리가 처한 숙명적인 지정학과 바깥세계가 돌아가는 국제정치를 모르고, 권력자들의 선동에 휩쓸려 엉뚱한 길로 접어든 거지. 자네 어릴 때 친구들과 하던 놀이 중에 땅 따먹기라는 게 있지 않았나?"

"예, 맨날 하던 놀이지요. 어려서부터 중일전쟁, 대동아전쟁만 보면서 자라온 아이들에게 무슨 놀이라는 게 제대로 있었겠습니까? 사내 아이들이 하는 놀이라는 게 죄다 전쟁놀이뿐이었지요. 백병전을 하듯 종이 딱지를 쳐서 따먹는 놀이, 포를 쏘듯 구슬을 맞추어서 따먹는 놀이, 땅바닥에 영토를 그려놓고 사금파리로 서로 공격하여 땅을 따먹는 놀이 등 말입니다."

"그렇지. 땅 따먹기는 두 사람이 축구 골대처럼 양 끝에 자기 집을 그려놓고 사금파리를 손가락으로 세 번 튀겨서 다시 집에 들어오면 자기 영토로 삼는 놀이 아닌가. 야금야금 자기의 영토를 확보해 나가는데, 더 이상 먹어 들어갈 땅이 없으면 놀이를 끝내고 서로 누구의 영토가 넓은지 바라보면서 의기양양해 하는 놀이이지. 조그만 사금파리를 무기라 치면, 튀기는 손가락의 힘은 욕심을 적절히 조절하는 것이라 하겠지."

"우리 한반도가 큰 나라들끼리 땅 따먹기 하는 놀이판이라는 말씀이세요?"

"그렇네. 힘 센 나라들이 세계를 갈라 먹는 제국주의 때부터 생긴 놀이인지 모르겠지만, 나는 가끔 그 놀이판이 우리 한반도라는 생각을 하네. 대륙세력과 해양세력이 부딪치는 그 땅따먹기 놀이의 경계지역에 우리가 있다는 말이야."

"두 세력이 부딪치는 완충지역이라는 말씀이지요?"

"그렇지. 문제는 그것이 우리에게 숙명처럼 주어진 지정학적 조건이라는 거지. 나는 어떤 민족이든 타고난 지리와 기후에 영향을 받으며 자신의 역사를 만들어 간다고 생각하네. 따라서 나라들 간의 국제관계를 이해하려면 우선 세계 지도 속에서 그 나라의 위치가 어떠한지를 살펴보는 것부터 시작해야겠지. 특히 우리 한반도는 언제든 위아래로 분단될 수 있는 위험이 있고, 역사적으로도 그런 사례가 한두 번이 아니지."

"예? 역사적으로 분단될 뻔한 일들이 많았다고요?"

"그렇지. 왜 그런지는 일단 세계지도를 눈으로 한 번 보면서 생각해 보세."

두 사람은 일어서서 벽에 걸어놓은 세계전도 앞에 마주 선다.

"아시아 대륙의 오른쪽 끝에 붙은 우리에게는 오랫동안 중국대륙과 왜가 세계의 전부나 다름없었네. 지난 2천여 년 동안

7백여 차례나 외침을 받아 왔지만 다행히도 주권을 잃어버린 경우는 없었지."

"그런 한민족이 경술국치로 역사상 유일하게 왜놈들에게 나라를 뺏겨 주권을 잃은 게 아닙니까?"

"그러니 일본에 대한 원한이 사무친 게 아니겠나? 그런데 유럽이 신대륙을 발견한 이래로 16세기부터 대항해의 시대가 되어 지구의 판도가 바뀌게 되지. 유럽 국가들이 몰려와 인도와 동남아까지 식민지로 만들고 중국과 일본에도 천주교와 무기를 들고 나타났지. 일본이 혼란의 시대를 끝내고 전국통일을 이룬 다음 임진왜란을 일으킨 것도 포르투갈로부터 배워 만든 신무기 조총 덕분이었다고 볼 수 있지 않나?"

"아무튼 해적질로 먹고 살아야 했기 때문인지는 몰라도 일본 놈들은 인문보다는 실용을 추구했나 봐요?"

"우리도 서당에서 공자 맹자만 외우지 말고 실사구시를 하고 기술을 개발해야 한다며 앞서 가는 시각을 가진 실학파 지식인들이 있었지만 불행하게도 모두 처단되어 버리지 않았나? 나는 민족의 역사에 결정적인 시기들이 있다고 보는데, 실학을 키우려던 정조가 사망해 버린 1800년이 그 중 하나라고 보네. 지도자의 성향이 민족의 앞날을 좌지우지할 만큼 중요하다는 사례이고 말이야."

"맞습니다. 청나라도 선교사들로부터 서양의 과학기술을 배우려 하고, 일본도 난학이라는 것을 통해 서양을 배울 때 우리는 그 놈의 성리학 속에서 당쟁만 하고 있었으니까요."

"그 이후에는 아편전쟁으로 세계의 중심이라던 청나라가 대포 한 발 쏘아보지 못하고 서양에 무릎을 꿇은 1840년도 매우 역사적인 해라고 보네. 중국 사람들은 중화민족의 자존심이 완전히 짓밟힌 그 해부터 지난 100년의 치욕의 역사를 회복하겠다고 절치부심해 온 것이며, 그래서 공산주의 혁명으로 주권을 다시 찾은 모택동을 숭앙하는 게 아니겠나?"

"선생님, 그건 우리와는 관계없는 사건이 아닌가요?"

"물론 우리가 당한 변은 아니지만, 그것은 아시아에서 대륙세력과 해양세력의 충돌이 시작된 상징적인 해이지. 근대 아시아 역사의 변곡점이라 할 수 있는데, 특히 우리는 그 두 세력의 중간에 다리처럼 놓인 반도로서의 지정학적 운명이 시작된 것이라는 생각이 안 드나?"

"그런 운명을 느끼기는커녕 고요한 아침의 나라(country of morning calm)라는 미명 하에 은둔의 왕국(hermit kingdom)으로 남아 안동 김씨의 세도정치, 쇄국정치만 수십 년을 지속했지 않나요?"

"그때부터 대륙세력과 해양세력이 충돌하다 보니 중간에 끼인 우리에게는 지리의 저주인 셈이지."

광욱은 땅덩어리의 크기나 생긴 모습까지도 미국과 거의 비슷한 거대한 중국을 바라본다. 또 바다 건너 태평양 쪽으로 길게 늘어서서 땅의 크기로나 인구로도 한반도보다 두 배가 큰 일본 열도를 새삼 뚫어지게 바라보며, 강의를 하는 듯한 용중의 설명에 덩달아 심각해진다.

"지리의 저주라고요?"

"잘 헤쳐 나가면 기회이겠지만 까딱 잘못 하면 낭떠러지로 떨어질 수 있으니, 저주인 것이지. 그런 운명의 조짐은 이미 임진왜란 때부터 시작되었다고 생각되네. 신라가 고구려를 몰아내는 바람에 한반도가 신라와 발해로 갈라져 남북국이 된 일은 오래 전의 역사니까 제쳐 두더라도, 임진왜란 때부터 한반도는 남북으로 분단될 뻔한 적이 한두 번이 아니네."

"남북으로 분단될 뻔한 게 한두 번이 아니었다고요?"

광욱은 상급학교 진학을 위한 시험용으로만 역사를 배워온 자신의 상식으로는 거의 들어보지 못한 것이어서, 입을 벌리고 치켜 뜬 눈으로 용중을 바라본다.

"그렇네. 한반도의 지정학적인 위치가 대륙세력에게는 바다로 나가는 길, 해양세력에게는 대륙으로 들어가는 길목에 위치한 다리나 발판과 같아서, 두 세력 중 하나가 힘이 월등하여 다른 세력을 몰아내지 못하면 으레 서로 나누어 먹자는 분할안이 등장한 거지."

"구체적으로 그런 사례들이 진짜 있었던 건가요?"

"첫 번째는 임진왜란 때 명과 왜가 한반도를 나눠 먹자고 협상했던 일이지. 조선의 구원 요청을 받아 참전한 명과 왜가 조선은 제쳐 두고 자기들끼리 강화회담을 한 건 다 아는 사실 아닌가?"

1592년 9월부터 심유경과 고니시 유키나가 간에 수년간 지루한 협상이 계속되었는데, 처음에는 왜가 명에게 대동강을 경계로 한반도를 위아래로 나누자고 하다가, 나중에는 조선 8도를 위아래로 4개도씩 나누자고 제안한다. 경기, 충청, 전라, 경상도는 왜가 먹을 것이니 황해, 강원, 평안, 함경도는 명이 먹으라는 것인데, 협상이 깨지자 1598년에 왜가 재차 쳐들어와 정유재란이 일어난 것이다.

"남들의 전쟁터가 된 것도 기막힌데, 싸우다가 안 되니 남의

땅을 케이크를 자르듯 반으로 나누자는 발상을 하다니 찢어
죽일 놈들이군요."

"그처럼 우리와는 일언반구도 없이 한반도를 나눠먹자는
발상은 그 후로도 여러 번 반복되는 것이야. 두 번째는 1894년
청일전쟁 때인데, 영국이 나서서 청일 양국이 조선을 남북으로
분할하는 중재안을 내었던 일이지. 알다시피 청일전쟁은 조선
의 국왕이라는 사람이 자기 국민의 내란인 동학군을 진압해
달라고 남의 나라에 요청하는 바람에 일어난 그야말로 수치
스런 역사 아닌가?"

조선 왕실의 요청으로 들어온 청은 일본 군대도 들어와 자
칫 서로 충돌할 수도 있는 상황이 되자 당황한다. 청이 일본과
의 충돌을 피하고자 러시아에 중재를 요청하였으나 러시아가
꺼리게 되자 영국이 나서서 중재를 하게 된다. 영국은 청일
양국이 조선을 남북으로 분할하여 평양과 부산으로 군대를
물리고, 서울은 중립지대로 하면 어떠냐고 중재안을 낸다. 청
군이 충청도 아산에 있는 상황에서 자기들은 서울에 주둔한
유리한 상황이라, 일본은 이 제안을 받아들이지 않고 청군을
기습 공격하면서 청일전쟁이 시작된 것이다.

"세 번째는 을미사변과 아관파천으로 한반도에서 러시아의
영향력이 가장 강해지자, 1896년에 일본 놈들이 러시아 측에

한반도를 39도선으로 분할하자고 제안한 것이야."

조선의 주도권을 놓고 청을 몰아냈다고 여긴 일본에게 이제 경쟁 대상은 러시아였다. 그러나 아직은 힘에서 밀린다고 생각한 일본은 니콜라이 황제의 대관식 사절로 모스크바에 파견된 야마가타 전 총리를 통해 로바노프 러시아 외상에게 한반도 분할안을 제의한 것이다. 러시아로서는 그럴 경우 블라디보스톡과 뤼순을 연결하는 해상루트도 끊기는 데다 한반도 북부만으로는 충분한 이득이 안 된다는 계산, 러시아 견제가 국가목표인 영국의 반응도 알 수 없는 상황을 생각해 일본의 제안을 거절한다. 물론 당시 조선의 사절로 모스크바에 같이 있던 민영환 대표는 러시아와 일본 놈들의 그러한 작당을 전혀 눈치도 채지 못한 어처구니없는 상황이었다.

"아니, 당사자와는 일언반구도 없이 남의 나라를 나눠먹자 말자 지네들 맘대로 상의하다니, 아무리 강대국이라지만 어처구니가 없군요."

"그게 약소국의 설움 아니겠나? 네 번째는 러일전쟁이 일어나기 전인 1902년인데, 이번에는 거꾸로 러시아가 일본에 제안하는 거야. 일본의 힘이 점차 강해지면서 러시아를 가상 적국으로 하는 영일동맹까지 맺어지자, 이번에는 러시아가 한반도를 양보하고 만주에만 집중하기 위해 일본측에 대동강을 기준으로 세력권을 나누자고 한 것이네. 그러자 이번에는 힘이 세진 일본의 강경파와 군부가 반대를 하여 받아들이지 않고 러일전쟁을 일으킨 것이고.”

광욱은 어려서부터 역사 선생으로부터 주변 강국들이 싸울 때마다 한반도가 고래싸움에 새우 등 터지듯 피해를 보았다는 말은 수없이 들어 왔지만, 한반도를 반씩 나눠먹자는 음모가 이렇게 여러 번 되풀이되었다는 것은 처음 듣는 이야기라서, 어이가 없고 화가 치솟는다.

“그렇다면 2차대전 후 미국과 소련이 우리 땅에 자기들 맘대로 38선을 그어놓은 것도 갑자기 그런 게 아니라 역사적 배경이 있는 셈 아닌가요?”

“그렇다네. 말하자면 이번이 적어도 열강의 다섯 번째 한반도 분할론이고, 성사된 경우로는 처음이지. 어떤 사람들은 38선이라는 게 소련이 한반도로 밀고 내려오는 상황에서, 일본 놈들이 원폭투하 직후 서둘러 항복해 버리자 다급해진 미 전쟁부 작전국에서 딘 러스크 대령과 본스틸 대령 등 군인 한두 명이 지도를 펼쳐 놓고 아무 데나 선을 그은 거라는데, 전쟁이라는 게 애들 소꿉장난도 아니고 어디 그럴 수야 있겠나?”

“그럼 그 원한 서린 38선이란 게 미소가 적당히 아무렇게나 그은 건 아니라는 말씀인가요?"

"상식적으로는 적어도 코리아를 독립시킨다고 선언한 1943
년 말의 카이로회담 이후부터는 검토하고 있었지 않았겠나?
한반도를 나누는 방법도 여러가지 옵션을 검토해 왔는데, 신의
주와 함흥을 잇는 40도선, 평양과 원산을 잇는 39도선, 그리고
최소한 서울은 남쪽에 둔다는 38도선 등 말이야. 그런데 일본
에 핵이 투하되자마자 소련이 참전하여 파죽지세로 밀고 내려
오니 미국으로서는 갑자기 황급한 상황이 된 거야. 태평양으로
의 출구를 위해 동북아 쪽으로 밀고 내려와야 하는 소련으로
서는 일본의 북부 절반이나 홋카이도라도 분할점령하고 싶었
으나, 일본 전체를 점령하고자 한 미국은 소련의 제안을 거절
하고, 대신에 한반도가 분할 점령되게 된 거야. 소련이 파죽지
세로 만주를 지나 한반도로 진입하는데, 자국 군은 아직 오키
나와에 있는 상황에서 다급해진 미국이 8월 10일 밤 수도인
서울을 자기 쪽에 넣을 수 있는 방안인 38도선을 급조하여
제안해 본 것인데, 이에 소련측이 쉽게 동의한 것이지."

강국들 간의 한반도 분할 안에 대해 한바탕 열변을 토한
용중이 강의를 마친 듯 물을 들이 마신다.

"아무튼 강대국 놈들이 땅 따먹기 하듯 남의 땅을 놓고 지네

들끼리 거래하는데, 정작 당사자는 알지도 못했다는 게 어이없기도 하고 무섭기도 하군요."

"그러한 땅 따먹기를 하던 게 제국주의 시대인데, 앞으로는 그렇게 물리적으로 영토를 따먹는 방식이 아니라 정치 경제적으로 영향력을 확대하는 것이 곧 땅 따먹기가 되지 않을까 싶네."

"우리는 늘 고래 싸움에 새우 등 터진 역사라고 배웠으면서도, 독립운동 중이든 해방 후든 고래들이 싸울 때 어떻게 해야 할 지를 모르고 집안싸움을 해 온 게 아닌가요?"

"그렇지. 숲 안에서 나무들만 보고 서로 싸우면 숲 전체의 모습이 안 보이듯이, 우리가 눈앞의 이익만 쫓아 서로 싸우다가 나라만 반 동강이 났다 이 말이야."

"선생님, 이렇게 엎질러진 물처럼 나라가 분단되어 버렸는데, 그럼 앞으로는 어떻게 해야 할까요?"

"열강의 틈바구니에서 정말 어려운 일이겠지만, 지리의 저주를 지리의 기회로 만드는 지혜를 발휘해야 한다고 보네. 그러기 위해서는 민족의 미래에 대한 사명감을 가지고, 우리의 운명은 우리가 헤쳐 나간다는 자주성을 가져야 하네. 물론 우리가 통일을 안 하고 반쪽으로만 살 수도 있기는 할 거야. 그러나 그리 되면 나라의 크기가 너무 작아 세계 속에서 목소리를 가진 덩치 있는 나라가 되기는 어려울 것이고, 더구나 두 형제가 집안싸움을 계속하게 되어 우물 안 개구리처럼 바깥세상으로 뻗어 나가기가 어려울 것이네."

"그럼 앞으로는 어떤 길이 있을까요?"

"통일이 먼저냐, 이념이 먼저냐를 민족 전체가 생각해 봐야지. 여운형이든 안창호든 선각자들은 사회주의건 민주주의건 이념은 허울에 지나지 않는 것이고, 좌우를 떠나 통일하는 것이 우선이라고 하시지 않았나?"

"선생님, 그런데 한국에서건 미국에서건 좌파들의 씨를 말리겠다는 매카시즘의 광풍이 불고 있는 이 시기에 좌우가 타협하자는 게 먹혀 들겠습니까?"

"나는 우리 민족에게 필요한 것이 자주독립의 정신이라고 보네. 첫째, 자주성이 부족하니 늘 큰 나라에 의지하려 한 것이 우리의 역사 아닌가? 둘째, 독립성이 또한 부족하니 한쪽 발만으로 걷는 불구자처럼 남북이 갈라진 것 아닌가? 자주독립! 네 글자 밖에 안 되지만, 우리처럼 작은 나라에게는 특히 중요한 핵심정신이라고 보네. 우리에게 그 정신이 있다면 우리만의 길, 좌도 아니고 우도 아닌 중립의 길로 통일을 할 수 있다고 보는 거야. 사람들은 작금의 세계정세로 보아 비현실적인 꿈이라고 하겠지만, 나는 우리 민족에게나 국제사회를 향해 그 길을 주장하고 설득하고 호소하는 일을 계속할 것이야."

벽에 걸린 세계지도 앞에 서 있던 두 사람은 다시 책상 앞에 마주 앉는다. 광욱은 말없이 입을 단단히 다물고 눈에 잔뜩 힘을 준 용중을 바라본다.

무엇이 오십 대 노신사의 의지를 저렇게 지탱하고 있는 것일까? 선배들의 세대에게 민족과 국가는 왜 저토록 중요한 것일까?

홀로서기

<독립이란 홀로 서는 것이다. 우리가 온전히 통일되고 독립할 수 있는 길은 중립이다.>

자기 일은 자기 책임 하에 자기가 알아서 하는 것이다. 대륙세력과 해양세력의 교차점에서 여러 번 열강들에 의해 분할될

뻔 했던 역사가 그걸 말해 준다. 그런 형국에서도 경술국치 전까지는 나라를 잃지 않고 천 년을 버텨온 것만도 대단한 일인데, 지금은 어쩌다가 같은 민족끼리 자충수를 두어 스스로 갈라져 버린 것인가.

군사문제를 다룬 1953년 7월 휴전협정에 이어, 평화문제를 다루는 정치협상이 1954년 4월부터 두 달간 제네바에서 열린다. 한국전 참전국 외에 남북한까지 19개국이나 참석한다. 남한에서는 변영태 외무장관이 참석하는데, 중국군과 유엔군의 철수 문제, 남북한 통일을 위한 총선거 방법을 두고 양보 없는 설전만 계속된다.

용중도 외국군의 철수, 총선거로 통일정부 수립, 통일한국의 중립화 방안을 만들어 제네바 회담에 참석한 각국 대표단들에게 뿌리며 호소해 보지만, 남북한은 물론 냉전의 양 진영 간 팽팽한 대립만 보인 채 평화협상은 결렬되고, 한반도 문제는 유엔으로 넘어가 버린다.

워싱턴의 사무실에서 용중은 홀로 외로울 뿐이다.

'워싱턴의 망명 한인으로서 이제 나는 무엇을 해야 하는가? 분단을 막기는커녕 전쟁까지 벌인 조국에 대해 무엇을 말해야 하는가?'

'남들에 의해 강제로 분단되었지만 동족끼리 서로 미워하거나 전쟁을 하지는 않은 동서독과 달리, 동족끼리 철천지 원수

가 되어 국제사회에서도 서로 삿대질을 하는 이 창피스런 민족에 대해 세계를 향해 무엇을 말해야 하는가?'

'한국인은 왜 자주적이려 하지 않는가, 왜 홀로서기로 독립하려 하지 않고 강대국에 빌붙으려 하는가? 명나라만이 세계의 전부라고 따르던 의존적인 사대주의, 그리고 이제는 그 명나라 자리에 미국을 모시는 것과 무엇이 다른가?'

답답한 용중은 가족들과 사업체를 챙겨볼 겸 오랜만에 고향 같은 LA로 가서 김호 회장을 만난다.

"회장님, 그간 어떻게 소일하고 계시는지요?"

"그간에도 얘기한 것처럼 우리의 2세 3세들이 이곳에서 미국 시민으로 뿌리 내려 살아가는 데 필요한 일들을 하면서 지내지."

"그것이 어떤 일들인데요?"

"우리가 이역만리 샌프란시스코에 온 지도 사십 년이 되어가는데, 그간 우리 한인들이 이곳에 정착한 역사를 기록으로 남기는 일, 한인들이 서로 모일 수 있는 커뮤니티 센터를 만드는 일 같은 것이지."

"정말 장하십니다. 그러지 않아도 조국이 없을 때는 독립이라는 목표 아래 뭉치던 동포들에게 요즘에는 뚜렷한 공동의 목표가 없어진 느낌이니까요. 고국에 관한 일은 이제 신물이 나서 더 이상 생각지 않기로 하셨나요?"

"거대한 강물처럼 역사가 흘러가는데 나 같은 일개 필부가 어떻게 강물을 멈추게 할 수 있겠나? 그래 자네는 워싱턴에서 어떻게 지내나?"

"잘못된 길을 가고 있는 조국을 되돌려 놓으려면 어떻게 해야 할 지를 화두로 놓고 지내는데, 빗방울로 바위를 부수는 일만 같으니 답답할 따름입니다."

"그러게 말이야. 민족의식과 역사의식이 없이 나라의 지도자라는 사람들이 제 욕심만 챙기다가 이리 돼버린 거라고 보네. 백 년 후의 한반도 역사에서 그들이 어떻게 평가될 지 모르겠어."

"회장님은 한반도의 분단과 전쟁, 재 분단의 책임이 어디에 있다고 보시는지요?"

"글쎄, 우리가 서울에 있을 때도 이야기했듯이 나는 남북이 갈라진 것은 이념 때문이 아니라 이승만과 김일성, 그들로 대표되는 좌익과 우익들의 권력싸움이라고 보네. 이념이 밥 먹여

주는가? 이념이란 권력을 잡기 위한 허울 좋은 포장이고, 내심 권력을 잡기 위해 때마침 시작된 미국과 소련 간 냉전의 파도에 올라타 민중을 선동한 것이지. 생각해 보게. 민족이 먼저인가 이념이 먼저인가? 해방 후 우리 백성들은 이념이 다르다고 갈라설 생각은 없었네. 지도자라는 사람들에게 속아 그 수렁으로 빠져든 거지.”

“국제사회의 책임은 어떻다고 보시는지요?”

“물론 한반도 분단을 뿌리부터 생각해 보면 일본에 책임이 있겠지. 일제에 나라를 뺏기지 않았으면 분단 자체가 없었을 테니 말이야. 또한 새롭게 시작된 세계냉전의 양대 강국인 미국과 소련의 책임도 있겠지. 미국이 이승만과 같은 반민족적이고 반민주적인 독재자로 하여금 단독정부를 수립하게 하고, 소련도 김일성과 같은 괴뢰적 인물을 내세워 영토와 인민을 분열시켰으니 말이야. 그러나 자기 운명의 책임을 남에게 떠넘길 게 아니라 근본적인 책임은 자기 자신에게 있다는 성찰의 자세를 가져야 한다고 생각하네.”,

“그렇다면 그 수렁에서 다시 빠져 나와야 할 텐데, 어떤 방법이 있을까요?”

“그것은 한 마디로 자주와 독립, 아름다운 우리말로 하면 홀로서기라고 생각하네. 말로만 자주, 독립이 아니라 그것을 글자 그대로 실천하는 일이지. 남북의 지도층과 백성들의 의식 수준이 관건이 아닐까?"

"회장님, 이제라도 한민족이 다시 통일하여 홀로 서기를 할 수 있는 방법으로 제가 자나 깨나 궁리하고 주장해 온 것은 영세중립인데, 회장님 생각은 어떤지요?"

"아주 좋은 방법이겠지. 다만 중립으로 가기 위해서는 내부적 조건과 외부적 조건이 둘 다 맞아 떨어져야 하지 않겠나? 중립으로 가겠다는 내부의 의지와 능력, 그것을 승인하겠다는 외부 열강들의 합의라고 하겠지. 그런데 외부 강대국들의 입장은 차치하고, 남북이 통일되어도 중립화가 실제 가능할지는 모를 일인데, 남북이 갈라져 있으니 두 배로 더 어려운 일이 아닐까? 아무래도 살아 생전에 조국의 통일을 보는 것은 물 건너간 것 같아 안타깝네."

"회장님, 한반도의 중립통일이 만만치 않다는 현실은 저로서도 잘 압니다만, 그럼에도 불구하고 그 길 밖에 없기에 안간힘을 다 해보고자 합니다. 다만 제가 국제사회를 향해 끈질기게 주장하는데도 정작 당사자인 남북의 정권이 더욱 적대하면서 쇠 귀에 경 읽기 식으로 듣지를 않으니 답답할 따름이지요."

"선배 세대로서 면목이 없네만, 자네들 세대에서는 어떻게든 평화통일이 이루어지길 바랄 따름이네."

워싱턴으로 돌아온 용중은 한반도의 역사, 세계의 역사와 국제정치에 몰두한다. 시내의 조지 워싱턴 대학은 물론 뉴욕의 컬럼비아 대학, LA에 갈 때는 캘리포니아 대학의 국제정치 특별강좌 등에도 틈나는 대로 등록하여 공부한다.

특히 갈라진 한민족이 다시 통일되어 세계 속에서 생존해 나갈 방향의 하나로 중립을 화두로 삼아 집중적으로 연구해 보기도 한다.

중립(neutrality)에는 전시중립(wartime neutrality)이 있고, 영세중립(permanent neutrality)이 있다. 전시 중립은 다른 나라들 간에 어떤 전쟁이 벌어졌을 때 한쪽 편을 들지 않겠다고 하는 것이다. 그에 반해 영세중립은 어떤 국제전쟁에서든 영원히 편을 들지 않고 중립을 지키겠다는 것이다. 어느 경우든 중립은 그것을 원하는 국가의 의지와 주변국의 이해 일치라는 두 가지 조건이 다 맞아야 한다.

임진왜란으로 호되게 당하고도 주자학에 빠진 조선의 선비들은 국제관계의 역학에는 아랑곳없이 명나라에 대한 사대만을 붙들고 있었다. 그들은 새로운 강대국이 된 청과 기존의 사대국가인 명과 등거리 외교, 중립외교를 하려는 광해군의 발목을 잡고 늘어진다. 신흥 강국이 된 청을 무시할 수 없다는 광해군의 현실외교, 부모 같은 명과의 의리를 저버리고 오랑캐인 청을 중시할 수 없다는 보수 선비들의 명분외교가 충돌한다. 그들은 광해군을 쫓아내자 어이없게도 중립은 커녕 청을 치겠다는 북벌정책을 펴기도 했다.

구한말 문호 개방으로 일본과 서구 열강이 일제히 조선에 발을 들여놓으면서 서로의 이해가 부딪치게 되자 자연히 조선 중립론이 대두하였었다. 1880년대 조선은 전통적 종주국인 청나라, 대륙을 침략하려는 일본, 남하하려는 러시아, 이를 막으려고 거문도 사건을 일으킨 영국, 점차 세계에 목소리를 높여가는 미국 등 소위 열강들 속에서 어디로 가야 할지를 모른다.

당시 외교 고문인 묄렌도르프(George von Mollendorf)는 조선 조정에 청, 일, 러 3국이 보장하는 벨기에식 중립화 의견을 개진한다. 동아시아에 늦게 들어와 상대적으로 힘이 약한 자국의 입장을 반영한 것이겠지만, 독일 공사관의 부들러(Hermann Budler) 부영사도 스위스식 중립화 방안을 김윤식 외아문 독판에게 전달하였으나, 김윤식은 더 이상 청과 일이 조선에서 군사적으로 부딪치지는 않을 거라면서 거절하기도 한다.

그러한 상황에서 개화 지식인 유길준이 중립론을 쓴다. 개화기 최초의 해외 유학파 지식인으로 미국에 유학하고 있던 그는 1884년의 갑신정변에 연루되었다는 이유로 소환명령을 받는다. 귀국하는 길에 유럽을 들러 벨기에의 중립에 관해 관심을 갖게 된 유길준은 1885년에 중립론을 쓴다.

> (중략) 오직 중립 한 가지만이 진실로 우리나라를 지키는 방책이다. 그러나 이를 우리가 먼저 제창할 수 없으니 그것은 청에 요청하여 처리하도록 해야 한다. 청이 영국, 프랑스, 일본, 러시아 등 여러 나라와 회동하고 이 자리에 우리나라를 보내어 공동으로 맹약을 체결하기를 구해야 한다. (중략)

청이 주도적으로 나서서 조선의 중립을 보장하는 국제적 합의를 이루어 달라는 것이었으나, 아직 조선의 속방화를 고집한 청이 조선의 안전을 보장할 나라는 자기들뿐이라면서 거절하자, 그의 중립화론은 대외발표도 못하고 사라진다.

1889년에는 관세업무로 조선에서 살았던 영국 왕립아시아협회 회원 던캔(Chessney Duncan)이 <조선과 열강>(Corea and the Powers)이라는 저서에서 조선은 강대국에 의존하는 것이 필요하다는 생각에서 벗어나 엄정한 중립(strict neutrality)을 취해야 한다고 주장한다.

1898년에는 고종이 영세중립 안을 구상하여 매킨리 (Mckinley) 미 대통령에게 친서를 보내고, 일본 측에도 요청하지만 거절당한다. 이후 여러 차례 일본 정부와 미국 러시아 공사들에게 영세중립을 교섭하라고 일본에 사람을 보내지만 모두 물거품이 된다.

1900년에는 러시아 재무장관 비테(Vitte)가 일본측에 조선의 중립안을 제기하지만 거절당하고, 영국과 독일도 자국의 이익을 위해 조선의 중립안을 열강에 제기하지만 무시당한다. 일본의 야욕이 있는 한 어떠한 제안도 마이동풍이 되고, 조선은 점차 일본의 마수에 빠져들게 된다.

러시아와 일본 간 일촉즉발의 전운이 감돌던 1904년 1월 21일, 조선의 고종은 국제사회에 엄정중립을 선포한다. 그러나 힘이 없는 조선의 목소리는 아무도 듣지 않는다. 2월 10일 제물포항에서 일본의 러시아 함선에 대한 기습공격으로 러일전쟁이 개시되고, 이후 40년간 조선은 일제 식민지의 멍에를 벗어나지 못한다.

결국 조선의 중립론은 1880년대부터 구한말 내내 제기되어 왔고, 러시아, 미국, 영국, 독일 등이 관심을 가졌으나, 청과 일본이 조선을 지배하려는 의도를 갖고 있어 불가능했다. 주변 강국들의 일치된 합의가 부족했던 것이다.

용중은 고민하고 연구한다. 조국이 반 토막으로 분단되어 내전까지 벌이고, 세계는 냉전이 치열한 상황에서 통일을 이루려면 어떤 방법이 있는가? 그 길은 영세중립일 것이다.

영세중립은 어떤 방식으로 가능한가?

세계의 역사에서 고대와 중세까지는 영세중립이라는 것 자체가 아예 없었다. 중립은 전쟁이 잦아진 유럽에서 근대에야 생겨난 개념이다. 한반도가 참고할 수 있는 경우들을 보면 벨기에와 스위스가 있을 것이다.

벨기에는 우리의 경상도만한 작은 땅이지만 교통의 요지로 상업이 발달하고 부유하여 여러 나라들이 노리던 곳으로, 역사적으로 스페인, 합스부르크 오스트리아, 프랑스 등 여러 나라들의 지배를 받아 왔다. 유럽에서 나폴레옹 전쟁이 끝나자 1815년에 네델란드에 합병되어 연방이 되었으나, 둘 사이는 인종도 언어도 종교도 달라 너무 이질적이었다.

1830년 벨기에가 독립을 요구하면서 폭동을 일으키자, 유럽의 3대 강국인 영국, 프랑스, 독일은 벨기에를 스위스와 같은 완충지역으로서 영세중립국으로 하여 독립시킨다는 런던조약을 체결한다. 자발적 요청이 없는데도 주변국들이 상황상 영세중립을 만들어준 경우다. 벨기에의 영세중립은 1870년의 프러시아-프랑스 전쟁에서는 지켜진다. 그러나 1914년 1차대전으로 독일의 침략을 받아 유럽 최대의 학살지로 변하자 연합국의 일원으로 참전하면서 영세중립을 포기하게 된다. 이후 벨기에는 2차대전에서 또 다시 독일의 침략을 받고, 전후에는 북대서양 조약기구(NATO)에 가입한다.

  스위스는 국내적으로 많은 칸톤(canton)들 간의 전쟁, 국제적으로는 유럽의 한복판에 박혀 있어 주변국들이 전쟁을 벌일 때마다 휩쓸려 들어간다. 중세 유럽에서 가장 가난한 나라여서, 먹고 살기 위해서는 건장한 남자들이 전쟁이 날 때마다 다른 나라에 용병으로 나가는 것으로 유명해진 나라인데, 아버지와 아들이 각기 다른 군대의 용병이 되어 서로 창을 겨루기도 한 고난의 민족이다.

  1515년에 프랑스와의 마리그나노(Marignano) 전투에서 대패한 후부터 스위스 사람들은 지긋지긋한 전쟁에 더 이상 끼어들지 않고 중립을 지키기로 한다. 그 후로는 주변국가들도 유럽에 전쟁이 일어날 때 스위스를 참여시키려고 하지는 않는다. 사실상(de facto)의 중립국가로 인정해 준다.

  1813년 나폴레옹 전쟁 중에는 어쩌다 나폴레옹 측에 참전하였지만, 연합국들이 위협하자 스위스는 또 다시 영세중립을 선언한다. 전쟁 후 1815년 빈 회의에서 열강은 스위스의 영세중립을 인정하고, 같은 해 파리조약에서 프랑스, 영국, 오스트리아, 프러시아, 러시아, 포르투갈, 스페인, 스웨덴 8개국이 서명한다. 국제적으로 승인된 세계 최초의 영세중립국이 된 것이다. 이후 스위스는 어떠한 안보동맹이나 경제동맹에도 참여하지 않고, 심지어는 2차대전 후에 설립된 유엔마저도 중립에 위배된다고 가입하지 않는다.

워싱턴에 사는 한국의 망명 지식인으로서 용중은 괴로울 뿐이다. 한반도를 2차대전 후 최대 규모의 전쟁터로 만든 동족이 부끄러울 뿐이다. 수백 만 명의 사상자, 전쟁 고아, 미망인, 이산가족, 폐허가 된 국토만을 남기고, 남북은 전쟁 이전보다 더욱 철천지 원수가 되었다.

38선이 휴전선으로 바뀐 것만 다를 뿐, 남과 북의 분단은 해결될 기미를 보이지 못하고 갈수록 고착되어 간다. 전쟁 후 기아 선상에 선 백성들은 살아남기 위해 안간 힘을 다하는데, 전쟁을 일으킨 최고 권력자들인 이승만과 김일성은 다시 자기 권력을 세우기 위한 온갖 정치적 술수를 벌인다.

결국 한반도의 정치판이란 통일이 우선이냐, 정권유지가 우선이냐의 싸움인 셈이다. 고래 싸움에 새우 등 터진다고, 집권세력들의 싸움과 독재에 백성들은 입도 벙끗 못하고 분단의 세월을 살아간다.

오스트리아

'앗! 오스트리아가?'

1955년 5월, 국제뉴스를 들은 용중은 소스라치게 놀란다. 유럽의 조그만 나라인 오스트리아가 영세중립국이 되었다는 것이다.

'아니, 정작 그 길로 가야 할 나라는 우리 남북한이라고 그토록 주장하고 기도해 왔는데, 몇 년 전에는 코스타리카가 군대를 폐지하고 중립국이 되었다더니, 이번에는 우리가 아닌 오스트리아가 영세중립국이 되었다고?'

용중은 망치로 뒤통수를 얻어맞은 듯 얼이 빠진 느낌이다.

'아아~! 내가 그렇게 애가 타게 외쳐대는 데도 남북한의 지도층이든 주변 강대국들이든 들은 척 만 척 하더니. 오스트리아가 그걸 이뤄내는 동안 우리 한민족은 무얼 하고 있었단 말인가?'

용중은 워싱턴의 사무실에서 홀로 분에 차서 벽을 쾅쾅 치며 화를 내다가 이내 의자에 털썩 주저앉는다.

'냉정한 이성이라고는 한 푼도 없이 감정만 내세우며 상대를 때려 눕히겠다고 소리만 질러대는 남북한의 지도자들을 어이해야 한단 말인가?'

해방 이후 십 년 동안을 중립으로 가야 한다고 그렇게 외쳐대는 데도 무슨 말인지 들어나 보고 한 번쯤 생각이나 해 보려 하기는커녕 자신을 친북 용공분자요 역적이라고 몰아 붙여 온 이승만 정부가 한스럽기 그지없다.

'이 길이 정녕 우리에게는 불가능한 길이란 말인가? 육십을 바라보는 나이에 가족과 떨어져 워싱턴의 사무실에 홀로 앉아 이 무슨 꼴이란 말인가? 나도 이제는 그만 포기하고 그저 미국 시민으로서 노후를 편하게 지내는 게 나을 것인가?'

머나 먼 미국 땅에서 온갖 노동을 하면서도 학업을 계속하며 살아온 지 어언 사십 년, 이제 머리가 허연 노인이 되어가는 용중은 그저 목놓아 울고 싶어진다. 말 상대할 사람도 없이 홀로 몸부림을 치고 나니, 이내 무어라 형언할 수 없는 외로움이 엄습해 온다.

한참 만에 숨을 가라앉히고 로광욱에게 전화를 건다.

"로 군, 급히 좀 올 수 있겠나?"

아들이 없는 용중이 수양아들처럼 아끼게 된 젊은 치과 의사인 광욱이 부리나케 용중의 워싱턴 사무실로 달려온다.

"이봐 로 군, 소식 들었나?"

"소식이라니요? 어떤 소식 말인지요?"

"어허 이 사람, 조국을 걱정한다는 사람이 이런 중대한 뉴스도 모르고 지내서야 되겠나?"

광욱은 온화한 용중이 이렇게 안절부절하며 소리 높이는 것을 본 적이 없다.

"선생님, 고국에서 무슨 중대한 소식이라도 있는 건지요?"

"유럽에 있는 오스트리아라는 나라가 영세중립국이 되었다는 것 아닌가?"

광욱은 존경하는 선생님이 남의 나라 일에 그토록 흥분하는 것이 좀 과도하다는 생각도 들었으나, 선생이 그만큼 몰두하는 이슈라는 데 생각이 미치자 그 심정을 이해할 듯도 싶었다.

"아, 그런 국제뉴스가 있었군요. 그 나라로서는 참 잘된 일이군요."

"이봐, 남의 일처럼 그렇게 무덤덤하게 생각할 게 아니라, 우리가 가슴을 치고 통탄할 일이란 말이야. 이것이야말로 정확하게 남북한이 가야 할 길인 것이야. 똑같이 수렁에 빠져 있는 상황에서 어떤 민족은 저렇게 지푸라기를 잡고 빠져 나오는데, 우리는 같은 민족끼리 서로 맞잡고 싸우고 있으니, 참 못난 민족이지 쯧쯧."

용중은 나무 책상을 주먹으로 쿵쿵 두드리며 일어서더니, 고개를 떨어뜨리고 작은 방 안을 빙빙 돌며 거푸 숨을 몰아쉰다.

"그 나라를 잘 몰라서 그런지……언뜻 잘 와 닿질 않네요."

"어허 이 사람, 오스트리아를 모르다니 말이 되나? 우리가 조선이던 중세에 합스부르크 왕가의 본거지로 전 유럽을 호령하던 신성로마제국의 중심이었지 않나? 근대로 접어들면서 오스트리아-헝가리 제국으로 줄어들더니, 사라예보 사건으로 독일과 함께 1차 세계대전을 일으켜 패한 뒤에는 우리 남한보다 작아져 버렸지만 말이야. 한때 유럽 최고의 도시이던 비엔나를 수도로 둔 나라이고, 프로이드와 히틀러의 고향이기도 하고, 이승만 박사의 부인인 프란체스카도 그 나라 사람 아닌가? 그 거대했던 오스트리아가 줄어든 것을 보면, 우리가 통일 신라 이래 고구려 땅을 잃고 반도로 줄어들더니 이제는 남북한으로 갈라져 더 작아져 버린 걸 생각나게 하네."

"유럽이라는 곳은 말로만 들었지 실감이 안 납니다만, 그런 나라가 중립을 택할 수밖에 없는 사정이었던 모양이군요."

"아이 참! 국제정치를 알아야 나라가 가야 할 방향을 잡지. 이리 와서 이 지도를 한 번 보게."

두 사람은 책상의 뒷벽에 네 구석을 테이프로 붙여 놓은 낡은 세계지도로 다가간다.

"유럽의 나라들이 들어선 모양새를 한번 보게. 지정학적으로 보면 우리 한반도는 옆에 거대한중국과 섬나라인 일본만 있지만, 유럽은 좁은 땅에 수십 개의 나라들이 우글우글 붙어 있지 않나? 그리고 우리에게는 임진왜란, 병자호란, 청일전쟁, 러일전쟁 등 큰 전쟁들을 제외하고는 평화의 시기가 많았던 데 비해 유럽의 역사는 전쟁의 역사라 할 만큼 헤아릴 수도 없는 전쟁이 벌어졌지. 그럴 때마다 중간에 낀 작은 나라들은 고래 싸움에 새우 등 터지듯 하다 보니, 어느 편이든 전쟁에 끼어들지 않겠으니 가만 내버려둬 달라는 중립의 발상이 오래 전부터 생기지 않았겠나? 그리하여 오래 전부터 스위스가 영세중립을 인정받았고, 이번에는 오스트리아가 그걸 이루어낸 것이야."

"그게 그토록 대단한 일인가요?"

"이보게, 2차대전 후 똑같이 열강의 분할통치를 받으면서, 우리가 남북으로 갈라서고 전쟁을 벌이는 사이에 저들은 민족이 갈라지지 않고 통일을 이루어 냈으니 대단한 일이 아니고 뭔가?"

"그 많은 유럽 나라들을 잘 모르니 실감이 나지 않습니다만, 그 중에서도 왜 오스트리아인가요?"

"중립이라는 것도 아무나 하는 게 아니고 자타가 인정할 수 있어야 하지 않겠나? 대개는 지정학적으로 강대국에 포위된 국가, 그래서 주변 강대국의 침략과 헤게모니 경쟁의 대상이 되는 국가, 그러나 잘만 하면 강국들 간의 교량적 역할을 할 수도 있는 국가라야 하지. 누가 보아도 거기에 딱 들어맞는 나라가 오스트리아, 그리고 우리 한반도가 아니겠나?"

"그런데 그 나라는 영세중립을 할 수 있는 여건을 잘 만들어 낸 모양이지요?"

"그렇지. 영세중립이라는 게 어디 손쉽게 뚝딱 되겠나? 국내적 요소와 국제적 요소가 다 맞아떨어져야지. 말하자면 중립을 하겠다는 자국민의 확고한 의지가 있어야 하고, 그것을 인정하고 지키겠다는 주변 강국들의 합의도 있어야 한단 말이야. 그런데 똑같은 상황에서 그 나라는 온 국민이 합심하여 중립을 이루어 내는데, 우리는 스스로 남북으로 갈라져 내전까지 벌였으니 열통이 터지지 않을 수 있겠나?"

벌개진 얼굴로 책상을 쾅쾅 두드리며 마구 화를 내던 용중은 물을 한 컵 마시고 숨을 가다듬은 뒤 역사 선생이 된 양 차분하게 오스트리아가 영세중립을 이루어낸 과정을 설명한다.

중세 이래 수백 년간 합스부르크 왕가와 신성로마제국의 본거지로 유럽을 쥐락펴락하던 오스트리아는 독일과 함께 저지른 1차대전에서 패하게 되어, 이제 제국이 아닌 알프스의 소국으로 전락해 버린다. 남한보다도 더 작아진 땅이다.

1930년대에 파시즘이 등장하자 오스트리아는 히틀러의 요구로 독일 제3제국의 일원이 되더니 급기야는 1938년에 독일에 병합해 버린다. 한일병합과 비슷한 상황이지만, 조선이 불법적으로 병합된 데 비해 오스트리아는 스스로의 합의로 병합한 것이다.

2차대전이 끝나자 한반도는 미, 소가 점령하는데 반해, 패전국인 독일과 분리된 오스트리아는 1945년 4월 패전과 동시에 미국, 영국, 프랑스, 소련의 4개국이 분할 점령한다. 같은 달에 즉각 임시정부가 수립되고, 소련이 추천한 온건 사회주의자 칼 레너(Karl Renner)가 대통령이 된다.

그런데 사회주의 국가를 건설할 줄 알았던 레너 대통령이 소련의 기대와는 달리 여러 정당들의 세력을 고루 안배하여 연립정권을 세우고 좌우에 치우치지 않는 독자 노선을 추구한다. 정치 지도자들과 국민들은 어떻게 하면 4개국 군대를 명예롭게 철수시키고 자주독립을 이룰 것인지 고민하게 된다.

임시정부는 자주독립을 이루기 위해서는 강대국들 사이에서 스위스와 같이 중립을 유지하는 것이 중요하다고 판단하고, 영세중립으로 국민들의 의사를 결집한다. 그리고는 1953년까지 8년 동안이나 점령국들이 자국의 문제를 논의하는 회의에 참석하지도 못하였지만, <우리는 자유롭고 독립된 나라이기를 바란다. 우리는 모든 대립을 멈추고 어느 한 쪽으로 쏠리지 않겠다>는 엄정한 중립 의지를 끈질기게 보여준다.

미국은 서유럽과 동유럽의 경계에 양 다리를 걸치고 있는 오스트리아가 중립하겠다는 데 동의하지만, 소련의 스탈린은 오스트리아를 사회주의 국가로 만들려는 욕심을 끝까지 버리지 않는다. 1953년 3월 스탈린이 사망하자 드디어 상황이 변한다. 후르시초프가 외교 노선을 미국과의 평화공존 방향으로 바꾸면서 마침내 소련도 오스트리아의 영세중립을 허용한 것이다.

1955년 4월 오스트리아와 소련의 외상 간에 영세중립에 관한 모스크바 합의각서(Moscow Memorandum)를 체결한다. 이에 따라 5월에는 4개 점령국인 미국, 영국, 프랑스, 러시아 간에 오스트리아 국가 조약(Austria State Treaty)을 체결하여, 신탁통치를 끝내고 오스트리아를 완전 독립시키게 되는 것이다. 조약에서는 <오스트리아는 점령의 해제와 동시에 주

권과 독립을 회복한다, 독일과 합병하지 않는다, 군국주의의 부활을 금지하고 영세중립을 유지한다>고 명시한다.

한편 오스트리아 국회는 1955년 10월 헌법에서 <스스로의 의지에 따라 영세중립을 지키고, 어떠한 군사동맹에도 가입하지 않으며, 영토 내에 외국기지 설치를 허용하지 않는다>고 선언하고, 영세중립을 실천하기 위한 법률도 제정한다. 세계 각국에도 통지하여 많은 나라들이 이를 승인한다. 이렇게 하여 오스트리아는 신탁통치 10년 만에 독립을 회복하고 영세중립을 달성하게 된 것이다.

지도 속 유럽의 수많은 나라들을 뚫어지게 바라보던 광욱이 머리를 든다.

"선생님, 말씀을 듣고 보니 새삼 오스트리아라는 나라가 참 대단하다는 생각이 드는군요."

"아무렴. 우리가 가야 할 길을 남이 가고 있는 모습을 이렇게 눈앞에 지켜 봐야 하니, 우리 민족에 대해 분통이 터지고 한숨이 나오지 않겠나?"

오스트리아의 경우를 차근차근 설명하던 용중이 다시 우리 얘기로 돌아오자 얼굴을 붉히며 가쁘게 숨을 몰아쉰다.

"선생님, 물 한 잔 드시고 말씀하시지요."

"이보게, 형제와 같은 국민들끼리 서로 갈라져 내전을 벌이고, 그 후에도 서로 철천지 원수라면서 으르렁대는 남북한에 대해 외국인들이 어떻게 생각할 지 한 번쯤 생각해 보았나? 자칭 유구한 역사와 전통에 빛나는 민족이라면서, 국제사회에서 창피스럽기 그지없는 일 아닌가?"

"결국 똑같이 승전국들의 점령통치를 받던 상황에서 오스트리아는 우리와는 다른 길을 간 것이군요. 우리 같으면 오스트리아도 동서로 분단이 되었을 텐데, 그 나라에는 좌우의 이념 대립 같은 게 없었나 보지요?"

"왜 없었겠나. 강대국들이 내심 그 나라가 사회주의의 편이 되기를, 또는 자본주의의 편이 되기를 바랐지. 그러나 오스트리아의 정파들은 타협을 통해 민족을 분단시키지 않고 결국은 영세중립으로 완전 독립을 한 것이야. 우리는 실패한 좌우합작을 그들은 성공시킨 셈 아닌가?"

"좌우합작이라고요?"

"그렇지. 찬찬히 들여다보게. 그 나라 임시정부의 대통령이 된 레너는 우리의 여운형 선생과 똑같은 사회민주주의자 아닌가? 사회당인 레너가 극좌인 공산당과 극우인 국민당 등과 연립으로 임시정부를 세운 뒤 서서히 신탁통치를 마치고 중립

3장 홀로서기

으로 독립한 거지. 우리로 치면 좌우합작이 이루어져 여운형 선생이 임시대통령이 되어 극좌인 박헌영 김일성, 극우인 이승만 김구 김규식 선생 등과 연립정부를 이룬 모양이 아닌가?"

"결국 오스트리아는 통합, 우리는 분열의 차이군요. 그 이유는 어디에 있는 것일까요?"

"원망스럽기 그지 없네만 한 마디로 통일세력이 분단세력에게 패배한 셈이지. 반쪽이라도 권력을 쥐겠다는 지도자들에게 속아 백성들이 이념적으로 분열된 것이야."

"듣고 보니 더욱 한숨이 나오는군요. 그런데 오스트리아와는 달리 한반도에서는 점령국인 미국과 소련도 내심으로는 분단국가가 세워지기를 바랬던 것은 아닐까요?"

"그건 전혀 아니네. 미국이든 소련이든 독립될 조선이 자기 편이 되기를 바랐겠지만, 미리부터 조선이 두 개의 나라로 갈라지기를 바라거나 기획한 건 아니라고 보네. 모스크바 합의에도 조선을 최장 5년간의 신탁통치를 거쳐 독립시킨다는 게 아니었나? 합의대로 갔더라면 오스트리아처럼 신탁통치를 거쳐 온전한 국가로 독립되고, 6.25 전쟁도 터지지 않았겠지."

"결국 신탁통치를 받아들였으면 분단되지 않았을 것이라는 얘기군요."

"미쏘가 원래 의도했던 대로 총선거를 통해 임시정부가 세워지고 신탁통치를 받아 들였다면 분단으로 가지는 않았을 게 아닌가?"

"선생님, 그러면 혹시 냉전의 두 거두인 미국과 소련 만이 아니라 오스트리아처럼 네 나라가 들어왔다면 상황이 달라졌을까요?"

"신탁통치가 시행되었다면 모스크바 외상회의에서 합의했던 대로 영국과 중국이 추가로 들어와 오스트리아의 경우처럼 네 나라가 지역을 나누어 통치했을지도 모르지. 1945년 7월에 미 국방부는 한반도를 4개 지역으로 나누어 대략 소련이 함경도, 영국이 평안과 황해도, 미국이 경기, 강원, 경상도, 중국이 충청과 전라도를 분할 점령하는 방안도 검토한 바 있다지 않은가. 그렇게 되었다면 미국과 소련의 두 편으로 나라가 분단되지는 않고 오스트리아처럼 신탁을 거쳐 독립했을 수도 있었지 않았을까 싶네."

"돌이킬 수 없는 일이지만, 왜들 그리 무조건 신탁통치에 반대하며 난리를 피운 것인지 온 백성이 귀신에 씌웠었나 봐요."

"나는 그것을 이승만과 김일성 등 지도자들의 세속적인 권력욕 때문이라고 보네. 분단되어도 좋으니 반쪽이라도 권력을 잡은 뒤에 다시 상대를 무너뜨리겠다는 욕심으로 각기 국민을 찬탁과 반탁으로 선동한 것 아니겠나? 분단은 절대 안 된다면서 좌우합작을 해보려고 끝까지 노력한 여운형 김규식 선생, 38선에 팔을 베고 누울지언정 분단은 절대 안 되다던 김구 선생 등을 생각해 보게. 한 마디로 민족지도자들이 현실정치인들에게 패배한 셈이지."

"그렇다면 그런 사람들을 지지하고 뽑은 국민들의 집단지성의 문제 아닌가요?"

"집단적으로는 그렇다고 봐야겠지. 해방 후 단죄가 무서워 전전긍긍하던 친일파들을 미군정이 행정력을 유지한답시고 그대로 다시 기용하게 되자, 관료와 경찰, 지주 등 친일세력이 모두 우익 반공주의자로 돌변하여, 남북 대립을 선동하면서 나라를 분단으로 몰고 간 것이고, 무지몽매한 백성들은 나라가 어디로 가는지도 모르고 휩쓸려 간 게지. 그러니까 프랑스의 토크빌이라는 사람이 '모든 민족은 자기들의 수준에 맞는 정부를 가진다'고 말하지 않았던가?"

"결국 우리와 오스트리아와의 차이는 국내적인 분열이라

하겠군요."

"당연하지. 내가 1946년에 스멀스멀 단독정부 주장이 나올 때부터, 같은 민족이 좌우로 분열되는 것은 분단으로 가는 길이며, 분단이 되면 전쟁이 일어날 것은 불 보듯 뻔한 일이라고 그토록 호소하는데도 씨알이 안 먹혀들더군."

"생각해 보면 사람에게나 국가에게나 순간의 행동이 돌이킬 수 없는 치명적인 결과를 가져 온다는 무서운 생각이 드는군요."

"그러니 일반 백성은 물론 지도자들은 특히 역사 앞에 엄숙해야 한다고 봐. 생각해 보게. 남북이 갈라지고 나서 전쟁이 터지기까지 2년도 안 되는 기간에 38선 주변에서 일어난 크고 작은 충돌이 무려 760회라 하니 전쟁이 안 일어나겠나? 더구나 김일성은 전 조선반도를 적화하겠다 하고, 이승만은 점심을 평양에서 저녁은 신의주에서 먹자고 힘도 없으면서 북진통일을 선동해 댔으니, 전쟁이 안 나겠느냐고."

"말씀을 들어보니 분단은 곧 전쟁으로 이어지는 길인데, 목구멍에 풀칠하기 바쁜 민초들이 그런 것까지 내다 볼 수는 없었겠지요."

"이제 와서 엎질러진 물을 주워 담을 수는 없고, 남을 탓하기보다는 자기반성을 하는 성찰이 필요하다고 보네. 문제는 앞으로야."

"예? 앞으로가 문제라고요?"

"그렇네. 전쟁이라는 것은 한 바탕의 싸움 만으로 끝나는 게 아니라는 거지. 전쟁의 상처란 누구에게나 죽을 때까지 잊을 수 없는 트라우마가 되어 수십 년이 가도 치유되기가 쉽지 않을 거야. 온 백성들 간에 서로 죽임을 당한 원한이 사무쳐 있으니, 6.25 전쟁이라는 동족상잔은 앞으로 수십 년이 가도록 우리 민족의 정치 경제 사회 문화 모든 곳에 구석구석 영향을 미치지 않겠는가? 두고 보게."

"말씀을 들을수록 심각하다는 생각이 들어 우울해지는군요. 그럼 이 상황에서 우리는 어찌해야 하는 걸까요?"

"분단과 전쟁을 치유하는 길은 이제라도 남북이 화해하고 통일하는 길이라고 믿네. 그 통일을 이룰 수 있는 방법은 오스트리아와 같은 중립화 통일의 길이고."

"선생님, 한반도가 분단되지 않았다 하더라도 강국들의 동의를 받아 중립화한다는 것이 보통 일이 아닐 텐데, 두 개의 나라로 대립하고 있으니 두 배나 더 어려운 일이 아닐까요?”

“의지만 있다면 이제라도 불가능한 것은 아니라고 보네. 그 간 누차 이야기한 것처럼 중립화의 양대 기본조건인 국내의 일치된 목소리, 국제사회의 동의가 있다면 가능한 것이니 말이 야.”

“그런데 우리는 그 두 가지 여건이 조금도 갖추어지지 않은 상태 아닌가요? 국내적으로는 이승만과 김일성 정권이 서로 북진통일과 적화통일을 외쳐대고, 국제적으로도 한반도가 자 본주의와 공산주의 간 첨예한 냉전의 시험장이 되어 있지 않습 니까?”

“맞는 말이야. 그러나 오스트리아처럼 전 민족이 강하게 희 망하면 한반도의 완충적인 성격으로 볼 때 주변국들도 동의할 수 있다고 보네.”

“그런데 오스트리아도 스탈린은 끝까지 중립화에 동의하지 않아 스탈린이 죽고서야 가능했다니, 강국들의 동의를 얻어내 는 것이 매우 어려운 게 아닐까요?”

“한반도를 중립지대로 두는 것이 모두에게 이익이 되지 않 느냐고 국제사회에 끈질기게 주장하고 설득해야겠지. 사실은 6.25 전쟁의 휴전협상이 진행 중이던 때 미 국무부와 백악관도 한반도의 중립화를 검토한 적이 있단 말이야. 아이젠하워 대통령, 닉슨 부통령, 덜레스 국무장관 등이 유엔총회 승인을 통해 한반도를 중립화하자는 방안을 검토한 적이 있는데, 합참 등 미 군부와 이승만 정부가 반대하는 바람에 무산되어 버렸지. 내가 그 소식을 듣고는 절호의 기회가 날아가 버린 데 대해 얼마나 아쉽고 애통해 한 줄 아나?"

"아! 그런 일도 있었군요. 주변국도 주변국이지만 그에 앞서 오스트리아 경우처럼 자국민들의 의지가 필요할 텐데, 우리는 남북의 이승만과 김일성 정권이 극과 극을 달리면서 으르렁대고 있으니 국제사회에 호소를 하는 것이 먹혀들까요?

"그렇기 때문에 나로서도 국제와 국내 두 방향으로 중립통일을 호소해온 게 아닌가? 국제사회를 향해서는 <Voice of Korea>를 통해, 국내를 향해서는 이승만과 김일성에게 서한을 보내면서 말이야. 다음에 나올 영문판에 낼 원고도 마무리하는 중인데 한번 읽어보게."

용중은 1955년 5월 28일자에 실을 원고 Does Austria Point the Way for Korea?(오스트리아는 한국이 가야 할 길을 가리키는가?)를 서랍에서 꺼내 광욱에게 보여준다.

"그런데 김일성은 내심은 모르지만 선생님의 통일방안에 겉으로라도 관심을 보이고 있는데, 이승만은 선생님을 아예 민족반역 공산주의자로 몰아 부치고 있지 않나요?”

“자네도 알다시피 나도 공산주의는 싫어하는 사람 아닌가?
그러나 적이건 공산주의자건 대화는 해야 하는 거지. 그런데
이승만은 이곳 미국에서 내가 자기의 독재적인 통치방식까지
비판하고 있으니 내 말은 무조건 듣기 싫은 것이고, 반면에
김일성은 남북평화협정, 상호 군대 축소, 남북교류를 계속 공
세적으로 들고 나오지 않는가? 물론 김일성은 현재로서는 자
기 정권이 더 탄탄하다는 자신감에서 그러겠지만, 이승만은
힘도 없으면서 북진통일을 하자고 허세를 부리며 국민을 속이
고 있는 것이야.”

몇 시간 째 이어진 강의를 다 들었다는 듯 광욱이 허리를
펴며 일어선다.

“후우~ 누가 선생님의 이 심정을 알아주어야 할 텐데 정말
답답한 노릇이군요. 이승만은 자기의 처가인 오스트리아가 영
세중립으로 통일했다는 데도 그걸 알고나 있는지 모르겠군
요.”

“그러게 말이야. 권력이란 게 뭔지……”

“아무튼 선생님, 한국 정부가 선생님의 말에 귀를 기울이기

는커녕 눈에 박힌 가시 취급을 하니 아무쪼록 몸조심을 하시는 게 좋겠습니다."

"…… 몸조심을 하다니, 그게 무슨 말인가?"

"선생님이 국내에 있었다면 이미 용공분자로 몰려 감옥에 계실 텐데, 아무리 미국이 안전하다 하더라도 좀 신경을 쓰셔야지요. 이승만이 임명하는 주미대사들의 임무 중 하나가 선생님을 감시하는 것이라지 않습니까?"

"…… 걱정해 줘서 고맙긴 하네만, 나는 내 갈 길을 갈 것이네. 한민족이 통일되어 외세의 간섭 없이 평화롭게 살 수 있는 길은 중립화 밖에 없다고 믿으니까. 이대로 가면 앞으로 수십 년이 가도 남북한에는 안보를 볼모로 잡고 분단정권을 유지하는 적대적 공존이 계속될 텐데 포기할 수는 없는 일 아닌가?"

광욱은 한인사회 최고의 엘리트라는 노신사를 망연히 바라본다. 성공한 사업가로서 여생을 편안하게 지낼 수도 있을 텐데, 통일되지 못한 조국을 저토록 안타까와하는 애국심은 과연 어디서 나온 것일까? 나라 없는 슬픔을 겪어보지 못한 사람들도 저런 심정을 가질 수 있을까? 광욱은 그저 경탄스러울 뿐이다.

"선생님, 머리도 식힐 겸 시내로 산책이나 나가시지요."

어둠이 깔리는 오후, 용중과 광욱은 워싱턴 몰 광장으로
나간다. 광장의 양쪽 끝으로 세계의 질서를 주무른다는 백악
관과 의사당이 보인다.

이민생활 사십 년, 이역 땅에서 용중은 지천명의 나이에도
돌아가지 못하는 조국을 그리워한다. 이제 갓 미국 땅에 온
광욱은 노인이 되어 가는 양아버지의 외로운 뒷모습을 보며
따라 걷는다.

이쪽 저쪽

"선생님, 이승만이 학생들의 의거에 무릎을 꿇고 물러났답
니다."

1960년 4.19 학생의거의 소식에 워싱턴 용중의 사무실로
달려온 로광욱은 아직도 숨을 몰아쉬며 흥분해 있다.

"나도 막 뉴스를 듣는 중이네."

조국에서는 숨 죽이고 있던 진보적 지식인과 학생들의 평화
통일론이 우후죽순처럼 솟아난다.

용중은 민족이 가야 할 길에 대해 입이 있어도 말을 못하던 엄혹한 시절을 돌이켜 본다. 이승만 정권 12년 동안 북진통일이 아닌 말은 아예 꺼낼 수도 없었다. 이쪽이냐 저쪽이냐의 흑백논리 외에 중간이라는 입장도 있을 수가 없었다.

미국에서 유학 중 독립운동을 하고, 해방 후 귀국하여 서울대학에 정치학과를 설치하기도 한 최봉윤 선생은 영세중립통일론을 말하다가 서울대 교수직을 박탈당하고 미국으로 추방되었다.

조국에서는 평화통일을 주장해 온 정치인인 조봉암이 형장의 이슬로 사라졌다. 이승만 정권은 평화통일을 내세우는 조봉암이 야당의 대통령 후보가 되자, 그가 무역업자로부터 북한의 돈을 받았다고 간첩죄를 만들어 사형시켜 버린 것이다. 소위 1958년의 진보당 사건인데, 많은 국민들의 지지를 받던 진보주의 정치가는 '민주발전의 희생물로서는 내가 마지막이 되기를 바란다'는 말과 함께 목숨을 잃었다.

그 엄혹한 매카시즘의 겨울이 가고 봄이 온 것인가? 용중은 1960년 11월호 <Voice of Korea>에 '통일을 위해 다시 탄원함(a further plea for reunification)'이라는 논설을 싣는다. 그 글에서 용중은 공산주의자들과는 절대로 협상할 수 없다는 협상반대론, 미국의 지원을 받아 무력을 강화하자는 무력 증강론, 통일보다는 미국의 원조로 경제를 일으키자는 경제우선

론을 비판한다. 북한의 과도적 연방제 방안에 대해서도 그것은 통일론이 아니라 일국양제라면서 비판한다.

최근 북한이 내놓은 연방국가 수립안은 이기적이고, 아니라면 서투른 것이다. 우리 코리안은 한 민족이며 한 국가에 속해 있다. 우리는 필요하다면 공정을 보장하는 비동맹 국가들로 구성되는 위원회의 감시 아래, 인구 비례의 자유 총선거를 통해 한 정부 아래 통일해야 한다.

"선생님 축하드립니다. 요즘 한국에서 선생님의 중립화통일 방안이 도하 언론에 자주 등장하고 있다 하는군요. 선생님의 친구인 맨스필드(Michael Mansfield) 미 상원의원의 보고서도 상세히 보도되고 있고요."

"들어서 알고 있네."

"참 격세지감입니다. 이승만 정권에서는 언론의 봉쇄로 조국에서는 선생님의 이름 석 자를 들은 사람이 아무도 없었는데 말입니다."

맨스필드는 미국의 대한정책에 관한 논문으로 박사학위를 받을 정도로 한반도에 관심이 많은 정치인으로, 늘 용중으로부터 중립화통일 방안에 관해 설명을 들어 온 민주당의 지도

자다. 그는 1960년 상원외교위원장에게 오스트리아 식 중립
화로 한국을 통일시킬 것을 주장한다. 소위 '극동정책에 관한
맨스필드 보고서'다. 그 후에도 계속 미국의 해외 개입을 줄여
야 한다면서, 미군을 철수시키고 미국, 중국, 소련이 보장하는
중립화로 한국을 통일시켜야 한다고 주장한다.

　1961년 1월 용중은 남북의 지도자인 장면 총리와 김일성에
게 공개서한을 보내 '남북이 지정학적 현실을 인식하고 외세
간섭을 배제하려는 노력, 화해와 협상을 통해서 중립화를 추
구해야 한다'고 주장한다.

　그러나 기대했던 민주당 장면 정부마저도 용중의 말에 귀를
기울이지 않는다. 겨울이 가고 봄이 왔는가 기대했으나, 역사
는 또 다시 캄캄한 터널로 들어가고 만 것이다.

　"선생님, 한국에서 이번에는 박정희 라는 장군이 군사 쿠데
타를 일으켰답니다."

　1961년 5월, 로광욱이 용중의 워싱턴 사무실 문을 박차고
헐떡이며 들어온다. 그간 미국 생활이 안정되어 가자 치과의사
와 남북한 관계 중 무엇이 본업인지 모를 정도로 열혈 통일운
동가가 된 광욱이다.

　"나도 뉴스를 들었네. 소위 민주공화국이라면서 이제는 총

칼을 든 군인들이 설치니 이 미국 사회에서 한국인이라고 낯을 들고 다닐 수 있겠는가? 코리아를 눈만 뜨면 쿠데타가 일어나는 미개한 국가들과 다를 바 없이 볼 것이니 창피해 죽을 노릇이네."

"선생님, 그것보다도 군사혁명 정부가 공약을 발표했는데, 반공을 국시로 삼아 통일운동 세력의 씨를 말린다 하는군요. 한 손에 망치를 들고 다른 손에는 총칼을 들어야 한다면서 통일의 통 자만 내뱉어도 잡아가는 세상이 되어, 지난 1년 간 민주당 정부에서 들불처럼 일어난 통일운동 세력들은 이제 쥐 죽은 듯 숨을 죽이고 있다 합니다."

"아~. 이승만이 가고 봄이 오는가 했더니 엄동설한이 계속되는 꼴이 돼 버린 것 같아 걱정이네."

"그러게 말입니다. 듣자 하니 박정희는 이승만의 '북진통일'보다 한 술 더 떠 아예 '멸공통일'이라는 정책을 펴고 있다는데, 자신의 과거 좌익 경력에 대한 미국의 의심을 해소하기 위해 더 세게 나온다는 소문이라는군요."

"그러한 배경을 냉정하게 관찰해 보면 전체적인 국력이 북한보다 뒤지니까 수세적으로 잔뜩 움츠리는 것이지. 반대로 북한은 자기들의 힘이 더 우세하다고 보고 통일을 외쳐대는 거고."

"그러니 저희의 통일운동도 더 험난해지지 않겠습니까?"

"우리의 염원이 통일이라면 십자가에 못박히는 예수의 수난
과 같을지라도 주장할 것은 주장해야지 않겠나?"

광욱은 입술을 꽉 다문 선생의 얼굴을 바라 본다. 입술을
힘주어 다물 때마다 양 볼의 근육이 실룩거린다.

환갑이 훌쩍 넘은 저 노인의 의지는 어디서 나오는 것일까?
과거에는 나라도 없는 국민이라는 설움 때문에 독립운동을
했다면, 지금은 반쪽이나마 나라를 가지지 않았는가? 그러나
선생은 이것이 제대로 된 독립이 아니라, 몸의 반쪽을 못 쓰는
불구라고 생각하는 것일 게다.'

"선생님, 이 상황에서 뭔가 새롭게 생각하시는 게 있으신지
요?"

"새로울 건 없지만, 영세중립을 달성하는 접근법을 좀 바꿔
봐야겠다는 생각이네."

"그건 무슨 말씀인지요?"

"자네도 알다시피 중립을 이루려면 국내의 단합된 목소리,
국제사회의 동의와 지지, 이 두 가지가 관건 아닌가? 그 동안

에는 한반도를 중립화하여 통일시켜 달라고 유엔이나 열강들에게 호소하는 데다 방점을 두었는데, 아무리 생각해도 유엔이라는 곳이 말잔치만 하고 행동은 하지 못하는 것 같아."

"유엔 자체가 동서로 나뉘어 싸우는 열강들의 영향력 아래에 있으니, 그게 바로 국제정치의 현실 아닌가요?"

"열강들도 또한 남북한을 서로 자기편으로 끌어 들이려는 생각만 하니 말이야. 그들에게 통일을 이야기하면 남북한 당사자 간에 입장도 다르면서 우리더러 어떻게 하란 말이냐고 되묻는 게 현실이 아닌가?

"그럼 어떤 다른 접근법을 생각하시는지요?"

"아무리 좋은 방안도 당사자들이 싫다면 될 리가 없으니, 앞으로는 국제보다는 국내에 방점을 두고 남북한을 먼저 설득하는 일을 해야 하지 않을까 싶네."

"맞습니다. 남북한 당사자가 같은 목소리를 내도 열강들이 선뜻 동의해 줄 지는 또 다른 문제인데, 자기들끼리도 의견 일치가 안 되는 문제를 남에게 들이대니 뜨악할 수밖에 없겠지요."

"그러니 이제는 그간 외부 세계를 향해 발간해 오던

of Korea>를 그만 하고, 우리 민족 내부인 남북한 정부를 향한 설득 노력을 할까 하네."

"예? 무려 18년 동안이나 해 오던 <한국의 소리> 발간을 그만 하신다고요?"

"자네도 알다시피 내가 그것을 발간해 온 것은 한국이란 나라가 어디 붙어 있는지도 모르고, 한국인들이 어떤 역사와 문화를 가진 민족인지를 전혀 모르는 외국인들에게 우리를 알리기 위해서였는데, 이제는 거의 모든 나라가 우리 민족에 대해 알게 된 것 같지 않나? 역설적으로는 한국전쟁이나 독재 뉴스 덕분에 더 많이 알려진 면도 있지만 말이야."

"하긴 그런 것 같습니다. 한국 정부도 하지 못하는 일을 선생님께서 언제까지나 사비를 들여서 계속할 수는 없는 일일 테니까요. 조국이 나라다운 역할을 전혀 하지 못할 때, 자기 재산을 들여 초강대국인 미국에게 한국을 알리는 언론 역할을 하신 분은 아마 서재필 박사와 선생님 뿐 아닌가요? 더구나 서재필 박사가 필라델피아에 Korea Information Bureau 라는 사무실을 열고 Korea Review 라는 월간 잡지를 내던 일은 3.1운동 직후 이삼 년에 그친 데 비해, 선생님께서 한국을 해외에 알리고자 Voice of Korea를 만든 건은 무려 18년에 달한다는 사실을 사람들은 제대로 알기나 하는지 모르겠어요."

　광욱은 느릿느릿 일어나 용중의 사무실 책장에 가득한 그간의 발간물을 들여다본다. 깨알같은 영문 활자로 발간된 <Voice of Korea>가 왼쪽에서 오른쪽으로 1943년부터 1961년까지 날자 순으로 꽂혀 있다.

　'얼마나 오랜 세월이었던가. 호랑이는 죽어서 가죽을 남기고 사람은 이름을 남긴다는데, 이 <Voice of Korea>야말로 선생께서 이 세상에 남기시는 영원한 발자국이 아닐까?'

　책장 아래 바닥에는 다른 자료들이 빼곡히 들어 있는 박스가 즐비하다. 용중이 하루도 빠짐없이 가위로 오려 모아놓은 한반도 관련 신문 스크랩, 미국의 각종 언론에 기고해 온 기고문, 미국과 세계의 정치인들에게 보낸 서한 등이 종류별로 분류되어 들어 있다. 박스마다 매직 펜으로 언론스크랩, 기고문, 서한 등 제목을 붙여 놓았다. 누렇게 변한 18년 전인 1943년의 창간호를 꺼내 들고 망연히 바라보는 용중의 눈시울도 붉어진다.

　이제 이승만이 사라지고 박정희가 등장한 조국을 생각하며, 용중은 한반도 중립화 통일론을 계속 가다듬는다. 그간에는 유엔이나 중립국의 지원 하에 총선거로 통일하여 국제보장에 따른 중립화를 이룬다는 방안이었는데, 이제는 남북 당사자가 먼저 중립에 합의하여 국제사회의 동의를 받아 통일을 이룬다는 데 방점을 둔다. 우리 문제는 남북이 스스로 나서서 해결해야 한다는 자주의식의 발로이기도 하다.

1964년 12월에는 정교하게 다듬은 통일방안을 박정희와 김일성에게 보낸다. 3년 전에 이어 남북한 지도자에게 보내는 제2차 공개 편지다. 뜻 밖에도 한 달 후에 김일성으로부터 회신이 온다.

"이보게 광욱, 김일성으로부터 온 이 편지를 한번 보게나."

종이가 뚫어지도록 편지를 읽고 있는 용중을 바라보며, 광욱도 가슴을 여미고 옆에 붙어 앉는다.

"외국군을 철수시키고, 정전협정을 평화협정으로 대체하고, 남북 쌍방이 군대를 축소하고, 통일을 준비할 상설기관을 만들자……. 그런데 답신에 중립화를 하자는 이야기는 없군요."

"그런 세세한 것까지 의견이 같기를 바랄 수는 없겠고, 일단 우리 민족끼리 자주적으로 통일문제를 협의하자는 의견을 본인이 직접 서명까지 하여 회신해 온 것이 희망적이라고 봐야지. 어떻게든 남북 간 물꼬를 틀 수 있도록 우리가 중간역할을 할 수 있을 지가 관건이야."

"선생님, 전쟁 때 납북되어 간 조소앙 선생이 김일성과 면담에서 중립화를 주장하다가 반혁명 분자라고 공격을 받자 단식 투쟁을 하다가 돌아가셨다는데, 사회주의로 통일하고자 하는 김일성에게 중립화를 기대할 수가 있을까요?"

"상대가 진짜 무슨 생각이고 어떤 입장인지는 서로 얘기를 해봐야 알 테니 서로 대화의 끈을 잡고 있는 게 필요하다고 보네. 전쟁 중에도 대화는 해야 한다지 않는가?"

"선생님, 지난 십여 년간 북측이 계속 공세적으로 통일방안을 제기해 온 것을 보면, 이번 김일성의 답신이 선한 의도보다는 음흉한 술책에서 나온 게 아닐까요?"

"이 사람아, 상대를 만나 보지고 않고 미리 의심만 하면 무슨 일을 할 수 있겠나? 일단 조건 없이 서로 얼굴을 맞대고 만나야 술이 되든 밥이 되든 뭐가 나오는 거지!"

광욱은 잔뜩 기대가 부푼 용중의 가슴에 찬물을 끼얹는 말만 한 것 같아 멈칫한다.

"죄송합니다. 그런데 선생님, 남한으로부터의 반응은 어떤지요, 박정희로부터는 무슨 전갈이 있나요?"

용중이 한동안 묵묵부답이다.

"으음~ 박정희의 직접 답신은 없고······. 사실은 그간 대사관의 정보요원인 듯한 직원들이 자주 왔었지. 북과 연락하는 것 자체가 친북 공산주의자라면서, 김일성의 술책에 놀아나지 말고 조심하라고 협박과 회유를 번갈아 하는 지경이야."

잔뜩 흥분하던 선생을 보며 광욱은 한숨을 내쉰다.

"선생님, 무슨 봉변을 당할 지 모르니 아무쪼록 몸조심 하십시오. 여기가 아무리 미국이라 해도 그 놈들이 무슨 짓을 할 지는 알 수 없는 것 아니겠어요?"

"이 사람아, 조심 안 하면 나를 어쩔 건데?"

"제 생각에 박 정권으로서는 선생님이 중립을 주장하시는 것도 밉지만, 독재를 비난하시는 데 대해 더욱 알레르기 반응일 것입니다. 더욱이 그들은 군인들이라서 이승만보다 훨씬 더 무자비하다는 거예요. 집권하자마자 조용수 민족일보 사장을 사형시켜 버린 사건을 잘 아시지 않나요?"

조용수는 막 서른이 지난 시퍼렇게 젊은 언론인이다. 연희전문을 다니던 중 전쟁이 터지자 일본으로 건너가 메이지 대학에서 공부한 후 거류민단에서 활동하다가, 4.19가 터지자 귀국하여 재일동포들의 후원으로 민족일보라는 신문을 만들어 '중립화 통일론'을 계속 게재한다. 5.16 군부는 진보주의자들을 뿌리 뽑겠다면서, 조용수가 북한과 동일한 주장을 한다면서 사형시켜 버리고 민족일보도 폐간해 버린다. 31세 시퍼런 나이의 엘리트 언론인이 하루아침에 형장의 이슬로 사라진 것이다.

용중은 5.16이 터지자마자 쿠데타를 비난하는 성명을 내고, 조용수 처형에 대해 국제언론연맹에 항의편지를 보내면서 군사정권과 초기부터 대립각을 세운다. 미국 정부에는 한국의 독재정권에 대한 원조를 중단해야 한다고 권고한다. 통일운동에 더해 민주화 운동까지 겸한 셈이다.

"선생님, 박정희로서는 선생님이 미국에서 중립화 통일을 주장하는 것보다 독재를 비판하는 것이 훨씬 더 눈엣가시일 것입니다. 그러니 미운 털이 박힌 선생님의 통일방안은 아예 거들떠보지도 않는 거지요. 이병주라는 언론인은 박정희가 군수사령관 때 술자리까지 같이 한 사이라는 데도, 중립을 주장했다고 감옥에 보내 버렸다지 않습니까?"

부산 국제신보의 주필로서 최고의 논객이던 이병주는 혼란의 민주당 정부 때부터 중립을 통한 통일을 주장한다. '남북으로 갈려 사는 민족에게 조국은 없다, 이념을 제쳐 놓고 통일을 해야 제대로 된 조국을 되찾는 것이다'는 논설이 국민들의 마음을 파고든다. 1961년에 들어서는 <중립의 이론>이라는 책까지 펴내 중립을 통한 통일을 주장한다.

쿠데타로 집권하여 반공을 국시로 내세운 박정희 정권이 그를 용공분자로 몰아 2년 7개월간 사상범으로 감옥에 보낸다. 석방된 후 그는 언론을 떠나 작가가 되어 '지리산'이라는 소설로 분단문학이라는 장르를 개척하더니, '바람과 구름과 비' 라는 장편소설에서는 무려 22페이지에 걸쳐 구한말에는 서울에 있는 독일공사관의 부들러(Budler) 부영사가 제기했던 영세중립국이라는 것을 소개하기도 한다.

"다 잘 알고 있네. 박정희와 김일성 정권이 각기 정통성과 안보를 볼모 삼아 적대적 공생을 하고 있는데, 애먼 백성들만 거기에 놀아나는 셈이지. 그러니까 자네 말은 계란으로 바위치기이니 포기하자는 말인데, 그럴 수는 없지. 그것은 민족의 일원으로서, 한 사람의 지식인으로서의 도리가 아니라고 보네."

용중은 60년대 내내 남북 양쪽에 집요하게 편지를 보낸다. 북에서는 조국평화통일위원회의 이극로 위원장 등이 용중에게 계속 연락을 하며 북한에서 만나자고 제안도 해 온다. 전쟁 이후 신속한 복구와 경제발전, 중소분쟁 사이에서의 자주적 생존, 제3세계에서의 입지 우세 등 자신감에서일 것이다. 심지어는 뉴욕 타임즈에 김일성을 찬양하는 광고를 대대적으로 게재할 정도다.

남에서는 용중의 편지를 아예 무시하고 답이 없다. 박 정권은 해외에서 통일문제 외에도 쿠데타와 독재, 한일국교 정상화, 월남 파병, 동베를린 사건 등을 사사건건 비난하는 용중이 눈엣가시일 뿐이다. 서울 주재 미국대사관마저 외국군 철수, 유엔사 해체를 주장하는 용중이 북한에 이용 당할 수 있다고 부정적으로 논평을 한다.

"선생님, 북한에서는 계속 연락이 오는데, 남한에서는 일언반구도 없으니 어찌 이럴 수가 있습니까?"

"이쪽 저쪽 편을 가르는 멘탈리티 때문이겠지. 나는 그것이 우리 한민족의 민족성이 돼버렸지 않은가 걱정될 때가 많아."

"이쪽저쪽 멘탈리티요?"

"그래, 이쪽 아니면 저쪽이라는 이분법적이고, 죽기 아니면 살기라는 극단적인 사고방식이지. 거기에 중간은 설 땅이 없는 거야. 국제관계나 외교라는 것은 이쪽과 저쪽의 사이 어딘가에서 절충을 하고 타협을 하는 것인데도 말이야."

"쉽게 말해 상대에게 무릎을 꿇어라는 말이겠지요. 왜 같은 민족끼리 서로 합칠 생각은 안하고 한 쪽에서 다 먹겠다고 하는 건지 모르겠어요."

"민족이나 조국보다는 자기 권력에 급급해서 그럴 거야. 나는 이쪽 저쪽으로 갈라져 당파싸움을 하는 것이 조선시대 이래 우리 민족의 기질이 되어버린 게 아닌가 하는 섬뜩한 생각마저 들 때가 있네."

"하기야 정권이 먼저인 놈들에게 조국이나 통일을 기대하기는 어려운 것 같습니다. 그런 면에서 조국이란 그 안에 사는 사람들보다 디아스포라로 밖에 있는 사람들에게 더 간절한 것도 같고요. 우리처럼 해외에 사는 동포들은 국내권력에 연연하지 않으니, 어떻게든 조국이 합해져서 더 크고 떳떳한 나라가 되기를 바라는 게 아닌가요?"

용중의 사무실을 나오는 광욱의 발걸음에는 힘이 없다. 광욱은 어두워지는 워싱턴의 좁은 골목을 고개를 떨어뜨리고 걸으며 생각에 잠긴다.

'…… 이쪽이냐 저쪽이냐, 왼 쪽이냐 오른 쪽이냐! 그것이 문제로다.'

더욱이 서슬이 퍼런 냉전 속에서 나라들도 사람들도 서로 편을 갈라 싸우고 있다. 이쪽도 저쪽도 아닌 가운데 길은 진정 없는 것인가?

귀암

"이보게 광욱, 자네가 내 대신 북쪽에 한번 다녀올 수 없겠나?"

"예? 북쪽이라면……, 북한을 말씀하시는 겁니까?"

"그렇다네. 북한측과 편지로만 의견을 주고받은 지 벌써 여러 해인데, 이렇게 해서는 한 발짝도 더 못 나가고 세월만 가니, 아무래도 직접 가서 얼굴을 맞대고 얘기를 들어봐야 속이 시원할 것 같아서 말이야."

"……"

광욱은 선생의 말이 너무 갑작스러워 머리가 텅 비는 느낌이다. 꿈에도 생각지 못한 제안이다.

"이 늙은이가 직접 가서 김일성을 만나보고도 싶지만, 노구를 끌고 갔다 올 체력마저 안 되니……"

"북한을 제 발로 직접 들어가다니 꿈에도 생각해 보지 못한 일이라서요. 그리고 제가 가면…… 아무 일도 없던 것처럼 무탈하게 돌아올 수 있을까요?"

"예끼 이 사람, 배짱이 좀 있는 줄 알았는데 이제 보니 겁도 많군. 아무리 사회주의라 해도 북한도 소위 국가일진데, 바깥 세상이 다 쳐다보고 있는데 미국인인 자네를 설마 어떻게 하기야 하겠나? 더구나 나의 분신이나 다름없는 사람인데 환대를 했으면 했지."

"선생님, 며칠간 좀 생각할 말미를 주시면…… 그나저나 분단된 지 사 반세기나 지나버려 서로 말이나 통할는지."

"허어~ 핏줄이 같고, 역사와 문화가 같고, 무엇보다 말하는 언어가 같은데 말이 안 통하다니? 자네도 혹시 그 사람들은 머리에 빨간 뿔이 달린 족속이라고 생각하는 거 아니야?"

용중은 아들 같은 제자에게 미안한 마음을 너털웃음으로 대신한다.

"연말 연휴라서 제 치과 진료실도 쉴 수는 있으니, 한 번 다녀오는 방향으로 생각해 보겠습니다."

1971년 말 광욱은 크리스마스 캐롤이 은은하게 울리는 워싱턴을 떠나 용중이 김일성에게 보내는 편지를 들고 북한에 들어간다. 38선이라는 인위적인 금을 그어 놓고, 한 세대가 지나도록 이산가족마저 다시 만나지 못하는 금단의 땅이다.

광욱은 연말 연휴가 지나 다음 해 초에 돌아왔다.

자신의 분신과 같은 광욱을 북한에 보내 놓고 연일 마른 입술에 침을 바르며 궁금해 하던 용중은 돌아 온 밀사를 보듯 기대로 벅차 있다.

"오오~ 북녘 땅엘 무사히 잘 다녀왔나? 고생했네."

"……"

그러나 광욱은 선생 앞에서 입술을 다문 채 말을 안 한다. 무엇엔가 단단히 화가 난 듯한 광욱의 표정에 다소 뜨악해 하면서도 용중은 기대에 들떠 있다.

"그래, 차 한 잔 들면서 다녀 온 얘기나 찬찬히 들어 보세."

"선생님, 아예 말씀 드리고 말고 할 것도 없습니다."

"응? 얘기할 게 없다니 그게 무슨 말인가, 김일성 주석에게 내 편지를 전하지 못했단 말인가?"

"김일성이 하나님보다 높은데, 어디 만나 주기나 하겠습니까?"

"아니 그럼, 내 편지를 전해야 하는데 김일성 주석을 만나볼 수 없었다는 말이야?"

3장 홀로서기

"김일성은커녕 조평통 위원장이라는 이극로라는 사람도 악수만 한 번 했을 뿐 아무런 대화를 못했지요. 선생님의 편지는 잘 읽어볼 테니 놔 두고 가라면서, 평양의 발전된 모습을 구경하며 푹 쉬다 가라는 식이었습니다."

"아니 이럴 수가! 그럼 며칠 간 뭘 했다는 말인가? 하루하루 일정이 어떻게 되었는지 좀 상세히 설명해 보게."

"설명하고 말고 할 것도 없이 그저 여행객처럼 며칠 간 여기저기 관광만 다니다 왔지요. 매일같이 조평통 직원들이 안내하는 대로, 그것도 국가보위부 요원들의 감시를 받아 가며 따라다닌 것밖엔 없으니까요."

"결론은 통일 얘기는 못하고 관광만 하고 왔다는 건가?"

"그렇다니까요. 하루는 만경대 김일성 생가와 대동강, 다음 날은 모란봉과 김일성 광장 등 평양시내, 또 다른 날은 묘향산과 보현사 등을 구경한 게 다예요. 그것도 다니는 내내 안내원이라는 놈들이 전쟁으로 잿더미가 된 나라를 이렇게 일떠 세운 걸 보라, 한반도에서 미제 괴뢰 놈들을 몰아내고 사회주의로 통일해야 한다는 둥 선전하는 걸 귀 아프게 들으며 다녀야 했지요."

"……"

더 이상 무슨 말을 할 지 모르는 두 사람 사이에 침묵이 흐른다. 의자의 머리받침에 고개를 대고 천정만 멀뚱히 바라보던 용중이 한참만에야 말을 뗀다.

"으음…… 그간 북측이 계속 편지를 보내오면서 우리의 중립화통일 방안에 관심을 보여 왔는데, 중립화나 통일에 대한 얘기는 없었다는 얘긴가?"

"선생님, 남과 북이 서로 대화를 하여 통일을 한다는 것이 현재로서는 무망하지 않나 싶습니다. 제 생각에는 양쪽이 모두 상대를 무너뜨려서 통일하겠다고 체제 경쟁에 몰두하면서, 백성들은 아무 소리도 못하게 독재를 하고 있는 형국이니까요."

"아~ 참으로 답답한 노릇이군. 지난 50년대에는 줄곧 국제사회에 호소해 봐도 안 되고, 60년대부터는 당사자인 남북 간의 합의를 호소해 봐도 안 되니, 이제는 어떻게 해야 한다는 말인가? 으으윽~"

머리를 뒤로 제쳐 눈을 감고 의자에 앉아 있던 용중이 갑자기 쿵 하고 옆으로 쓰러졌다. 화들짝 놀란 광욱이 용중의 등 쪽으로 부리나케 가서 양 옆구리를 부여잡는다.

"선생님, 고정하십시오. 괜찮으세요?"

용중이 숨을 내쉬며 고개만 한 번 끄덕인다.

"얼마 전에 암 수술을 받은 기도가 잠시 막혔나 봐."

광욱은 새삼스레 선생이 칠십을 훌쩍 넘긴 노인이라는 걸 생각한다. 신체 나이보다 더 힘든 건 정신적인 고통과 외로움일 것이다. 박정희 정부에 의해 친북인사로 매도당해, 그간 한국에서 오는 인사들은 물론 수십 년간 고락을 같이 해 온 동포들마저 그를 만나기를 슬슬 피하는 나날이다.

그 외로움을 버텨온 유일한 친구는 매일같이 홀로 마시는 스카치 위스키였다. 끝내 기도암으로 수술을 받고는 편하게 숨쉬는 것도 쉽지 않은 상태다.

광욱은 선생이 쓰러진 것이 북한으로부터 낭보를 가져 오지 못한 자신 때문이라는 죄책감에 몸 둘 바를 모른다. 용중의 등을 쓸어내리고 양 팔을 주무르며 광욱이 조심스레 떠 본다.

"선생님, 이제 연세도 있고 암 치료도 계속해야 하니 더 이상 워싱턴에서 홀로 고생하시지 말고 캘리포니아로 가서 요양하시는 게 어떨까요?"

"그래, 이제 그리해야 되지 않을까 싶네. 그렇다고 한 가닥 실낱같을지라도 통일에 대한 끈을 놓아버릴 수는 없는 노릇이라고 생각되네. 선배 세대로서 참 면목 없지만 이제 그 사명을 자네들의 세대에게 넘겨주려 하니, 내가 하던 일은 자네가 총대를 매고 좀 해주게."

"잘 알겠습니다. 우연히도 제가 워싱턴 한인회장이기도 하니 미국 내에서 뜻이 같은 동포들을 모아 조국이 통일되는 날까지 운동을 계속해 나가겠습니다."

1972년 5월, 용중은 마지막으로 박정희에게 통일을 위한 북한과의 협상에 나서라고 촉구하는 성명을 발표한다. 그로부터 두 달 후 남한의 이후락 중앙정보부장이 북한을 방문하여 김일성과 악수를 하고 7.4 공동성명이 발표된다. 그러나 그 후 펼쳐지는 형국으로 보아 국민들을 어리둥절하게 한 정책의 대전환은 남북 권력자들 간의 정치적인 쇼에 불과한 듯 보였다.

재미 동포사회의 통일운동을 다음 세대에게 넘겨 주기 위해 용중은 마지막으로 '한국 평화통일을 위한 재미위원회'(Committee in the U.S for Peaceful Unification of Korea)를 결성한다. 의장단에 김용중, 유엔대사 출신의 임창영, 총무처장관 출신의 전규홍, 유명 소설가인 강용흘, 샌프란시스코 총영사 출신의 주영한 등 원로들을 모시고, 실제적인 활동은 로광욱이 위원장으로서 수행토록 하는 모양새다.

위원회는 강령에서 주체사상은 남북이 다같이 추구하는 기본이념이라고 명시하여, 주체사상이라는 용어를 부정적으로만 보지는 않는다. 그러나 현실정치가 어찌 그런 걸 용인하겠는가. 미국사회에서 가장 반공적, 친미적, 애국적이라 할 이들 동포사회 지식인들을 한국 정부는 친북인사라고 낙인을 찍는다. 한국대사관과 중앙정보부의 눈길이 매섭고, 심지어 한인회장인 로광욱마저 '미국 주재 북한대사'라고 매도한다.

용중은 30년의 젊은 피를 모두 바친 워싱턴을 떠나 가족이 있는 LA로 돌아간다. 조국이 해방되던 때를 생각하면 까마득한 세월이다. 어느덧 칠십 다섯의 나이이니 눈 깜짝할 시간이기도 하다. 무려 18년을 발간한 <Voice of Korea> 인쇄물 등 공적인 자료들은 광욱에게 넘기고, 세계의 주요인사들에게 보냈던 편지 등 사적인 자료들은 박스에 넣어 LA 집으로 가져간다.

"어서 오게, 건강도 좋지 않은데 이제 여기서 가족들과 지내며 휴양을 좀 하게."

재미동포 최고의 기업인으로 알려진 장인 김형순이 사위를 맞는다. 기도암 치료에다 정치적인 마음고생으로 자신보다 더 늙어버린 듯한 사위를 보며 안타까워한다. 기업을 하면서도 독립운동과 동포들의 활동에 많은 자금을 대어 온 장인도 여운형 선생과 동갑이니 벌써 86세다.

"장인어른, 오랜 세월 가족을 팽개치다시피 하고 워싱턴에서 허송세월만 보내다 빈손으로 돌아와 면목이 없습니다."

"허송세월이라니 그런 쓸데없는 자책은 하지 말게. 비록 통일은 안 되었지만 역사는 조국을 위한 자네의 헌신을 결코 잊지 않을 것이네."

"어르신, 통일이 되면 그리운 조국에도 다시 가보고 싶었건만 모두가 신기루 같은 꿈이 되고 말았습니다. 그나저나 김호 회장님은 저 세상에서 잘 계시는지 모르겠군요."

용중은 몽양 다음으로 가장 믿고 따르던 김호 회장을 그립게 떠올린다.

"이 사람아, 어쩌자고 고인이 된 사람 얘기를 꺼내나? 나이가 드니 자꾸 허망해지는 모양이구면."

"4년 전 김호 회장께서 돌아가시기 전에 저에게 호를 하나 지어 주셨습니다. 제가 고향에 돌아가 암자에나 살고 싶다고 하니, <귀암>이라는 호를 작은 선물로 준다고 말씀하시면서 세상을 뜨셨지요."

용중이 장인 앞에서 조국의 조강지처와 자식 얘기까지 꺼내지는 못하고, 에둘러 고향과 호 이야기를 하는 심중을 꿰뚫어 보며, 형순은 어떻게 위무해야 할 지 안타까울 뿐이다.

"그래…… 한갓 짐승인 여우도 죽을 때는 고향에 머리를 둔다는데, 자네의 그 심정을 어찌 모르겠는가? 이제라도 한번 가볼 수 있다면 좋을 텐데, 독재정권이 자기 국민을 들어오지도 못하게 하니, 어느 세월에 조국이 민주국가가 될는지 쯧쯧."

"그러게 말입니다. 생각해 보면 그간 저희가 독재를 하는 이승만, 박정희 정권에게 통일을 요구해온 것 자체가 무리한 기대였나 봅니다."

"아무튼 이제 모든 걸 잊어버리고 몸조리나 잘 하게."

모든 것을 내려놓은 용중은 부호의 저택처럼 거대한 집에 누워 난생 처음으로 긴 휴가와 같은 나날들을 보낸다. 운동장처럼 커다란 거실의 소파에 누워, 김형순의 첫 딸이자 피바디 음대 출신의 피아니스트인 부인 매리가 틀어 주는 고요한 클래식 음악을 듣는다.

지나온 긴 세월이 주마등처럼 떠오른다. 나라 잃은 백성으로 고향을 떠나 망명객이 되어 머나 먼 미국 땅에 온 것이 엊그제인 듯 한데 어언 육십여 년이다. 드넓은 캘리포니아 땅에서 농사와 막노동으로 뿌리를 내리던 동지들은 이제 모두 세상을 떠나거나 칠십이 넘은 노인들이 되었다.

그러나 모든 것을 잊고 요양만 하겠다고 다짐해 봐도 고국에서 계속 들려오는 소식들은 그를 가만 놔두지 않는다. 박정희 정권은 영구집권을 위해 유신헌법을 추진하고, 연달아 나오는 긴급조치로 민주화 인사들에 대한 데모와 검거 선풍이 그치지 않는다.

용중은 닉슨 대통령에게 한국을 방문하는 것은 독재정권을 격려하는 것이니 취소해 달라는 청원을 하기도 하고, 스탈린 독재와 같은 남한 정권에게는 무기와 자금을 원조하지 말아야 한다고 키신저 국무장관에게 요구하기도 한다.

라로크(LaRoque) 미 해군제독이 라성 타임스(LA Times)에서 미국으로서는 주한미군을 철수시키는 게 낫다고 주장하자, 용중도 주한미군은 박정희 정권의 권력유지를 위한 인질이 된 셈이라면서 <미국은 한국을 떠나야> 라는 기고문을 보낸다. 용중 생전의 마지막 글이다.

가서는 안 될 길을 가고 있는 조국에 대한 울화에, 용중은 부인의 하소연에도 아랑곳없이 이제는 알코올 중독자가 되어 매일 술로 살아가다시피 한다. 계속 들이키는 위스키가 몇 년 전 대수술을 한 기도암을 자극하여 이제는 음식이 목구멍으로 들어갈 수 없는 상황이다.

1975년 9월 6일 캘리포니아대 대학병원에서 용중은 한 마디 유언과 함께 눈을 감았다.

"내 죽어서라도 조국을 지키는 수호신이 되고 싶소. 그러니 내 뼛가루는 화장해서 38선에 뿌려 주시오."

4장
가지 못한 길 (2019)

38선

<내 뼛가루를 38선에 뿌려달라!>

화두를 붙들고 면벽수행을 하는 여승이듯, 김성희는 종일 눈을 감고 외할아버지의 유언을 되새겨 본다.

돌이켜 보면 자신이 숙명여대 음대를 가게 된 것, 이후 고등학교의 음악 교사를 하게 된 것도 다 외할아버지 김용중이 미국에서 피아노를 보내 준 인연 때문이 아닐까? 그런데 미국에서 돈을 많이 번 사업가로만 알았던 할아버지의 유해가 한국으로 들어올 수 없다는 건 또 무슨 말인가?!

1975년, 성희가 삼십 대 중반을 바라보는 나이에야 할아버지가 어떤 분인지를 알게 된 것은 남편 임익빈 때문이다.

남편은 경기고등학교와 서울대 법대를 나와 유학까지 다녀온 인재다. 미국의 오리곤 대학 유학을 마치고 돌아온 남편은 1968년에 대한재보험공사에 입사한다. 폭발적으로 수출이 늘어나는데도 보험이라는 것에는 생소하던 때, 임익빈은 국내에 수출보험이라는 제도를 도입하고 기틀을 마련하는 데 출중한 능력을 발휘한다.

　　그러던 남편이 어느 때부터 귀가 시간이 늦어지고 자주 술에 취해 불만이 많아졌다.

　　"여보, 직장에서 무슨 어려운 일이라도 있나요?"

　　"직장이야 무슨 걱정할 게 있나? 이 놈의 나라가 걱정이지."

　　"예? 당신이 직장 일이 아니라 나라를 걱정한다고요?"

　　"아니, 독재로 치닫는 정권에 항거해서 젊은 학생들이 저렇게 들고 일어서는데, 화이트 컬러라는 사람들이 양복에 넥타이나 매고 창문으로 구경이나 하란 말이야?"

　　성희는 가슴이 덜컹 내려앉는다. 걸핏하면 술에 취해 밤늦게 들어오던 일이 회사 때문이 아니라 시국 때문이라니, 누구나 부러워하는 공공기관에서 뛰어난 능력으로 불과 수 년 만에 부장까지 승승장구한 남편이 왜 정치에까지 왈가왈부하는 것인가?

박정희 대통령은 정권을 더 잡아야겠다면서 1969년에 3선이 가능하도록 헌법을 개정하더니, 1971년에는 기어이 다시 대통령에 당선되었다. 날만 새면 전국의 대학에서 거리로 몰려나오는 학생들의 데모로 몇 년째 온 나라가 아수라장이다.

설상가상으로 1972년에는 영구집권이 가능토록 한 소위 유신헌법을 만들고, 1974년부터는 연달아 긴급조치령을 발포하여 반대자들을 무조건 잡아들이는 탄압을 개시한다.

"여의도의 정치인들이나 학생들이 매일같이 데모하는 것이야 저도 알지만, 당신은 공기관에서 일하는 사람인데……"

"여보, 장준하 선생처럼 훌륭한 분이나, 김지하 같은 엘리트 학생들이 잡혀가는 걸 보고도 그런 소리요? 전 국토가 감옥이 되고 전 국민이 죄수가 된 마당인데, 미국에서 민주주의를 보고 배워 왔다는 내가 가만히 앉아서 구경만 하라는 말이야?"

"그래도 멀쩡히 직장을 다니는 당신에게 무슨 화가 미치면 어떻게 하려고……"

"아니, 직장이 무서워서 숨죽이고 있어야 한다면 어린 나이에 독립운동을 하다가 저 세상에 가 계신 내 형님에게 무슨 낯짝이 있겠소? 더구나 미국에서 조국에도 돌아오지 못하고 평생을 투쟁하시는 당신 외할아버지를 볼 면목이 있겠소?"

아, 남편은 어려서 사별한 형님을 아직도 늘 잊지 못하는구나. 성희는 신혼 초부터 자주 들어오던 독립운동가인 시아주버니 임원빈을 생각해 본다.

열일곱 살인 1940년 경기중학 학생회장이던 원빈은 송택영 선생 등 15명과 함께 '조선인해방투쟁동맹'이라는 전국적인 비밀결사 조직을 만들어 항일투쟁을 한다. 일제의 감시를 피해 소련 영사관에 숨어 있다가 체포되어 혹독한 고문으로 정신병을 얻어 고생하다가, 결국은 조국의 해방을 몇 달 남기고 1945년 4월에 사망해 버렸다 한다.

시아주버니는 그렇다 치고, 미국의 외할아버지가 돈을 많이 번 거부이면서도 독립운동을 한 훌륭한 분이라는 말은 들었지만, 귀국을 못 한다는 것은 무슨 말인가?

"여보, 할아버지가 투쟁을 해서 귀국을 못한다니 그게 무슨 말이에요?"

"아니, 당신은 할아버지가 돈 많은 것만 알았지, 재미동포 중 한국의 반독재 민주화를 위해 투쟁하는 대표적인 인물이신 건 모른다는 얘기요? 하긴 이 놈의 정권이 그런 보도는 모조리 지워 버리니 모를 수도 있겠군. 이 독재정권이 있는 한 할아버지는 죽어서도 고국엘 못 돌아온다는 말이오."

"그게 정말이에요? 당신이 그런 걸 어떻게 아세요?"

"여보, 아무리 언론을 틀어막아도 민주화를 위해 투쟁하는 사람들은 다 아는 일이라오. 아무튼 당신은 더 깊이 알지 않아도 될 법 하니, 우리 집안이나 잘 꾸려 나가 주시오."

갑자기 먹구름이 덮쳐 푸른 하늘이 어두워지듯 성희의 마음은 무겁게 가라앉는다. 매일같이 보도되는 신문을 보는 눈빛이 달라진다. 헌법이 무엇인지, 긴급조치가 무엇인지, 매일같이 벌어지는 데모에서 어떤 사람들이 끌려가는지, 보도되는 것들이 다 믿을 만한 것인지, 이제는 뉴스들을 토씨 하나 빼놓지 않고 본다.

김대중 납치 사건, 인민혁명당 재건위 사건, 민청학련 사건 등 독재를 반대한다고 외치는 사람들이 죄다 감옥으로 끌려가 고문을 당하는 짐승이 된다. 군인들과 정보원들이 눈을 부라리는 대학마다 학생들이 공부를 팽개치고 쏟아져 나와 최루탄 연기에 콜록거리면서도 함성을 외쳐 댄다.

그것들이 이제는 뉴스가 아니라, 거기에 남편도 관련되어 있는 집안의 중대사가 된 것이다. 걸핏하면 어디론지 붙잡혀 가는 남편을 보며 가슴 졸이던 성희는 난생 처음 세상이 참으로 무서운 곳이라고 느낀다. 그렇다고 외도나 도박으로 비뚤어진 길을 가는 것도 아닌 남편의 바짓가랑이를 붙잡아 끌어내리는 것은 아내의 도리가 아닐 것이다.

위험한 지뢰밭에 발을 디딘 듯한 엘리트 남편을 둔 아내로서, 아직 풀밭을 뛰어 노는 사슴 같은 초등학생 딸을 둔 아내로서 내가 할 일은 무엇인가. 성희는 옷깃을 단단히 여미고 흐트러진 마음을 다잡아야 한다고 입술을 힘껏 다물어 본다.

데모로 날이 지고 새던 1975년 초, 결국 올 것이 오고야 말았다. 정부가 직장 새마을운동을 위해 회사원들을 수련원에 모아 합숙훈련을 시키면서 유신헌법의 당위성을 강연하자, 새마을 연수를 시킨다면서 왜 후진적인 영구집권 악법을 홍보하느냐고 익빈이 따지고 든 것이다.

그 후 며칠도 안되어 소위 재보험공사의 부장이라는 남편이 칠 년을 다닌 직장에서 일언반구 설명도 없이 해고된다. 일터를 빼앗겨 집안에만 틀어 박혀 있는데도, 경찰과 정보기관의 눈초리가 번득이고 있어 일거수일투족이 매일 살얼음판이다.

"엄마, 아빠는 왜 회사에 안 나가고 날마다 집에 있는 거야?"

"응, 아빠가 더 좋은 회사를 찾는 중이니, 너는 걱정 말고 학교에 잘 다니면서 친구들과 재미있게 지내, 알았지?"

귀여운 초등학생 딸 세연이를 바라보며 마음을 다잡는다. '남편이 실업자가 되었으니 내가 나서 어떻게든 집안을 꾸려

나가야 한다. 적어도 세연이가 다자랄 때까지 십 년은 아프지도 말고 강한 어머니가 되어야 한다.'

할아버지에 대한 남편의 말이 꺼림칙하기도 하던 주말, 유치원이 쉬는 틈에 성희는 엄마를 보러 금산에 내려간다.

"아이구 성희야, 서울 일도 바쁠 텐데 어떻게 시간을 내서 내려 왔니. 임 서방도 잘 지내고, 세연이도 잘 크고 있지?"

"응, 어린 애야 잘 크고 있는데… 남편이 걱정이지요."

"아니 그 모범생 같은 임 서방에게 무슨 일이 있냐? 혹 바람을 피우기라도 하는 거냐?"

"그런 게 아니고, 얼마 전에 회사를 그만 두게 되었어요."

"아닌 밤중에 홍두깨처럼 그게 무슨 소리야?"

하나 뿐인 딸의 집에 변고가 생겼다는 데 대해 영보는 가슴이 덜컹 내려앉는다.

"사실은 몇 년 전부터 반독재 투쟁을 해왔나 본데, 그간 요주의 인물로 중앙정보부의 감시가 심하더니 결국은 직장에서도 쫓겨난 것 같아요."

"아이구 이걸 어쩌나! 유능한 직장인으로 승승장구하는 줄만 알았더니, 역시 집안의 뿌리는 속일 수가 없는 모양이구나."

영보는 성희의 시아주버니인 임원빈이 고등학교 때 이미 비밀단체를 만들어 독립운동을 하다가 해방도 보지 못하고 어린 나이에 저 세상에 갔다는 사실을 떠올린다. 불의를 보면 가만 있지 못하는 올곧은 남성들, 그로 인해 어려움을 감내해야 하는 아내와 가족들의 운명을 생각해 본다. 그 불똥이 이제는 딸에게까지 떨어진 것이다.

"그런데 엄마, 미국에 계신 할아버지가 반정부 인사라서 귀국을 못한다는데 그게 사실이에요?"

"…… 뜬금없이 또 그런 건 왜 묻니?"

"아니 저는 할아버지가 미국에서 일류대학을 나온 지식인으로 큰 돈을 번 부자라고 알았는데, 임서방 말이 할아버지가 귀국을 하고 싶어도 못한다 해서요. 그게 사실인 모양이군요."

"그렇단다. 독립운동가이기도 하지만 반독재 민주화 운동가이기도 하니 이승만에 이어 박정희도 그 분이 귀국하는 걸 막고 있으니, 내 평생에 다시는 아버지를 보지 못할 운명인가 보다."

"임 서방 말이 맞았군요. 정치가 아무리 험하대도 이제는 늙으셔서 얼마나 더 사실지 모르는 분을 고국에 돌아오지도 못하게 하다니, 너무 심한 거 아닌가요?"

"그러게 말이다. 그래서 한이 맺힌 할아버지는 고향의 암자에 돌아가고 싶다는 뜻으로 자신의 호까지 귀암이라고 지었다지 않니?"

정치는 관심 밖의 일로서 그저 음악을 좋아하며 살아온 성희는 갑자기 딴 세상에 들어온 듯 갈피를 잡을 수가 없다.

"아니, 외가건 시가건 집안의 남자들이 모두들 독립운동을 하거나 민주화 투쟁을 하고, 그 바람에 아낙네들은 외롭고 힘이 드니 이게 무슨 운명이래요?"

"성희야, 그렇게 함부로 말하는 게 아니다. 살아 있는 남편을 보지도 못한 채 평생을 과부로 산 네 외할머니의 한을 생각해 본다면 우리가 어디 감히 어렵다는 말을 꺼낼 수 있겠니?"

"죄송해요 엄마. 갑자기 집안이 이렇게 갑자기 어려워지다 보니 그만…… 그나저나 할머니도 누구 못지않게 훌륭하신 분 같아요."

"아무렴, 참으로 강인하고 현명하신 분이지. 할머니는 방탕

4장 가지 못한 길

한 시동생이 경매로 잃어버린 할아버지의 생가를 되찾고 가문을 지탱해 오신 억척같은 분이야. 그러면서도 미국에 있는 남편과 소통하려면 영어도 좀 알아야겠다면서 혼자 영어를 배우신 신여성이었지. 또한 사람은 남녀 구분 없이 배워야 한다면서, 미국에서 네 할아버지가 보내 주시는 돈으로 딸인 나는 물론 네 고모와 사촌까지 일본 유학을 시켜 주시지 않았니?"

불행은 엎친 데 덮치듯 겹으로 오는 것인가? 성희의 남편이 직장을 잃은 1975년 가을, 미국으로부터 외할아버지의 부음 전보가 날아든다.

성희는 은평구 예원유치원의 원장실에 앉아 멍하니 창밖을 바라본다. 민주투쟁으로 남편이 직장을 잃고 생계가 어려워지자 자신이 팔을 걷어붙여야겠다면서 설립한 유치원이다.

미국에서부터 몰려온 슬픔이듯 하늘도 꺼먼 먹구름으로 내려앉았다. 성희는 유치원의 피아노 앞에 앉아 눈을 감는다. 이십 여 년 전 여학교 시절 미국에서도 소문 난 부자라는 할아버지가 음악을 하고 싶다는 손녀에게 크리스마스 선물로 보냈다는 까만 그랜드 피아노가 집에 들어오던 날을 기억해 본다. 그것이 없었다면 숙명여대 음대를 택하지 않았을지도 모를 운명의 피아노다.

"성희야, 미국에 계신 할아버지에게 피아노를 보내 주셔서 고맙다고 편지라도 하나 써 보내야 하지 않겠니?"

까만 피아노 앞에 앉아 건반을 퉁퉁 두드려 보는 딸에게 엄마가 말했었다.

김영보는 이화여대를 졸업하고 일본여자대학에서 석사를 마친 후 돌아와 동덕여대에서 교수직을 하다가, 평양 출신의 아빠 김준오와 결혼을 하고 성희를 낳았다. 해방이 되자 할아버지의 고향인 금산에서 금산여중과 금산여고를 설립하고 이사장으로서 직접 학교를 운영해 온 엄마다.

"알았어 엄마. 그런데 편지는 뭐라고 시작하지? 김용중 할아버지 안녕하세요~라고 해야 되나?"

"아니야, 부모님이나 웃 분들에게는 함부로 성함을 부르는 게 아니지. 그냥 보고 싶은 할아버지께~ 라고 하는 게 좋지 않겠니?"

성희의 조그만 손이 연필을 꾹꾹 눌러 정성으로 편지를 쓴다.

'보고 싶은 할아버지께, 이렇게 까맣고 예쁜 피아노를 보내 주셔서 감사합니다. 저는 이제부터 이 피아노를 열심히 연습하여 훌륭한 음악가가 되겠습니다. 그리고 할아버지가 자주 보내 주시는 비타민과 알부민도 거르지 않고 먹어서 건강한 여학생이 되겠습니다……'

그토록 사진으로만 그리워하며 한 번도 보지 못한 할아버지인데, 머나 먼 미국 땅에서 시신도 고향에 돌아오지 못하다니! 피아노에 앉아 망연히 감고 있는 눈에서 눈물이 하나 둘 떨어진다. 성희는 떨리는 손가락으로 쇼팽의 장송곡을 한 음 한 음 눌러 내린다. 쇼팽의 피아노 소나타 2번 장송행진곡(funeral march)의 느리고 장중한 음들이 한 걸음 한 걸음 울려 퍼진다.

'내 뼛가루를 38선에 뿌려달라!'

그것이 캘리포니아 대학병원 병상에 누운 할아버지의 마지막 유언이었다는데, 한국 정부가 그의 유골조차 돌아오지 못하게 하여 수양아들이나 다름없는 로광욱 씨가 미국에 보관 중이라 한다.

독립운동에 모든 것을 바친 분이 나라로부터 상을 받기는커녕 죽어서도 돌아올 수 없다니 도대체 말이 되는 일인가? 오늘날의 엄마와 나를 있게 해준 할아버지는 유골조차 돌아오지 못하고, 독재정부에서 쫓겨난 남편도 할아버지처럼 나날을 술에 의지해 울분을 삭이며 살고 있다.

'그렇다면 내가 할 수 있는 일이란 무엇인가? 그래, 일신의 영달을 벗어 던지고 통일 조국, 민주국가를 위해 싸운 할아버지의 명예를 회복시키고 한을 풀어 드려야 한다. 정부가 하지 않으니 내가 직접 미국에 가서 할아버지에 대한 구체적인 증거 자료들을 찾아내야 한다. 다만 딸이 대학에 갈 때까지 십 년 정도는 이를 악물고 집안을 꾸려 나가고, 그때가 되면 이 분들의 한을 풀기 위한 일에 팔을 걷어 부치자!'

성희는 다짐하고 또 다짐하며 유치원을 운영하면서 가계를 꾸려 나간다.

1989년, 딸 세연이가 성장하여 대학생이 되자 마침내 오랜 숙제를 푸는 일에 발을 내디딘다.

"여보, 할아버지에 대해서 상세히 알아보려면 아무래도 제가 미국이라는 나라에 좀 가봐야 할 것 같아요."

"아니 그게 무슨 소리요? 미국이라는 곳이 남한보다 백배가 큰 땅인데, 밑도 끝도 없이 거길 가서 뭘 찾아볼 수 있다는 거요?

"할아버지가 돌아가셨을 때부터 십 년 이상을 생각해 왔으나 세연이를 키우느라 할 수 없었지만, 이제는 딸도 다 컸으니 무슨 일이라도 한 번 부닥쳐 봐야지 않겠어요?"

남편은 아내의 당돌함에 새삼 입이 벌어진다. 실직을 하자

화병으로 술에 의지해 살아온 남편이다. 이제는 심근경색까지 얻어 허약해져 버린 익빈은 피아노만 알고 유순하던 아내가 억척같이 변해버린 모습을 바라본다.

"아는 사람 하나도 없고 영어 한 마디 할 줄 모르는 당신이 미국에 가서 무얼 찾아낼 수 있겠소? 그건 한 마디로 사막에서 바늘을 찾겠다는 식이라, 괜히 사서 고생을 할 것 같아 걱정이 되는구려. 그럼에도 불구하고 당신의 뜻이 정 그렇다면 미국이라는 나라를 한 번 구경도 할 겸 가볍게 다녀 올 수는 있겠지만……"

"여보, 봉사가 문고리 잡는 식이긴 하지만 저로서는 세연이가 장성하기를 기다리며 이 일을 생각해 온 지 십 년이 넘었으니 한 번 부닥쳐 보려고 해요. 그래도 할아버지가 살던 곳에 가면 나이 든 사람들 중에 그 분을 알거나 기억하는 분들이 좀 있지 않을까요? 또 영어를 좀 하는 세연이가 같이 가면 설마 길을 잃지는 않을 거고요."

"당신 생각이 정 그렇다면 한 번 다녀오구려. 여기저기 다니다가 혹시 이민 간 내 경기고등학교나 서울법대의 동문들을 만나게 되는 경우에는 도움도 청해 보고."

성희는 유치원 부지의 일부를 팔아 여행자금을 마련한다.

난생 처음 내 나라를 떠나 보는 경험이다. 다행히 막 여행자유
화가 시작되어 여권을 받는 데도 어려움이 없다. 성희는 미국
에서 만나는 한인들에게 부탁하기 위해 김용중의 이름과 사
진, 약력 등을 담은 전단도 수백 장 만든다.

더욱 고무적인 것은 정치 민주화가 조금씩 이루어지면서,
아무리 훌륭한 독립운동가라도 좌파라면 감히 말도 못 꺼내던
분위기가 바뀌어 언론에서도 독립운동가와 한국 현대사의 인
물 발굴에 관심이 늘어났다. 동아일보는 김용중의 손녀라 하
면서 찾아가니, 심지어 사장님이 직접 반색을 하면서 미국에
가면 의회도서관에 근무하는 한국인 양기백 박사를 만나 보라
고 소개까지 해준다.

드디어 성희는 딸 세연이와 함께 난생 처음 미국이라는 나
라에 도착한다. 칠십여 년 전 할아버지가 배로 도착했던 샌프
란시스코, 사업을 하고 가정을 이루어 사셨던 LA, 행사와 활동
차 자주 다니셨다는 뉴욕과 필라델피아 등지를 다닌다. 가는
곳마다 우선 한인회를 찾아가 보고, 그들의 소개로 이민 역사
와 관계되는 단체들, 독립운동을 연구하는 학자 등을 찾아다
닌다. 그러나 수십 년 전의 수천 명이던 동포사회가 수백 만
명으로 엄청나게 커진 상황에서 수십 년 전 독립운동 시기의
자료를 찾아낸다는 일은 남편의 말마따나 사막에서 바늘 찾
기와 같다.

4장 가지 못한 길

미국의 수도인 워싱턴에 도착해서는 동아일보가 안내해준 대로 의회도서관에 근무한다는 양기백 박사의 댁을 찾아간다.

"아니, 귀암 선생의 유가족이시라고요?"

"예, 김용중 선생이 제 외할아버지입니다."

훤칠한 키에 잘 생긴 호남형의 양기백 박사가 긴 팔을 벌려 반색을 한다.

"아이구 이제야 오다니, 선생께서 살아 계실 때 왔으면 얼마나 좋았을까. 여보, 얼른 나와 보세요. 이 분이 김용중 선생의 외손녀랍니다. 당신도 알다시피 김용중 선생 같은 분이 대통령이 되었다면 우리나라가 벌써 통일이 되고도 남았을 텐데 말이에요."

양 박사의 부인도 문 밖으로 나와 성희를 반갑게 맞이한다.

"이 양반이 이렇게 흥분하는 걸 보니 정말 귀한 손님이신가본데, 호텔도 좋지만 괜찮다면 누추하지만 저희 집에 묵으시지요."

성희는 양 박사의 집에 묵으면서, 할아버지에 관한 이야기라면 바늘 하나라도 모아 보려고 많은 한인 원로들을 찾아다닌다. 특히 할아버지의 수양아들과 같은 로광욱 선생은 할아버지의 유언에 따라 38선에 묻으려고 유해를 보관하고 있었으나, 한국의 독재정권이 허가하지 않자 5년 후에 LA에 사는 유족들에게 인계하였다 한다.

성희는 로 선생이 보관하고 있는 관련 자료에 눈이 휘둥그레진다. 나이가 들고 기도암 수술로 건강이 악화되자 추운 워싱턴에서 지내기가 어려워진 할아버지가 로 선생에게 맡겨 두었다는 자료가 무려 12상자나 되었다. 1943년 창간부터 18년간 발간한 영문 <Voice of Korea>만 해도 무려 1500여 페이지에 달하는 엄청난 분량이다. 로 선생은 자신도 이제 나이가 들어, 김용중 선생의 활동이 언젠가는 알려질 수 있도록 한국의 민족문제연구소에 곧 기증할 예정이라 한다.

첫 미국 방문에서 귀국하자마자 성희는 할아버지가 독립운동가로 인정받을 수 있는 길을 찾기 위해 백방으로 뛰어 다닌다. 여러 민족운동 단체들을 만나 독립운동가와 관련된 법규정과 신청절차 등을 알아보고 경험담도 들어본다. 국가보훈처에는 미국에서 모아온 자료들을 제출하며 탄원한다.

특히 때마침 시작된 한겨레신문의 '발굴 한국현대사 인물'이라는 기획보도는 성희의 가슴을 더욱 부풀게 한다.

성희는 천재일우의 기회라는 듯 부리나케 신문사를 찾아가니 송건호 사장이 직접 맞이한다.

"통일독립 운동가 중에 제가 매우 존경하는 분이 김용중 선생인데, 손녀 분이 이렇게 나타날 줄은 몰랐습니다. 정말 반갑습니다."

"할아버지 관련 자료를 찾아보려고 미국에 다녀오는 길입니다."

"잘 하셨어요. 그렇지 않아도 기자들에게 김용중 선생 취재 지시를 내렸는데, 그런 자료들이 있으면 저희에게도 참고로 제공해 주세요."

한국 사회의 대표적인 언론인이자 지성인으로 알려진 분을 직접 만나다니, 성희는 오래 된 체증이 내려가듯 힘이 솟구친다.

일이 잘 되려는지 얼마 후에는 LA로부터 희소식이 왔다.

"김성희 선생님 안녕하세요? 지난 번 미국에 오셨을 때 잠깐 뵙기도 했는데 기억이 나시는지요? 캘리포니아 대학에서 한국독립운동사를 연구하는 안형주 교수입니다. 남편 임익빈의 고등학교 동창이기도 하고요. 선생님이 한국으로 돌아가신 뒤에도 김용중 선생 관련자료에 대해 계속 알아보고 있었는데, 좋은 소식이 있습니다. 뉴욕의 콜럼비아 대학에 아시아문제연구소가 있는데 거기에 김용중 선생 자료가 많이 보관되어 있다 합니다. 또한 대학의 동양학 도서관에 이해경이라는 한 국 분이 계시는데, 그 분을 만나 보시면 도움이 될 것 같아요."

성희는 또 다시 만사를 제치고 미국으로 달려가 컬럼비아 대 도서관의 사서인 이해경 여사를 만난다. 이 여사는 고종의 손녀이자 의친왕의 딸로, 한국전쟁 이후에 미국에서 유학을 한 후 대학도서관에 사서로 근무한 지 삼십 년이 넘었다 한다.

이해경 여사를 만난 성희는 깜깜한 갱도의 끝에서 금광을 발견한 듯 환희의 눈물을 흘린다. 도서관의 희귀문서실에 김용중 문서(Kim Yong-jeung Papers)라고 분류된 엄청난 자료들이 수장되어 있었던 것이다. 무려 10개의 상자에 1800여 종에 달하는 자료들이 서한, 원고, 문서, 신문스크랩, 간행물, 팜플렛 등 종류별로 나뉘어 보관되어 있었다. 할아버지가 돌아가신 14년 후인 1989년에 미국의 미망인이 자신도 나이가 들어가자 보관해 오던 자료들을 할아버지가 한 때 다니던 대학에 기증했다 한다.

성희는 이해경 여사의 도움과 대학 측의 특별한 배려로 방대한 자료를 복사한 후 귀국하여 국가보훈처에 할아버지의 독립운동 근거자료로 제출한다.

민주화가 된 한국에서 드디어 1999년 말 김대중 정부가 김용중 유해의 귀국을 승인한다. 마침 미국에 교환교수로 있던 여동생 부부가 유해를 모시고 들어와, 성희는 할아버지의 유언대로 뼛가루의 절반을 파주 임진각 옆 비무장지대에 고이 뿌리고, 나머지 절반은 고향 금산의 선산에 모신다.

이듬 해인 2000년에는 정부가 김용중 선생을 독립유공자로 인정하고, 광주 민주항쟁 기념일인 5월 18일에 건국훈장 애족장을 수여한다. 성희는 국가보훈처와 함께 할아버지의 유해를 금산의 선산에서 대전의 국립 현충원으로 옮겨 안장한다. 역사에 묻혀 아무도 기억하지 않으려 하는 할아버지의 명예회복을 위해 국내외로 십 여 년을 뛰어 다니다가 자신도 60대의 할머니가 되어 버린 성희의 눈에서 눈물이 주르르 흐른다. 묘비에는 김승자 시인이 글을 새겼다.

> 천지가 어둡던 때 조국광복 큰 뜻 세워 횃불 밝히신 님
> 갈라진 아픈 땅에 깃발 되신 선구자여!
> 이역의 절규 메아리쳐 산하를 울렸네
> 가셨어도 우리 끝내 아니 보낸 님이시여
> 민족 자주 평화통일의 기쁜 함성 지축을 흔들 때
> 함께 하소서 영원하소서

가지 못한 길

2019년 3월 1일, 조선 독립만세운동이 일어난 지 벌써 백 년이다.

젊은 남녀 대학생들이 승용차로 버스로 무리를 지어 경기도 파주의 임진각에 도착한다. 건물에는 <한반도 미래 포럼, 중립화 통일을 향한 김용중의 꿈>이라는 플래카드가 걸려 있다. 실내 회의장은 삼삼오오 들어와 앉은 수백 명의 대학생들로 꽉 들어찼다. 더러는 어린 중고등학생들도 보이고, 드문드문 실향민들인 듯 머리가 희끗희끗한 노인들도 눈을 감고 앉아 있다.

김성희 할머니는 아침 일찍부터 서둘러 한복을 차려 입고 은평구의 집을 떠나 임진각으로 향한다. 3.1절이라 유관순 열사를 생각하며 한민족 여성의 상징인 흰 저고리에 검은 치마를 입었다.

성희는 임진각 주변의 비무장지대 앞에 가 선다. 할아버지 뼛가루의 절반을 뿌린 곳이고, 해마다 할아버지 생일인 3월과 기일인 9월이 되면 어김없이 와 보는 자리다. 눈을 감고 선 성희의 치마가 서늘한 봄바람에 나부낀다.

묵념과 기도를 마치고 임진각으로 향하는 길 옆으로 겨울눈이 녹아 불어난 임진강이 서해로 흘러든다. 분단과 전쟁 통에

임진강 건너 남쪽으로 간 가족을 그리워하며 북녘 동포들이
부른다는 임진강 노래를 불러본다.

임진강 푸른 물은 흘러 흘러 내리고
뭇새들 자유로이 넘나들며 나는데
내 고향 남쪽 땅 가고파도 못 가니
임진강 흐름아 원한 싣고 흐르느냐

임진각에 들어서니 행사를 주최하는 학생들이 성희의 팔을
끼고 회의장으로 안내한다. 포럼을 주관한 학생 대표의 개회
사가 시작되었다.

"이렇게 많은 학생 분들이 올 줄은 몰랐는데 와 주셔서 감사
드립니다.
이 땅에 3.1 운동이 일어난 지 백 년, 한반도가 분단된 지
칠십 년이 흘렀습니다.
우리는 어려서부터 나라를 빼앗긴 설움을 상징하는 '일제
36년'이라는 말을 귀가 따갑게 들어 왔습니다.
그러나 해방이 되면 독립된 나라를 스스로 꾸려갈 수 있을
줄 알았던 우리의 할아버지들은 조국이 세계 냉전의 시작과
함께 남북이 미국과 소련에 점령당하자, 그것은 독립이 아니

라 또 다른 식민통치라면서 거세게 저항했습니다.

그 상황에서 통일독립을 위해서는 삼천만 겨레가 한 덩어리가 되어야 할 텐데, 안타깝게도 조선왕조와 일제 군국통치 외에 공화제나 민주정치를 해보지 못한 우리의 선조들은 조선시대의 당파싸움처럼 좌파, 우파, 중도파 등으로 갈갈이 분열되었습니다.

사상이라는 잣대로 편을 나누면 안 된다, 사회주의건 민주주의건 허울에 지나지 않으며 우선은 통일정부를 수립해야 된다고 여운형 선생 같은 중도파들이 호소하였지만, 결국은 남과 북에 분단정부가 수립되고 말았습니다.

통일과 분단의 두 갈래 길에서 분단의 길로 가버린 것입니다. 정권욕에 사로잡힌 지도자들이 배를 산으로 몰고 가버린 것입니다.

분단은 전쟁으로 이어져, 이후 수십 년 간 남과 북의 정권은 안보를 빌미로 같은 민족을 서로 철천지 원수가 되도록 교육하고 훈련시켜 왔습니다. 사실 다른 나라들이 뒤에서는 손가락질하는 것에도 아랑곳없이, 남과 북은 국제무대에서 서로를 삿대질하고 욕질해 온 것입니다. 세계의 수많은 민족들 중 참으로 창피스러운 민족이 돼버렸다는 것도 모르고, 우리는 그렇게 집안싸움만 하면서 먹고 살기에 바빴던 것입니다.

심지어는 비슷하게 분단되었던 베트남도 독일도 통일이 되고, 인류 역사의 흐름이 냉전에서 세계화로 대전환이 일어나고 있는데도, 우리 한반도만 아직도 분단과 냉전의 늪에서 헤어나지 못하고 있는 모습입니다.

분단의 세월 칠십 년이 흐르는 동안 이제 남과 북은 하늘과 땅만큼이나 다른 나라가 되어 버려, 오늘날 우리 젊은이들은 남북 간의 동질성을 전혀 느끼지 못하고 있고, 많은 사람들이 통일의 필요성에 공감하지 않거나 심지어는 반대하는 경우도 많습니다.

여러분께서도 다 들어 본 책인 '총, 균, 쇠'의 저자인 다이아몬드 교수는 21세기 한국인들에게 가장 중요한 두 가지 국가적 이슈는 남북통일, 기후환경이 될 것이라고 설파하였습니다. 세계적인 시각과 통찰력을 가진 석학도 그만큼 '통일' 여부가 한국의 미래에 결정적인 요소가 될 것으로 보는 것이지요.

냉전의 시기에 남과 북은 자기 측 힘이 셀 때 통일을 소리 높여 외쳐 왔습니다. 한국전쟁 후 이십 여 년 간은 북한에서 오히려 통일의 함성이 높았고, 남한의 경제력이 더 강해진 칠십 년 대부터는 남쪽에서 통일의 목소리가 높아져, 지금은 남쪽에 먹힐까 봐 북한이 잔뜩 움츠러든 상황입니다.

남북이 그간 서로 외쳐 온 통일은 평화적이고 이상적인 통일이 아니라, 상대를 굴복시키겠다는 감정의 노출에 불과한 것이었습니다. 그렇다면 통일은 어떻게 이루어야 하고, 어떻게 이루어질 수 있을 것인지, 우리 모두가 머리를 맞대고 이성적으로 토론해 볼 필요가 있지 않을까요?

그러한 생각에서 우리는 이번 '한반도 미래 포럼'의 주제를 '김용중 선생의 한반도 중립화 통일론' 이라고 정해 본 것입니다.

김용중 선생은 그간 우리 국민들에게 많이 알려지지는 않았는데, 1917년 일제시대에 미국에 망명하여 1975년에 돌아가실 때까지 독립운동가, 통일 운동가, 민주화 운동가의 삶을 사신 분입니다. 특히 1945년 조국이 분단의 조짐을 보이기 시작할 때부터 삼십 년 동안, 한반도는 중립화를 통해 통일해야 한다고 줄기차게 주장해 오신 유일한 분입니다.

오늘 포럼을 통해 여러분들이 김용중 선생이 어떤 분인지 알게 되고, 남북이 통일을 이룰 수 있는 방법으로서 중립화의 의미, 그 구체적인 방안에 대해서 좀 더 깊이 이해할 수 있기를 바라겠습니다."

개회사에 이어 사회자가 기조 강연자를 소개한다.

"여러분, 곧 이어질 토론에 앞서 저희가 기조강연을 위해 어렵게 모신 김용운 박사님을 소개하겠습니다. 김 선생님은 일제 시기인 1927년에 일본에서 태어나 와세다 대학을 다니시다가 조국이 해방되자 귀국하여 미국과 캐나다에서 유학하신 분입니다.

우리에게 익숙한 '웅진 수학'의 저자이기도 한 김 박사님은 전공인 수학 못지 않게 역사와 국제관계 연구에 평생을 바친 문명비평가이기도 합니다.

특히 앞으로 국제사회에서 한반도가 나아갈 방향은 영세중립화라는 점을 강조해 온 분으로, 저희의 기조강연 부탁에 매우 연로하심에도 불구하고 흔쾌히 응해주셔서 감사드립니다. 그럼 선생님의 말씀을 듣도록 하겠습니다."

사회자의 안내로 구십 세가 넘은 노인이 지팡이를 짚고 천천히 연단으로 오른다. 대학 때까지 일본에서 자란 탓에 혀가 굳은 탓인지 일본인이 하는 듯한 한국말이다.

"제 나이가 지금 아흔 둘로 얼마나 더 살 지 모르는데, 앞으로 이 나라를 짊어지고 갈 젊은 학생 여러분에게 조국의 미래에 대해 이렇게 얘기할 기회가 주어지니 참 기쁜 마음입니다.

여러분, 우리의 역사는 통사적으로 보면 신라의 삼국통일 이래 경술국치까지 1250년간 중국에 대한 사대의 역사라고 저는 생각합니다.

이에 따라 우리는 사대만 하면 된다는 생각으로, 중립의 기회가 있을 때도 뭉치지 않고 분열하는 DNA가 생겼습니다. 이자택일을 강요하는 단선적이고 외골수 성격이 생긴 것이지요. 해방 이후부터는 그러한 사대의 대상이 미국으로 바뀌었을 뿐입니다.

외교란 어느 한쪽에 기울지 않는 것인데, 따라서 한국에 외교는 없었던 셈이지요.

한반도의 평화는 주변국들의 이해관계가 상반되기 때문에 매우 이루어지기 어려운 속성을 갖고 있습니다. 그런데 한쪽에 의지하는 평화는 결코 지속적일 수가 없고, 중립이 이루어질 때만 가능할 것입니다.

그렇다면 중립이란 것이 현실적으로 실현 가능하겠느냐는 문제가 있겠지요. 구한말에도 우리는 영세중립을 희망한 적이 있으나, 당시에는 국제적인 역학관계가 그것을 용인치 않았습니다.

그런데 저는 현재의 한반도 상황이 어쩌면 영세중립을 추진해 볼 수 있는 적기라고 봅니다. 북한의 핵무기 개발이라는 문제가 역설적으로 그런 여건을 가능케 한다고도 볼 수 있다는 말입니다.비핵화라는 목표에 미국 중국 러시아 등의 이해관계가 일치하기 때문에, 한반도를 둘러싼 정치, 경제, 군사, 외교의 국제역학 관계가 영세중립을 추진하기에 적기라는 것이지요.

2017년에 문재인 정부가 들어선 후 2018년부터는 트럼프와 김정은 간의 하노이 담판도 있었습니다만, 저는 북미회담은 성과가 없을 것이라고 이미 예상했습니다. 트럼프의 방식은 북한에게 핵을 없애고 무릎을 꿇으라는 깡패외교이고, 김정은은 핵폭탄을 껴안은 토끼처럼 배 째라는 입장이기 때문이지요.

북한은 핵 없이도 생존할 수 있는 구도가 되어야만 비핵화를 할 것입니다. 북한이 체제안전 보장, 미국의 적대시 정책 철회를 집요하게 주장하는 데서 보듯이, 핵 없이도 생존할 수 있는 구도가 만들어져야 핵을 포기하는 것인데, 핵폐기 한 가지만 따로 떼어서 어떻게 문제가 해결되겠습니까? 또한 핵이라는 문제가 일시 봉합된다 한들 그것이 한반도에 평화를 가져 오겠습니까? 따라서 북한문제는 핵이라는 기술적 문제라기보다는 한반도 평화체제라는 정치문제라 할 것입니다.

그러한 평화체제를 가져올 수 있는 국제정치적인 방안이 영세중립이라고 생각합니다. 물론 이 방법은 주변 4강의 지지를 받아야 하는데, 4강의 셈법이 매우 복잡하므로 쉬운 일은 아닙니다. 특히 영세중립을 하려면 외국군의 주둔은 안 되는 것이므로, 주한미군을 어떻게 할 것인지의 문제가 필히 대두할 것입니다.

그런데 미국도 6.25 전쟁 후 제네바 정치협상 시기에 한반도의 영세중립을 검토한 적이 있고, 카터 행정부도 미군을 철수시키고 한국을 중립화하는 방안을 검토했었던 것을 생각하면,

미국이 언제까지나 무조건 반대할 거라고 지레 짐작하여 포기할 필요는 없다고 봅니다.

독일인들이 스스로 베를린 장벽을 허물고 통일한 것처럼, 한민족도 분단의 과오를 극복하고 다시 통일해야 할 때가 왔다고 봅니다. 그 방법은 오스트리아처럼 남북이 합의하고 주변국들을 설득하여 영세중립을 이루자는 것이지요. 대한민국이 먼저 한반도 영세중립화를 위한 준비를 하겠다고 선언할 필요가 있다고 봅니다.

그간 북한 핵과 관련하여 계속 답보하면서 진전을 보지 못해온 6자회담 내에서도 핵 문제 외에 평화체제를 논의하는 분과위가 있는 것으로 알고 있습니다만, 저는 한반도의 평화체제를 어떻게 만들 것인지 논의를 하는 데 있어 하나의 큰 화두가 영세중립이라고 봅니다. 영세중립의 틀 속에서 비핵화, 미군의 철수 여부, 북한의 체제 보장, 경제원조 등을 의제로 놓고 대화를 해야 실타래처럼 복잡한 문제가 풀릴 수 있을 것이라는 얘기지요. 더 전문적이고 상세한 내용은 이따 토론에 참석하는 외교부의 평화교섭 국장, 통일부의 통일정책실장 등으로부터 설명도 듣고 토론을 해 보시기 바랍니다.

제가 중립만이 한민족이 미래를 길게 내다보고 나아가야할 길이라는 결론을 내리는 과정에서 발견하게 된 분이 오늘 포럼의 주인공인 김용중 선생입니다.

4장 가지 못한 길

물론 중립을 통해 통일을 하자고 주장하신 분들이 간헐적으로 있었습니다. 1960년대는 5.16 쿠데타 직후에 조용수 민족일보 사장이 평화통일을 주장하다가 북한을 찬양 고무했다며 반공법으로 사형을 당한 살벌한 시기였어요. 유명한 언론인이자 작가인 이병주 선생은 <바람과 구름과 비>라는 소설과 <중립의 이론>이라는 책 등을 통해서 중립을 주장하다가 용공분자로 몰려 감옥에 갔습니다.

　　해외에서의 중립화 주장으로는 일본으로 간 김삼규 선생의 중립화통일론도 있었습니다. 동아일보 주필을 하면서 한국동란 중 민간인 학살사건 등을 다루다가 이승만 정권의 탄압을 피해 일본으로 건너가 민족문제연구소를 만들고, 남북한과 미일중러 6개국이 중립에 합의하고 통일을 이루자는 주장을 했지요.

　　최근에는 저 외에 소설가 조정래 선생도 우리 한반도가 갈 길은 중립이라고 주장해 왔는데, 이게 다 민주화 덕분 아니겠습니까? 독재 시기였다면 우리도 당장 감옥에 갈 일인데, 참으로 금석지감입니다.

　　그런데, 그와 같이 일시적으로가 아니라 평생을 줄기차게 한반도 중립화 통일론을 주장하신 선각자가 김용중 선생인 것입니다. 물론 국내에 있었다면 도무지 용납되지 않았을 텐데 미국에서 살았기 때문에 가능한 일이었지만, 해방 직후 조국이 분단이라는 엉뚱한 길로 접어들던 때부터 1975년에 돌아가실 때까지, 한반도가 국제정치에 휘둘리지 않고 통일할 수 있는 길은 영세중립이라는 신념을 설파하신 통일운동가였지요.

여러분, 시대가 바뀌어 세계화가 된 21세기는 국가 간 전쟁의 성격도 과거의 영토전쟁이 아닌 경제전쟁의 시대입니다. 남들은 미래로 가는데, 우리가 아직도 분단과 안보 문제로 20세기식 냉전을 계속하는 것은 시대를 거꾸로 가는 것이라고 생각지 않습니까?

북핵을 둘러싼 6자회담이 돌파구를 찾지 못하고, 미중 간에 헤게모니 경쟁이 점차 심화되고 있는 동북아의 상황에서, 오늘 여러분이 준비한 '한반도의 미래 포럼'은 그 어느 때 보다 시의적절하다고 생각됩니다.

살 날이 얼마 남지 않은 이 늙은이가 그간 우리 한민족의 수천 년 역사를 연구하고 고민해 본 결과, 지정학적으로 중국과 일본이라는 대국에 끼인 한민족이 나아갈 방향은 중립이라고 봅니다. 스위스나 오스트리아와 같은 국제법적인 영세중립이 안 되면, 핀란드나 스웨덴과 같은 사실상의 중립이 지속적으로 우리 외교의 기본방향이 되어야 할 것입니다. 그것은 현재의 분단상태든 미래에 통일이 되는 경우에도 마찬가지라고 생각됩니다.

아무쪼록 오늘 행사가 여러분들이 평생 통일조국을 희구한 김용중 선생의 생애를 되돌아 보고, 그 분이 꿈꾸던 영세중립에 대한 인식을 새롭게 하는 계기가 되기를 바랍니다."

포럼은 오후 늦게까지 여러 개의 세션으로 나뉘어 계속되었다. 대학의 교수들과 연구소들의 전문가들이 발제와 토론을 벌이고, 외교부, 통일부, 국방부 등 정부 내 간부들이 현안을 설명하고, 학생들의 질문과 의견이 그칠 줄 모르고 계속되었다

"여러분, 시간 가는 줄 모르는 열띤 토론에 벌써 오후가 저물고 있습니다. 오늘 한반도의 중립화 통일을 주제로 한 포럼은 너무도 뜻 깊고 중요한 행사였다고 생각합니다.
마지막으로 사실 오늘 이른 아침부터 지금까지 우리의 행사를 모두 지켜보고 있었던 특별한 분이 계시는데, 그 분의 인사 말씀과 함께 오늘 포럼을 마치겠습니다. 여러분, 김용중 선생의 외손녀이신 김성희 여사를 모시겠습니다."

벌써 80세 할머니가 된 성희가 조금 굽은 허리로 느리게 연단으로 걸어 나간다.

"여러분 안녕하세요? 한반도 분단이 칠십 년이 넘었습니다. 요즘 젊은 분들은 북한에 대한 민족으로서의 동질성이나 통일

의 필요성은 못 느낀다고 들었는데, 이러다가는 분단이 백 년은 갈 것 같습니다. 그러나 이렇게 조국의 분단과 통일에 관심을 가진 젊은 분들이 많은 것을 보면서, 통일만을 염원하다 돌아가신 할아버지를 생각하니 눈물이 납니다.

저의 할아버지가 어떤 사람인지는 여러분처럼 저도 모르고 자랐습니다. 일제 치하에서 열 여덟 살에 미국으로 망명을 가서 크게 성공한 사업가로만 알고 자랐지요. 할아버지가 돌아가시고 나서야 그 분이 일제시대에는 독립운동가로, 분단시대에는 통일운동가로, 독재시대에는 민주화 운동가로 평생을 몸 바친 분이라는 것을 알게 되었습니다.

할아버지는 독재시대에 반정부 인사로 낙인이 찍혀서 고국에 돌아오질 못하고, 유골이라도 38선 근처에 뿌려 달라는 유언과 함께 이국 땅에서 한 많은 생을 마쳤지요. 저는 오늘 아침에도 행사 전에 할아버지의 유골이 뿌려진 비무장지대에서 그 분의 맺힌 한을 반추하고 기도를 하고 왔습니다.

저는 오늘 여기에서 아직도 이렇게 많은 젊은이들이 할아버지에 대해서 이야기하고 조국의 미래를 토론하는 것을 보면서, 그 모습을 저승에 계신 할아버지에게 귓속 말로 전해 드리며 감동의 눈물을 감출 수 없었습니다. '한반도 중립화 통일'은 할아버지의 지론입니다. 우리가 주변 강대국의 눈치를 보지 않고 자주적인 평화통일을 이루는 하나의 좋은 해결방안이라

4장 가지 못한 길

고 생각합니다.

개인의 인생에서도 가지 못한 길을 아쉬워하듯, 분단이 아닌 통일은 우리 민족의 '가지 못한 길'이 되어 버렸습니다. 그 가지 못한 길을 후손인 우리가 갈 수 있기를 꿈 꾸어 봅니다.

'중립의 길'은 할아버지가 그토록 갈구하던 '가지 못한 길'입니다. 그 길이 이제는 너무 멀리 와버려 다시 돌아갈 수 없는 길인지, 그래도 조국의 미래와 긴 역사를 생각한다면 이제라도 꼭 가보아야 할 길인지는 우리가 풀어야 할 숙제라고 생각됩니다.

여러분 모두 미국의 시인 로버트 프로스트(Robert Frost)의 가지 않은 길(The Road not taken)이라는 시를 아실 것입니다. 저는 이 시를 떠올릴 때마다 우리가 가지 말았어야 할 분단의 길, 우리가 가지 못한 통일의 길을 생각하며, 저의 할아버지를 추모합니다. 그 시의 일부를 38선에 누워 계신 할아버지와 여러분께 낭송해 드리는 것으로 제 감사의 말을 대신하겠습니다.

단풍 든 숲 속에 두 갈래 길이 있었습니다.
아, 나는 다시 돌아올 수 없을 거라 여기면서
한쪽 길은 포기하고 다른 길을 택했습니다.
오랜 세월이 지난 후 어디에선가

나는 한숨 지으며 이야기할 것입니다.
숲 속에 두 갈래 길이 있었고
나는 사람들이 적게 간 길을 택했다고,
그리고 그것이 내 모든 것을 바꾸어 놓았다고.

감사합니다."

　사람들이 기침 소리를 참느라 숙연하던 회의장이 박수갈채로 가득해 진다. 3.1 독립운동 이래 지나온 백 년의 험난했던 역사를 되돌아보는 포럼은 끝나고, 수백 명의 젊은이들이 임진각 건물을 나와 삼삼오오 오던 길을 간다.
　흰 저고리 검은 치마에 스산한 봄바람이 스치는 황혼의 시간, 성희도 할아버지의 유골이 뿌려진 38선과 임진강 너머 북녘 땅을 한번 더 바라보고는 남쪽으로 발길을 돌린다.
　사람들은 대부분 어디로 가는지도 모르고 길을 간다.
　민족의 역사도 어디로 가는지 모른 채 흘러간다.

　　　　　　　　　　　　4장 가지 못한 길

김용중의 삶

1898. 3. 2   금산군 금산읍 중도리 347번지에서
               장남으로 태어나다.

1904~   서당에서 한문을 공부하다.

1913. 3   금산보통학교를 졸업하다.

1913   한 살 위 김현성과 결혼하다.

1914   부친 사망으로 호주가 되다.

1916. 3   딸 김영보 태어나다.

1916. 10   상해로 망명하다.

1917   여운형의 도움으로 상해에서 미국으로 가다.

1919 ~   독립운동 자금을 1945년 독립 시까지 송금하다.

1921   LA에서 외국인을 위한 영어학교인 Central Junior
               High School에 입학하다.

1927   고향 선배 송철과 K & S Jobber 사를 설립하여 청과물
               위탁업으로 성공을 거두다.

1927   인문계 고등학교인 LA High School을 졸업하다.

1927 ~   하버드대에 입학하고, 이후 컬럼비아대, 조지워싱턴대,
               남가주대에서도 수학하다.

1928   Boston Sunday 지의 Opinion 난에 일본의 조선 강탈
               을 비판하는 글을 게재하다.

1934   동포 백만장자 김형순의 딸 김영옥(Mary Ann Kim)과

결혼하다.

1934   국민회의 기관지 신한민보의 영문국장으로 언론활동에
            두각을 보이다.

1939. 1   미주 한인사회의 지도자로 처음 등장하다.

1939 ~   일본으로 송환될 한인유학생들을 미 상하원에 청원하
            여 구해 내다.

1940. 12   대한인국민회 중앙상무위 선전위원, 신한민보의 영문
            판 주필로 활동하다.

1941. 4   미주 한인단체 9개의 연합체로 결성된 재미한인연합위
            원회 선전과장에 피임되다.

1941. 12   워싱턴에서 이승만 박사와 외교활동을 하다.

1943. 9   워싱턴에 Korean Affairs Institute (한국문제연구소)
            를 설립하다.

1943. 11   국제사회에 한반도를 알리기 위한 영자 월간신문 The
            Voice of Korea(한국의 소리)를 창간하고, 하루 3-4시
            간씩 라디오 방송으로 독립운동 방송을 하다.(The
            Voice of Korea는 1961년 3월까지 18년간 발행)

1946   트루먼 미 대통령과 스탈린 소련 서기장에게 군사점령
            을 즉시 철폐하고 한반도 문제에 성의를 보일 것을 담
            화문 및 성명서로 발표하다.

1947. 6.   1630여년 만에 조국을 방문하다.

1947. 7. 22 여운형 암살사건 직후 살해 위협으로 다시 출국하다.

김용중의 삶

1948. 12	파리 개최 유엔총회에 옵서버로 참가하여 한국의 중립화 통일방안을 제시하다.
1950. 5	유엔 사무총장에게 다시 한국의 중립화 통일방안을 제시하고, 한반도에서의 전쟁 가능성을 경고하다.
1952	부산정치파동 이후 이승만 정권의 반독재 반민주를 세계에 폭로하며 활동하다.
1955. 6	미국, 영국, 프랑스, 소련에 한반도중립화통일방안을 호소하다.
1956. 12	미국을 방문한 네루 인도 수상에게 한반도중립화방안을 제시하다.
1961.	장면 총리 및 김일성 주석에게 더 구체화된 중립화 통일방안을 제시하면서 통일논의를 촉구하다.
1961. 5 ~	5.16 쿠데타 이후 박정희 정권의 독재를 국제여론에 호소함에 따라, 한국정부로부터 친북인사로 매도되어 입국이 불허되다.
1964	박정희와 김일성에게 공개편지를 보내 중립화통일방안을 제시하다.
1971	김일성에게 재차 서한을 보내, 이극로를 통해 답을 받다.
1971	3선개헌 반대 등 민주화를 위한 한민족자주통일촉진위원회의 의장단이 되다.
1975. 9. 6	로스앤젤레스 남가주대학 병원에서 75세로 별세하다.

2000. 8. 15 대한민국 정부가 독립유공자로 인정하고 건국훈장 애

족장을 추서하다.

2001   유족이 선산에 모시던 고인의 유해의 절반을 대전 국립

현충원에 안장하고, 나머지 절반은 유언에 따라 38선

에 뿌리다.

THE VOICE OF KOREA

The Korean Affairs Institute promotes, through interchange of knowledge, a universal spirit of good-will, equality in freedom, just peace, and perpetuation of democracy.

KOREAN AFFAIRS INSTITUTE
1507 M STREET, N. W.
WASHINGTON 5, D. C.

A NON-PROFIT ORGANIZATION
TELEPHONE NAtional 8241
Cable address: "Koreafair"

The Voice of Korea endeavors to express the desires, ideals and objectives of the Korean people for mutual understanding among the nations, which creates friendship.

"Devoted to Freedom"

VOL. IX, No. 168   March 1, 1952   Annual Subscription $2.00

Value of Neutralized Korea

STATESMEN, politicians and professional analysts of world affairs are making the Korean problem appear insoluble. Shackled by their own particular views and self-interest, they can see little hope for peace. Whichever way they turn they find nothing but hopeless entanglements of cross purposes. If we believe them, the cruel and needless bloodshed along the 38th parallel must continue indefinitely.

The hard realities of U.S.-U.S.S.R. rivalry, it would seem, permit no rational compromise. The United States is committed to "practical demonstration of collective security", to defend south Korea, to establish a unified, independent and democratic Korea, and to recreate and protect a strong Japan. Moreover, the Administration reportedly fears that a peace in Korea might create a public feeling of false security followed by a let-up in defense efforts.

On the other hand, China and Russia also are pledged to set up a unified and independent Korea (but safely within their orbit); they dread having American power at their doorstep; they are fearful that an unfriendly Korea would hinder sea traffic between Siberia and North China; and they are apprehensive that American control of south Korea would block their access to Japan. These are their

Korea alone could never keep out the powerfully armed China and Russia if they chose to come in.

Let us look at the map of northeast Asia. The Korean peninsula is in a triangle bounded by Siberia, China and Japan.

Now, let us recall history. For centuries Korea bore the burden of protecting continental Asia from

THIRTY-THIRD ANNIVERSARY

On March First 1919, the Korean people in one voice declared their national independence. Unfortunately, Korea is divided and laid waste today by those who liberated her from the Japanese tyranny. Her people are convinced that no one will bring them independence on a silver platter.

On this anniversary, a torch of liberty still burns in every Korean heart. The people of Korea want to be free from foreign interference. They want their nation re-united and their country reconstructed. They want to live in peace. That is all they are asking. Have the great powers any valid reason to deny Koreans these human desires?

김용중의 삶